말하지 않아도, 체리

학생에게서 한계 대신 가능성을 보는 선생님들께.
― 캐럴 쿠예치

자신이 아무것도 아니라고 느끼는 분들께.
당신은 세상의 모든 창조물과 이어져 있습니다.
아주아주 소중한 존재라는 사실을 잊지 마세요.
― 페이턴 고다드

Real
Copyright © 2022 Carol Cujec, Peyton Goddard
Korean translation copyright © 2025 Lime Co., Ltd.
Original English language edition published by Deseret Book Company 55 North 300 West,
Salt Lake City Utah 84101, USA.
Arranged via Licensor's Agent : DropCap Inc.
All rights reserved.

이 책의 한국어판 저작권은 이카리아스 에이전시를 통해
Deseret Book Company와 독점 계약한 (주)라임에 있습니다.
저작권법에 의하여 한국 내에서 보호를 받는 저작물이므로 무단 전재와 복제를 금합니다.

말하지 않아도, 체리

캐럴 쿠예치·페이턴 고다드 지음 | 이계순 옮김

라임

차례

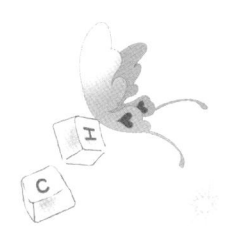

이모 결혼식의 불청객 7
〈세서미 스트리트〉의 버트와 어니 24
곰팡이가 핀 빵처럼 31
아주 완벽한 타이밍 42
최악의 악몽 62
이상한 나라의 채러티 92
판도라의 상자 112
나에게는 임무가 있어 130
작전명 '이사벨라' 144
응원전의 프린세스 155
초대받지 못한 아이 170
다시 나무로 돌아간 피노키오 186
진짜 사람으로 산다는 것 214
영어 과제 연구 보고서 표절 사건 228
오즈의 마법사를 찾아가는 도로시 241

작가의 말 257
생각 깨우기 260

이모 결혼식의 불청객

지프 스프트르

내 이름은 '채러티', 열세 살 하고 87일을 더 살았다. 아무도 내가 새콤한 지렁이 젤리와 페퍼로니 피자를 좋아하는 줄 모른다. 아니, 정확하게는 그 누구도 내가 무엇을 좋아하는지 제대로 알지 못한다. 나는 태어나서 지금까지 단 한 문장도 말한 적이 없으니까.

사실 도무지 예측하기 어려운 내 몸 때문에 매일 아침 두려움에 떨면서 하루를 시작한다. 내 몸이 왜 그러는지도 역시 아무도 모른다.

아빠가 욕실에서 샤워를 하면서 틀어 놓은 음악 소리가 내 방까지 들려왔다.

어린 서퍼, 어린 서퍼……

엄마는 나를 전신 거울 앞에다 세우면서 아빠에게 바락 소리를 질렀다.

"발가락 사이사이에 끼어 있는 모래도 전부 씻어 내!"

그러고는 언제 그랬냐는 듯 표정을 바꾸어 미소를 함빡 지었다. '네가 얼마나 예쁜지 한번 봐.' 하는 듯이. 곧이어 내가 동의하길 바라는 것처럼 두 눈을 커다랗게 떴다.

나는 절대로 동의할 수 없었다. 그저 농어처럼 입을 벌렸다 오므렸다. 사람들은 내가 감정을 겉으로 드러내지 않는다고 아무것도 느끼지 못하는 줄 안다. 천만에, 그럴 리가! 그건 마치 누군가가 자는 걸 보고 죽었다고 생각하는 것과 같다.

[254쪽] 대왕농어는 자기 무리에게 위험을 경고할 때 몸 색깔을 바꾼다.

'내가 대왕농어라면 지금쯤 몸이 빨간색으로 바뀌었을걸.'
엄마는 내 머리칼을 양갈래로 땋고는 두 팔로 꼭 안으며 말했다.
"예쁘다, 우리 딸."
다른 사람들도 더러 나에게 예쁘다고들 말하곤 했다. 그런데 미간을 잔뜩 찌푸린 채로 그런 말을 해서 꼭 "애고, 불쌍한 것."이라고 하는 듯이 들렸다.

나는 엄마에게 이렇게 소리치고 싶었다.
'이 드레스는 아주 까탈스러운 분홍색 컵케이크 광대처럼 보인다고요! 게다가 허리에 이렇게 큰 리본이라니……. 하, 내가 아직도 다섯 살짜리 꼬맹이로 보여요?'

이런 생각이 머릿속을 가득 채웠지만, 내 입술은 의미 없는 소리만 웅얼거렸다. 나는 여느 십 대 아이들처럼 불평을 입 밖으로 늘어놓을 수가 없었다. 푸르르 푸르르, 그저 말 울음소리를 낼 뿐이었다.

엄마가 내 머리에 꽃 모양 머리핀을 꽂았다. 돌돌 말린 개똥 아이스크림에 체리를 하나 얹은 꼴이랄까.

내 무릎이 계속 벌어졌다 오므라졌다 벌어졌다 오므라졌다 했다. 나는 이렇게 뇌와 몸이 분리된 채로 평생을 살아왔다. 박사나 교수 같은 지식인들이 나를 수백만 번 바늘로 찌르고 검사하고 분석하더니 꼬리표를 하나 붙여 주었다. 자폐 스펙트럼!

그래서인지 사람들이 내게 갖는 기대치는 그리 높지 않았다. 어떤 사람들은 나를 보며 '특별'하다고 말했다. 그렇게 말해 준다고 해서 내 기분이 좋아야 하는 걸까?

나는 'ㅈ'자로 시작하는 말만 들어도 역겨웠다.

거실로 나가자 크림색 양복에 하늘색 넥타이를 맨 아빠가 군인처럼 뻣뻣한 자세로 서 있었다. 내 우스꽝스러운 옷차림을 보더니, 아빠답게 거침없이 한마디 툭 던졌다.

"윽, 애한테 대체 무슨 짓을 한 거야?"

이래서 내가 우리 아빠를 사랑하는 거다.

음, 사람들이 내 머릿속을 들여다볼 수 있으면 좋겠다. 아주 놀라운 곳이니까. 우선, 내 기억력은 무한하다. 과거의 장면들이 머릿속에서 고화질 아이맥스 영화처럼 생생하게 재생된다. 멜로디도 한번 들으면 절대로 잊지 않는다.

그래서 무진장 짜증이 날 때도 있다. '싹쓸어 쓰레기봉투' 같은 광고 속 멜로디가 머릿속을 계속 맴돌 때는 정말이지 미치도록 괴롭다.

나, 나, 나, 나~ 짜증 나고, 매스껍고, 불쾌한 쓰레기!
나, 나, 나, 나~ 싹쓸어 쓰레기봉투가 최고야!

내가 가장 좋아하는 책은 《어린이를 위한 놀라운 동물 백과사전》이다. 책 표지는 하도 낡아 너덜너덜한 데다 책등에는 스카치 테이프가 덕지덕지 붙어 있다. 나는 어디를 가든 그 책을 꼭 들고 다닌다.

327종류에 달하는 동물의 특징을 내가 달달 외고 있다는 사실을 아무도 모를 거다. 나는 그 동물들의 특징을 기도문처럼 줄줄 왼다. 특히 긴장하거나 초조할 때면 그 증세가 더 심해진다. 숫자도 마찬가지다. 내 머리는 숫자를 한꺼번에 흡수한다. 식탁에 쏟은 우유를 종이 타월로 닦으면 싹~ 빨아들이듯이.

아빠는 차에 타자마자 안전벨트를 매 주었고, 엄마는 내게 빨대 컵을 건네었다. 물에 희석한 사과 주스를 빨대 컵에 담아 주었다. 자그마치 열세 살이나 먹은 아이에게. 여기서 더 안 좋은 건, 세 살 때부터 갖고 있던 바비 공주 담요를 내 무릎에 덮어 주는 거다. 왜냐고? 혹시라도 주스를 쏟을까 봐.

"와, 메이슨을 만나다니! 대체 이게 얼마 만이야?"

정확히 8년 15일 5시간 만이었다. 오늘을 견디게 하는 유일한 이유랄까. 오랫동안 소식이 끊겼던 사촌이 우리 마을로 돌아왔다. 드디어 내게도 친구가 생기는 것이다!

엄마가 내게 《어린이를 위한 놀라운 동물 백과사전》을 건네준 뒤 디즈니 노래를 틀었다. 엄마랑 아빠가 하는 얘기를 듣지 못하게 하려고 그러는 게 뻔했다. 내가 제일 싫어하는 만화 영화 〈피노키오〉의 주제곡이 흘러나왔다. 그래서 머릿속으로 다른 노래를 불렀다.

나는 종종 몸속에 외계인이 들어와 있는 것처럼 움직였다. 별다른 이유 없이 껑충껑충 뛰거나, 팔을 사방으로 휘젓거나, 손뼉을 세게 치거나, 어깨를 쉴 새 없이 으쓱하거나, 오리 주둥이처럼 입을 삐죽 내밀었다. 내가 내 몸을 통제할 때도 있지만, 그러지 못할 때가 훨씬 더 많았다. 나조차도 내 몸이 어떻게 작동하는지 이해하지 못하니까. 그것이 얼마나 무섭고 두려운 일인지 아무도 알지 못할 거다.

나를 이상하게 쳐다보지 않는 아이들은 정말이지 몇 안 되는데, 무지무지 다행스럽게도 사촌 메이슨이 그중 하나였다. 왜냐하면, '사촌=친구'이기 때문이다. 이건 법칙이었다.

어른들은 아이들보다 더 심했다. 고개를 절레절레 흔들며 'ㅈ'으로 시작하는 역겨운 단어를 거침없이 내뱉었다. 그 사람들은 내가 말을 못 하니까 자신들이 나누는 대화도 알아듣지 못할 거라고 생각하는 것이 분명했다.

내 감각은 아무 이상이 없었다. 어쩌면 다른 사람들보다 더 뛰어날지도 몰랐다. 내 다섯 가지 감각은 모든 것을 순식간에 알아차렸다. 다만 들어온 자극이 너무 혼란스럽거나 강렬하면 폭발할 것 같은 느낌이 든다는 게 문제였다.

내게도 여섯 번째 감각이 있었다. 그래서 주변 사람의 감정을 정확히 감지했다. 그 감정이 매번 내 몸속까지 흘러 들어와 심장을 아프게 두드렸다. 그러니까 지금처럼 엄마가 과도하게 불안감을 보이면 심장이 매우 강하게 요동쳤다.

"스티브, 오늘 별일 없어야 할 텐데, 응?"

엄마가 이렇게 말하면서 뒷좌석에 앉은 내게 미소를 지어 보였다. 그 순간 엄마 목에서 땀방울이 주르르 흘러내렸다.

"괜찮을 거야. 체리가 안절부절못하면 내가 밖으로 데리고 나가서 산책을 할게."

체리! 아빠가 지어 준 별명으로, 내 수많은 별명 중 하나였다.

어디를 가든 아빠는 나를 데리고 산책을 했다. 그렇게 해서 잠시도 가만있지 못하는 내 몸을 어느 정도 진정시켜 주었다. 내 몸은 어디서든 계속 움직이고 싶어 했다. 그리고 내 손은 주변에 있는 것들을 죄다 만지고 싶어 했다. 책꽂이에 꽂힌 책이나 바닥에 깔린 조약돌, 누군가의 얼굴, 심지어 옷에 인 보풀 같은 것도.

초등학교 2학년 때인가, 내가 어떤 남자아이의 목 쪽으로 손을 길게 뻗은 적이 있었다. 그 남자아이는 고래고래 비명을 지르며 눈물을 주르르 흘렸다. 나는 그저 코트에서 반짝이는 은색 단추를 만지고 싶었을 뿐인데.

"물고기 얼굴이 내 목을 조르려고 했어요!"

물고기 얼굴, 그 남자아이가 내게 지어 준 별명이었다. 그 일로 그날 나만 혼자 일찍 집으로 돌아가야 했다.

이윽고 아빠는 바다가 내려다보이는 하얀 교회 맞은편에 차를 세웠다. 그러고는 나에게 나직이 속삭였다.

"조금만 참아, 우리 공주님. 공주님이 좋아하는 티셔츠와 반바지를 트렁크에 숨겨 뒀어. 너무 오래 고통받지 않도록 할게."

아빠는 곧 내가 차에서 내릴 수 있도록 도와주었다. 나는 짭짜래한 바닷바람을 들이마시며 껑충껑충 뛰었다. 그러자 아빠도 덩달아 껑충껑충 뛰었다. 껑충, 껑충, 껑충, 껑충. 그사이에 엄마는 입술에 립스틱을 발랐다.

"저 해변에 처음 갔던 날 기억나니?"

아빠가 절벽 아래 모래밭을 가리키며 물었다. 나는 당연히 기억했다. 6월 30일, 내가 다섯 살 때였다. 아빠가 저 해변에 가자고 했을 때, 나는 평소처럼 게 모양 튜브에 올라탄 채 물장구를 치며 놀 거라고 예상했다. 그런데 아빠는 내게 잠수복을 입히고 구명조끼를 채운 다음, 서프보드를 옆에 끼고서 나를 바다 쪽으로 데려갔다.

"오늘은 채러티 공주님에게 인어 꼬리가 생기는 날이야."

나는 《인어 공주》를 여덟 번이나 읽었는데, 인어 공주는 서프보드를 한 번도 타지 않았다. 게다가 내가 서프보드를 탈 수 있을 거라고 생각하다니! 아빠도 참 못 말렸다.

못 말리는 아빠는 내게 당황할 시간을 주지 않았다. 바다에 들어가자마자 나를 보드에 엎드리게 하더니, 뒤에서 노를 저어 파도를 향해 나아갔다. 나는 두 손으로 보드를 꽉 쥔 채 눈을 아주 가늘게 떴다. 그러고는 바다 밑에서 헤엄치는 만타가오리를 상상하며 마음을 진정시키려 애썼다. 혹시라도 내가 바다에 빠져 가라앉으면 만타가오리들이 수면 위로 밀어 올려 줄까?

몇 분 동안 파도를 타고 가볍게 위아래로 흔들리며 바다의 리듬을 느꼈다. 그러자 왠지 만타가오리가 된 듯한 느낌이 들었다.

아빠가 수평선을 바라보다가 보드를 해변 쪽으로 돌렸다.

"셋까지 세면 보드에서 일어나는 거야."

하나……, 둘……, 셋……! 아빠가 나를 보드 위에서 벌떡 일으켜 세웠다. 그러고는 부서지는 파도를 타고 해변으로 돌아갈 때까지 나를 꼭 붙잡아 주었다. 나는 점박이하이에나보다 더 크게 미소를 지으며 키득키득 웃었다.

아빠와 나는 그날 파도를 수십 번도 더 탔다. 파도를 탈 때마다 내 근육이 패턴을 천천히 익혀 나갔다.

해 질 무렵에 문득 시계를 들여다본 아빠는 심각한 사실을 하나 깨달았다. 너무 늦어서 엄마가 우리를 죽일지도 모른다는 사실을!

아빠는 차 지붕에 보드를 묶으며 이렇게 말했다.

"체리 걸, 누가 너한테 '이런 건 네가 할 수 있는 일이 아니야.'라고 말하면 절대로 가만두지 마. 인생은 누구에게나 모험이야. 그러니까 어떤 일에든 힘차게 뛰어들어!"

"이제 들어가는 게 좋겠어."

엄마는 내 머리 모양을 열 번째 매만졌다. 그러고는 길을 건너기 위해 내 손을 꽉 잡았다. 혹시라도 내가 차도로 뛰어들까 봐 언제나 전전긍긍했다. 뭐, 엄마가 이런 걱정을 하는 데는 다 이유가 있기는 했다. 내 몸이 나도 모르게 그렇게 한 적이 여러 번 있었으니까.

우리는 거대한 나무문을 지나 교회 안으로 들어갔다. 사람들이 나를 보면서 조그맣게 웅성거렸다. 이건 충분히 예측한 일이었다. 한 시간의 예배 시간 동안 우리 가족과 친구들을 포함해…… 백여 명의 사람들이 지켜보고 있었으니…….

당연히 스트레스는 '높음'이었다. 시작부터 좋지 않았다.

[30쪽] 마다가스카르카멜레온은 피부색을 바꿔 주변 풍경 속에 숨는다.

그런데 이 바보 같은 분홍색 드레스가 나를 더 눈에 띄게 했다.
'메이슨이라면 도와줄 수 있을지도 몰라.'
내 눈은 교회 안을 쭉 훑으며 사촌의 미소를 찾기 시작했다. 다섯 살 때처럼 메이슨이 내게 원숭이 포옹을 해 줄까? 내 코가 익숙한 냄새를 찾기 위해 킁킁거렸다. 그러자 라일락 핸드크림 냄새가 났다. 다음 순간, 할머니의 따뜻한 뺨이 귀에 와닿았다.
"9월의 복숭아처럼 예쁘구나. 네 엄마가 좋은 옷을 사 주었는걸."
할머니가 엄마에게 윙크를 보냈다. 뒤이어 블랙체리 냄새가 확 풍겼다. 블랙체리는 할아버지의 아이스크림 가게에서 내건 '이번 주의 맛'이었다.
"우리 다람쥐, 여기 있었구나!"
할아버지는 나와 주먹 인사를 하려고 손을 내밀었다. 나는 그런대로 꽤 잘 부딪쳤다. 할아버지가 허리를 굽혀 내게 속삭였다.
"그 바보 같은 복장에서 얼른 벗어나고 싶지? 내가 네 맘 다 알지."
고개를 끄덕이며 미소를 지으려 애썼지만, 몸을 살짝 꿈틀거린 게 다였다. 할아버지 말씀은 언제나 구구절절 다 옳았다. 나는 그저 결혼식 도중에 이 드레스를 스스로 찢지 않기만을 바랄 뿐이었다.
그때 엄마가 나를 돌려세우며 물었다.
"채러티, 메이슨 기억하지?"
'아, 다행이다.'
내 눈이 다시 사촌을 찾아 나섰다. 엄마는 남색 재킷에 반짝반짝 빛나는 금색 선글라스를 낀 남자아이를 가리켰다.

'쟤가 걔야? 그런데 실내에서 왜 선글라스를 쓰고 있지?'

저 애는 어린이 수영장에서 나랑 물장난 치던 원숭이 소년이 더 이상 아니었다. 오히려 아빠 가게에 와서 "어이, 친구!" 혹은 "끝내주는데!"라고 외치는 서퍼 소년들과 비슷했다.

그때 메이슨 엄마, 그러니까 키키 이모가 메이슨을 내 쪽으로 떠밀며 말했다.

"메이슨, 네 사촌을 안아 줘야지."

내 심장은 메이슨이 나를 치약 짜듯이 꽉 안아 주기를 바랐다. 하지만 메이슨은 그냥 그 자리에 우뚝 서 있었다. 내 입꼬리가 천천히 녹아 내렸다.

메이슨은 고개를 삐딱하게 기울이더니 선글라스 위로 눈을 치켜뜨고서 나를 쭉 훑어보았다. 내 입술이 오리 주둥이처럼 툭 튀어 나왔다. 메이슨은 뒤로 한 걸음 물러섰다.

"쟤, 왜 저러는 거야?"

메이슨이 거북한 표정으로 자기 엄마에게 속삭였다. 키키 이모는 못 들은 척하며 메이슨을 서둘러 자리로 돌려보냈다. 미소를 지으면서 괜찮은 척하기. 이것이 바로 키키 이모가 문제를 처리하는 방식이었다. 키키 이모는 내가 처한 불행에 대해 메이슨에게 미리 귀띔하지 않은 모양이었다. 친구가 될 가능성 : 제로.

나는 침을 꿀꺽 삼켰다. 곧이어 결혼식 음악이 울려 퍼지자 엄마가 나를 끌고 우리 자리로 갔다. 엄마와 아빠 사이에 앉아서 나는 간절히 바라고 또 바랐다. 내가 얌전히 앉아 있을 수 없는 모든 가능성을 거스르고 제발 아무 일도 일어나지 않기를.

내 눈은 연방 이쪽 벽에서 저쪽 벽으로 휙휙 날아다니며 예배당 곳곳을 살폈다. 다양한 색깔의 드레스와 정장들이 예배당의 기다란 벤치를 아름답게 수놓고 있었다. 우리는 혹시라도 빨리 빠져나가야 할 상황에 대비해 뒤쪽에 앉았다.

엄마는 막내 여동생이 결혼한다는 생각에 벌써 코를 훌쩍이고 있었다. 내 여섯 번째 감각이 '엘비 이모는 나를 사랑한다기보다는 동정한다.'고 알려 주었다. 엘비 이모가 나와 엄마 중 누구를 더 불쌍하게 생각하는지는 잘 모르겠다. 엄마가 나를 도와줘야 하는 상황이 생길 때마다 엘비 이모의 얼굴이 일그러지곤 했다.

안타깝게도, 나는 언제나 도움이 필요했다. 도움 없이는 바지 단추를 잠그는 것은 물론 화장실에 가는 일조차 할 수가 없었다. 보통의 십 대 아이라면 내 삶을 보고 "이런, 젠장."이라 말했을 것이다. 할머니는 아빠의 서핑 가게에 들른 십 대 아이들이 이런 말을 쓰면 점잖게 한마디 했다.

"애들아, 젠장이란 건 없어. 된장이나 간장은 있어도."

나는 엘비 이모가 왜 나를 결혼식에 초대하고 싶어 하지 않았는지 충분히 이해했다. 결혼식을 망칠까 봐 두려웠을 거다. 지난 몇 주 동안, 엘비 이모는 엄마에게 계속 눈치를 주었다. 그러다 결혼식을 닷새 앞두고서 두 사람은 우리 집 부엌에서 제대로 한판 붙었다.

"언니는 이해 못 해! 나한테 얼마나 중요한 날인 줄 알아? 그 어느 때보다 완벽해야 한다고."

나는 문득 엘비(Elvi)라는 이름의 철자를 약간만 재배치하면 악마

(Evil)가 된다는 사실을 떠올렸다. 엘비 이모가 계속 투덜거리자 엄마는 입을 꾹 다물고 요리에 들어갈 양파를 잘디잘게 다졌다. 순간 매운 냄새가 내 코를 공격했다. 내 입이 "으으아아아아아아." 하며 비명을 내질렀다.

"환풍기 틀어 줄까?"

엄마는 언제나 내가 내는 소리를 찰떡같이 알아들었다. 곧 내 눈이 환풍기 날개의 리듬에 맞춰 빙글빙글 돌았다. 빙글빙글 돌아가는 날개를 보고 있노라니, 내 머리가 순식간에 평화로 가득 찼다. 나는 자리에서 일어나 환풍기 날개의 회전 속도에 맞춰 빙글빙글 돌았다.

엘비 이모는 어른이면서도 어린애처럼 큰 소리로 떼를 부렸다.

"내 말은……. 하, 언니는 내 큰언니잖아. 나랑 같이 앞쪽에 있어야지, 하객석 끄트머리에서 채러티나 돌보고 있을 게 아니라……."

엘비 이모의 날카로운 목소리가 내 고막을 긁었다. 나는 빙글빙글 도는 걸 멈췄다. 엄마가 엘비 이모에게 경고의 눈빛을 보냈다. 입은 웃고 있었지만, 눈은 금방이라도 물어뜯을 준비를 하고 있는 코브라 같았다. 엄마는 엘비 이모에게 그날 총 열여덟 번 이렇게 말했다

"채러티 앞에서 채러티에 대해 함부로 얘기하지 마."

하지만 많은 어른들이 그 말에 아랑곳하지 않았다.

엄마가 나를 향해 미소를 지으며 말을 이었다.

"나는 결혼식장에서 너랑 같이 있을 수 없어. 채러티와 함께 있어야 하니까."

"언니, 그냥 베이비시터를 쓰면 안 돼? 그러니까 내 말은, 쟤가 소란을 피우지 않더라도 조엘의 친척들이 불편해하면 안 되잖아. 그쪽

가족 중에는…… 저능아가 없거든."

저 단어! 내 이모 입에서 저 단어가 튀어나왔다. 엄마는 이성을 완전히 잃었다.

"엘비, 잘 들어."

엄마가 요리용 칼을 동생 얼굴에 겨누며 말을 이었다.

"다, 시, 는, 내 딸을 그런 식으로 말하지 마. 채러티는 내가 아는 그 누구보다 똑똑해. 그리고 우리 가족 중 한 사람이지. 그런데도 지금까지 가족 행사에 줄곧 빠졌어. 앞으로는 우리 가족 전부 함께하거나 다 빠지거나, 이 둘 중 하나야."

그러고는 도마에 칼을 콱 찍으며 말을 끝맺었다.

엘비 이모는 검은색 벨벳 지갑을 홱 집어 들고는 쿵쿵거리며 걸어 나갔다. 현관문 앞에 다다르자 몸을 휙 돌리더니 나지막이 소리쳤다.

"그래, 알았어!"

이래서 내가 우리 엄마를 사랑하는 거다.

엄마가 이 결혼식에 나를 데려오기 위해서 엘비 이모와 얼마나 격렬하게 싸웠는지를 알기에 더더욱 나는 얌전히 있어야 했다. 그러나 안타깝게도 내 몸은 긴장하면 할수록 나의 바람과는 정반대로 움직였다. 긴장감이 점점 심해지면 내 안은 주전자의 물처럼 부글부글 끓다가 결국엔 폭발하고 말았다.

우리 앞에는 사촌 메이슨과 키키 이모가 앉아 있었다. 이모 머리에는 보라색 모자가 얹혀 있었다. 나는 모자의 깃털이 허공에서 춤추는 모습을 신기한 눈으로 지켜보았다. 메이슨은 어깨 너머로 나를 빤히 쳐다보았다.

그때 아빠가 내게 행운의 유리 몽돌을 건넸다. 파도에 이리저리 휩쓸려 매끈하게 다듬어진 유리 조각이었다. 지난봄 아빠와 같이 간 그 해변에서 주운 것이었다. 손가락 사이로 유리 몽돌을 굴리자 손가락 마디를 깨무는 행동은 어느 정도 자제할 수 있었다.

이윽고 오르간 연주자가 〈결혼 행진곡〉을 연주하기 시작했다. 오르간의 화음이 교회를 뒤흔들 만큼 커지자 나는 얼른 두 손으로 귀를 막았다.

모두가 뒤를 돌아보았다. 엘비 이모는 검은색 웨딩드레스를 입고 있었는데, 잘록한 허리를 중심으로 치마가 바닥으로 길고 넓게 늘어뜨려져 있었다. 할아버지의 팔을 잡고 통로를 걸어가며 환하게 웃었다.

그리고 나를 10억 분의 1초쯤 쳐다보았다. 나는 잠시 숨을 멈췄다.

'나는 완벽하게 정상적인 아이의 조각상이야.'

나는 잠시나마 완벽한 자세를 유지했다. 그런데 프릴이 잔뜩 달린 검은색 해적 셔츠를 입은 남자가 우리 줄로 밀고 들어오면서 순식간에 자세가 흐트러져 버렸다. 그 남자가 뿌린 향수가 아침에 먹은 오트밀을 토하고 싶게 만들었다. 이내 신물이 목구멍으로 차올라왔다.

아빠가 나를 데리고 벌써부터 밖으로 나가는 건 원치 않았다. 이 순간을 어떻게든 잘 넘겨야 했다. 그래서 엄마가 피로연에서 엘비 이모에게 "그러게, 내가 뭐라고 그랬니?" 하고 우쭐한 표정을 지을 수 있게 해야 했다.

'채러티, 힘내.'

엘비 이모가 제단에 오르자 오르간 연주가 멈췄다. 교회가 쥐 죽은 듯 조용해졌다. 그런데 갑자기 배가 몹시 땅겼다.

'여기서 나가게 해 줘.'

그동안 교실이나 영화관, 슈퍼마켓, 식당 등에서 수많은 폭발이 있었다. 하지만 지금 이곳에서 통제력을 상실하게 되면 그런 곳들과는 비교할 수 없을 정도로 당혹스러운 상황이 벌어질 터였다. 오늘은 엘비 이모에게 진짜진짜 중요한 날이니까.

'나는 할 수 있어.'

내 몸이 앞뒤로 흔들흔들했다. 흔들, 흔들, 흔들, 흔들. 이대로 내가 무너져 내려 결혼식을 망치면 나는 어디에도 초대받지 못할 것이다. 절대로, 다시는!

그런데 옷깃의 레이스가 자꾸만 내 목을 찔렀다. 손이 부들부들 떨렸다. 메이슨이 나를 또 쳐다보았다. 내 머릿속은 어릴 때 우리가 함께 놀았던 모래 놀이터로 돌아갔다. 내가 모래를 퍼서 양동이에 담았고, 메이슨은 성을 어떻게 지을지 구상했다.

"채러티, 더 많이 채워, 꼭대기까지. 그러면 내가 물을 부을게."

'사촌=친구. 그때는 이게 법칙인 줄 알았지. 하지만 더는 아니야.'

메이슨이 또 뒤를 돌아보았다. 메이슨의 눈빛은 뜨거운 레이저 광선 같았다. 그 광선이 나를 쪼그라뜨려 아주 작은 구피로 만들었다. 나를 둘러싼 동정 어린 시선들이 보이기 시작했다.

    동정 : 다른 사람에게 순금을 선물하는 듯한 표정으로 건네는 독약

사람들은 내 삶을 내려다보면서 자신들의 삶이 더 낫다고 위로를 삼는다.

"애! 채러티, 괜찮니?"

엄마도 내가 채 오 분도 버티지 못할 거라고는 예상하지 못했을 거다. 동정이란 독이 내 안에서 부글부글 끓어올랐다. 내 마음은 불을 끄려고 애썼지만, 수온은 끓는점을 지나 계속 올라가고 있었다. 주전자 폭발 시점이 빠르게 다가왔다.

목사의 목소리가 계속해서 낮게 울렸다. 내 심장이 우르르 떨렸다. 점점 더 세게! 규모 8.6의 지진과도 같았다.

나는 유리 몽돌을 꽉 쥐었다. 그러고는 주먹으로 한없이 떨리는 다리를 쿵쿵 두드렸다.

'가만히 있어! 넌 할 수 있어. 할 수 있다고.'

그때 아빠 목소리가 들렸다.

"체리 걸, 잠깐 나가서 걸을까?"

주전자 폭발, 카운트다운……! 3……, 2……, 1…….

내 손이 아빠 손에서 휙 빠져나가 키키 이모의 머리를 툭 쳤다. 그 순간 이모가 쓰고 있던 깃털 모자가 원반처럼 돌아 저만치로 훅 날아갔다. 이모는 곧장 비명을 질렀고, 아빠는 모자를 주우려고 허둥지둥 달려갔다. 그 서슬에 내 몸도 통로로 이끌려 나갔다. 나는 껑충껑충 뛰며 박수를 치기 시작했다. 껑충, 박수, 껑충, 박수.

나는 머릿속으로 간절히 소리쳤다.

'그만해! 네가 모든 것을 망치고 있어! 어서 자리에 앉아!'

내 다리가 허공으로 더 높이 뛰어올랐다. 엄마가 내 팔꿈치를 잡으려 애썼다. 하지만 움직이는 목표물은 잡기가 힘든 법이다.

갑자기 숨을 쉬기가 힘들었다. 두 손으로 목을 움켜쥐었다. 공기가 더 이상 폐에 들어오지 않는 것 같았다. 그러다 갑자기 달콤한 산소가 훅 들어왔다. 그 숨을 오롯이 내뱉으면서…… 귀를 찢을 듯한 비명이 내 입에서 터져 나왔다. 으아아아아아아아아아!

모든 시선이 내게로 쏟아졌다. 엘비 이모의 새하얀 얼굴이 개코원숭이의 엉덩이처럼 빨갛게 달아올랐다. 그 순간 내 몸이 통로에서 넘어지면서 분홍색 속옷이 훤히 드러났다.

아빠가 달려와 슈퍼 히어로처럼 나를 황급히 들어 올린 뒤 밖으로 달려 나갔다. 나는 혹등고래처럼 신음했다. 오오오오, 와와와와, 오오오오, 아아아아아!

> [312쪽] 고래는 과학자들이 아직 해독하지 못한 복잡한 언어로 의사소통을 한다.

엄마가 우리를 따라 밖으로 나오다가 몸을 돌려 하객들에게 미안하다는 뜻으로 연거푸 고개를 조아렸다.

"쯧쯧, 저 부모야말로 진정한 성인이지. 불쌍하기도 해라."

〈세서미 스트리트〉의 버트와 어니

ㅈㅈㄱ

우리 엄마랑 아빠는 만화 영화 〈세서미 스트리트〉에 나오는 '버트'와 '어니'처럼 성향이 서로 달랐다. 엄마는 버트 쪽이었다. 매사에 걱정이 많고 진지했다. 치렁치렁한 갈색 머리카락을 언제나 단정하게 뒤로 묶고 있었는데, 하루가 끝날 때쯤이면 머리칼의 반이 얼굴로 흘러 내려와 있었다. 엄마의 초록색 눈은 네눈박이송사리처럼 나를 돌보는 것과 동시에 아빠와 불도그 히어로, 그리고 바닷가의 이 작은 벽돌집까지 세심히 살폈다.

지식인들이 뭐라고 말하든, 엄마와 아빠는 내가 배울 수 있다고 믿었다. 엄마는 나를 낳기 전에 초등학교에서 2학년 아이들을 가르쳤는데, 스물다섯 명의 학생을 포기할 만큼 내게 온 에너지를 집중해서 쏟았다.

엄마는 저녁을 먹기 전의 두 시간을 '숙제 시간'이라고 불렀다. 사실 나는 학교에서 숙제를 받아 본 적이 없었다. 선생님들은 내가 '소는 음매음매, 돼지는 꿀꿀!' 이것 말고는 아무것도 배울 수 없다고 생각했다. 그렇거나 말거나 엄마는 매일 '숙제 시간'이 되면 식탁에 학용품을 쫙 펼쳐 놓았다. 크레파스, 연필, 낱말 카드, 퍼즐, 책……. 그러고는 그 가느다란 팔을 내 어깨에 두른 다음, 연필 잡는 법에서부터 글씨를 그리는(?) 일까지 정성껏 도왔다.

"자, 글씨에 집중해. 넌 할 수 있어."

내가 퍼즐을 맞추고 있을 때도 엄마는 교육용 TV 프로그램이나 과학 채널, 수학 비디오를 틀어 놓았다. 엘비 이모는 내가 소수나 원자, 화산과 관련된 비디오를 보고 있으면 동정 어린 시선을 보내며 쯧쯧거렸다.

"언니는 애가 이런 걸 이해할 수 있다고 생각하는 거야?"

그러면 엄마는 엘비 이모를 똑바로 보며 되물었다.

"넌 왜 이해하지 못할 거라고 생각하는데?"

'숙제'는 집에서만 하지 않았다. 엄마는 어디를 가든 커다란 가방에 다양한 학습 도구를 챙겼다. 그 덕분에 병원 진료실 앞에서 차례를 기다리거나 식당에서 음식이 나오길 기다릴 때, 매칭 게임을 하기도 하고 학습용 카드를 보기도 하면서 시간을 보냈다. 차 안에서는 언제나 오디오북을 틀어 주었다. 나의 배고픈 뇌는 그 모든 지식을 부지런히 흡수했다.

세 살이 되었을 때 나는 글을 읽기 시작했다. 매일같이 했던 엄마와의 '숙제' 덕분이었다. 엄마가 이 사실을 알면 무척 자랑스러워할 거다. 나는 간판과 라벨, 신문의 머리기사, 그리고 책이란 책은 전부 읽었다.

잠시도 가만있지 못하는 내 손가락은 책 만지는 걸 유난히 좋아했다. 뭐, 가끔은 찢기도 했다. 그래서 엄마는 내게 책을 다 읽어 준 다음에는 책장 맨 높은 칸에다 꽂아 두곤 했다. 《어린이를 위한 놀라운 동물 백과사전》만 빼고.

아빠는 〈세서미 스트리트〉의 '어니' 같았다. 늘 행복해 보일 뿐, 걱정이나 근심은 전혀 없는 듯했다. 아빠에게 나는 그냥 '정상'이었다.

"우리는 쌍둥이일 수도 있어."

셀카를 찍기 위해 서로 얼굴을 가까이 할 때마다 아빠는 늘 이렇게 말하곤 했다. 어쩌면 조금은 맞는 말일지도 몰랐다. 우리 둘 다 파란색 눈동자에 고리 모양의 연초록 얼룩이 있기 때문이었다. 아빠는 나를 '채러티 공주님'이나 '슈퍼 체리', '체리 걸'이라 불렀는데, 그렇다고 딱히 특별하게 대하지는 않았다.

"실패라는 건 없어. 배울 기회만 있을 뿐이지. 포기하지 마! 이번엔 다른 방식으로 해 보자."

아빠는 엉망진창인 내 몸도 뭔가를 배울 수 있다는 걸 여러 번 증명해 냈다. 아빠의 수업은 내가 두 살 때부터 시작되었다. 엄마가 냉장고에 작게 잘라 붙여 놓은 '발달 단계별 체크리스트'에 따르면, 두 살 정도 되는 아이는 공을 던질 수 있었다. 그런데 막상 내가 그걸 하지 못하자 엄마는 몹시 당황해했다, 그것도 아주 심각하게.

그 순간 아빠가 내 코치로 나섰다. 아빠는 고등학교 때 농구 스타였다.

"체리 걸, 너는 농구를 위해 태어났어."

아빠는 말랑말랑한 스펀지 공을 굴리는 것에서부터 시작했다. 그러고는 기다리고, 기다리고, 또 기다렸다. 내가 공을 다시 굴려 줄 때까지. 공을 굴리는 데 일주일이 걸렸다. 그다음에 던지고 받기로 넘어갔다. 아빠는 손이 거의 닿을락 말락 한 거리에서 내게 공을 던졌다. 나는 배에 맞고 바닥으로 툭 떨어지는 공을 그저 멀거니 지켜보았다.

"자, 슈퍼 체리!"

아빠는 이렇게 외치고는 내 두 손을 들어 올려 공을 잡는 자세를 취하게 했다.

"지금 4쿼터인데 우리가 2점 뒤지고 있어. 상대 팀이 이기게 가만둘 거야?"

아마도 나는 그 상상 속 게임에서 수천 번은 졌을 거다. 다시 한번 아빠가 공을 던졌다. 마침내 내가 공을…… 잡았다! 아빠는 고함을 지르며 거실을 뛰어다녔다. 그때만 해도 강아지였던 히어로가 축하의 의미로 함께 왈왈 신나게 짖었다.

여섯 살 때는 다른 아이들과 함께 댄스 수업을 들을 수 없는 나를 위해 아빠가 직접 발레를 가르치겠다고 나섰다. 그런데 불행하게도 아빠는 무용에 소질이 전혀 없었다. 절대로 농담이 아니다.

우선 색종이를 발바닥 모양으로 오린 뒤 차고 바닥에다 일일이 붙였다. 그걸 밟으면 자연스럽게 발레의 기본적인 발동작 다섯 가지를 익힐 수 있게. 그 뒤 토요일 아침에는 서핑을 하러 가는 대신, 〈백조의 호수〉를 틀어 놓고 나와 함께 '플리에'와 '를르베'를 연습했다. 플리에는 양쪽 무릎을 굽히는 동작이고, 를르베는 발끝으로 서는 동작이다.

〈백조의 호수〉속 격렬한 바이올린과 우레 같은 심벌즈 소리를 듣고 있노라니, 나는 구름까지라도 뛰어오를 수 있을 것만 같았다. 실제로 내 발은 바닥에서 10센티미터 이상 위로 떠올랐다. 햇볕이 따뜻한 날 차고 문을 열어 놓고 있으면, 이웃 사람들이 지나가다 우리를 보고 함박웃음을 지었다.

내가 여덟 살 때는 몸집이 커져서 더는 세발자전거를 타기가 힘들었다. 아빠는 아주 대담한 계획을 하나 세웠다. 어느 토요일 아침, 나를 불러 놓고 이렇게 말했다.

"채러티 공주님, 진정한 자전거라 할 수 있는 두발자전거 타는 법을 가르쳐 줄게요."

지식인들은 내가 자전거를 절대 탈 수 없을 거라고 말했다. 하지만 우리 아빠한테는 '절대 안 된다.'는 말을 절대 하면 안 되었다. 아빠는 엄마에게 자신의 계획을 미리 말하지 않았다. 우리 집의 안전 보안관인 엄마가 알게 되면 다짜고짜 못 하도록 막을 것이 분명하니까.

아빠는 엄마가 할머니와 쇼핑하러 나가는 날을 손꼽아 기다렸다.

"허락보다는 용서를 구하는 편이 더 나을 때도 있어."

아빠가 내게 말했다. 그러고는 내 머리에 헬멧을 씌우더니 팔에 보호대, 무릎에 이중 보호대, 등에 접착테이프로 쿠션을 붙이느라 이십 분 넘게 시간을 보냈다. 나는 알록달록한 마시멜로처럼 된 채 이리저리 뛰어다녔다.

얼마 후 고등학교의 텅 빈 주차장에 도착하자 아빠는 자동차 트렁크에서 새 자전거를 꺼냈다.

"자, 공주님의 말입니다."

심장이 하늘까지 뛰어올랐다. 아빠가 나를 들어 자전거 안장에 앉힌 뒤, 내 손과 발을 제 위치에 올려놓았다.

"천천히 시작해 보자."

아빠는 한 손으로 핸들을, 다른 손으로는 안장을 잡았다.

"발로 페달을 밟아. 체리, 넌 할 수 있어!"

아빠는 한 시간 넘게 내가 탄 자전거를 밀었다. 큰 원을 그리듯 주차장을 천천히 돌았다. 어느새 아빠의 티셔츠가 땀으로 흠뻑 젖었다. 내 발이 드디어 페달을 밟아야겠다는 머릿속 생각을 조금씩 따르기 시작했다.

"그렇지, 체리. 계속 그렇게 해!"

아빠는 핸들에서 슬그머니 손을 떼었다. 그러고는 안장에만 한 손을 얹은 채 옆에서 같이 뛰며 계속 격려했다.

"하하! 네가 할 수 있을 줄 알았어!"

벙글벙글 웃는 아빠의 얼굴을 보자 내 가슴도 덩달아 뿌듯했다. 내 발이 조금씩 더 빠르게 페달을 밟았다. 아빠가 안장에서 손을 떼고는 내 옆에서 질주하는 시늉을 했다.

"조심해, 너무 빠르게는 안 돼."

그러자 내 마음속에서 '불도그 충동'이 확 일었다. 내 발은 '빠르게'라는 말을 듣자마자 페달을 더 힘차게 밟기 시작했다. 먹이를 쫓는 치타처럼 아주 빠르게! 밟고, 밟고, 밟고, 또 밟았다.

[32쪽] 육상 동물 중 가장 빠른 치타는 시속 120킬로미터로 달린다.

나는 검은 포장도로를 달리며 이로 바람을 생생하게 느꼈다. 왜냐하면, 미소를 멈출 수 없었기 때문이다. 난생처음 자유를, 그것도 아주 순수한 자유를 느꼈다. 그래서 페달을 계속계속 밟았다.

"체리, 브레이크를 잡아! 손으로 꽉 잡으라고!"

곧이어 아빠의 비명이 내 귀를 채웠다. 아무래도 브레이크 잡는 법을 제일 먼저 배워야 했나 보다.

'위험해! 앞에 가시덤불이 있어!'

머리는 멈추라고 소리쳤지만, 내 손은 브레이크를 잡을 수 없었다. 두 눈을 질끈 감고 숨을 꾹 참았다.

잠시 후, 나는 바닥에 쓰러졌다. 어깨가 가시에 긁혀 따끔따끔 아팠다. 아빠가 가쁜 숨을 몰아쉬며 달려와 허겁지겁 나를 일으켜 세웠다. 두 눈에 두려움이 가득했다.

"채러티, 불쌍한 우리 공주님. 다 내 잘못이야. 괜찮니?"

그러고는 내 재킷에 붙은 먼지와 나뭇잎을 털어 주었다.

"얼른 집에 가서 괜찮은지 확인해 보자."

나는 아빠의 도움을 받아 자전거를 가시덤불에서 꺼냈다. 다행히도 자전거는 멀쩡했다. 나는 핸들 바를 잡고 한쪽 다리를 반대편으로 넘겼다. 아빠가 팔로 이마를 닦으며 고개를 저었다.

"안 돼, 내 생각엔……."

내 발은 페달을 밟으려 애썼지만, 아빠가 핸들 바를 꽉 잡고 있었다. 나는 다리에 힘을 주면서 멧돼지처럼 으르렁거렸다.

"그르르르아아아."

그러자 아빠 눈썹이 위로 번쩍 올라가며 얼굴에 미소가 번졌다.

"역시 내 딸이구나. 자, 다시 말을 타 봐."

아프긴 했지만 동정을 받고 싶지는 않았다. 특히나 아빠한테는 더 그랬다.

곰팡이가 핀 빵처럼

주말의 재앙 같던 결혼식이 지나가고, 지극히 평범하고 비참한 월요일이 찾아왔다. 엄마가 학교 앞에 차를 세우자, 마르시아 선생님이 차 안으로 고개를 들이밀었다. 언제나처럼 축 늘어진 주황색 스웨터를 입고 있었다. 숨을 내쉴 때마다 담배를 피우는 당나귀 같은 냄새가 났다.

"안녕하세요, 우드 부인. 채러티한테 여벌 옷을 챙겨 주셨죠? 채러티가 요즘 사고를 좀 많이 쳐서요."

엄마가 걱정스러운 눈빛으로 나를 슬쩍 보았다.

"정말 이상하네요. 집에서는 그런 일이 거의 없거든요."

마르시아 선생님이 내 안전벨트를 풀었다. 한 손으로 나를 잡아 차에서 내리게 하면서, 다른 손으로는 내 원더우먼 가방을 집어 들었다. 자기 몸도 주체하지 못하는 소녀와 슈퍼 히어로 가방이라니! 정말이지 우습지 않나?

그래도 가끔은 빙글빙글 도는 내 몸을 상상해 본다. 빙글빙글 돌다가 연기가 피어오르면 나는 원더우먼으로 변신한다. 악당을 혼내 줄 준비를 마친, 아주 힘세고 강력한 원더우먼으로.

"채러티 앞주머니에 3달러를 넣어 두었어요. 오늘은 점심을 사 먹으라고요."

엄마가 말했다. 그러자 마르시아 선생님이 달콤한 미소를 지었다. '나는 언제나 당신의 아이를 살뜰히 돌봐요.'라고 하는 듯이.

"네, 잘 챙길게요."

"그리고 6학년 어휘 카드도 몇 장 챙겨 넣었어요. 요즘 집에서 저랑 하는 거예요. 그것도 같이 봐주시겠어요?"

"그럼요, 당연하죠."

엄마의 자동차가 떠나자마자, 마르시아 선생님의 얼굴에서 미소가 싹 사라졌다. 선생님은 내 주머니에 손을 넣어 3달러를 꺼낸 뒤 자기 주머니에 집어넣었다. 다른 아이들에게도 이렇게 하는 걸 여러 번 보았다. 나는 오늘 점심을 먹지 못할 거다. 어휘 카드도 당연히 내 가방에서 나올 일이 없을 테고.

'내가 원더우먼이 된다면 조심하는 게 좋을걸요, 마르시아 선생님. 내가 처치할 악당 명단의 첫 번째가 바로 선생님이거든요.'

말을 하지 못하는 아이들은 학교에서 괴롭힘을 당하기 일쑤였다. 보든 아카데미에서 나는 선생님도 아이들을 괴롭힐 수 있다는 사실을 처음 알았다. 흠, 보든 아카데미에서 배운 유일한 지식이랄까.

나는 지난 몇 년 동안 방사능에 오염된 감자처럼 특수반을 찾아 네 학교나 옮겨 다녔다. 그중에 내가 공부할 수 있다고 믿어 준 선생님은 딱 한 사람밖에 없었다. 1학년 때 만난 아미라 선생님뿐이었다.

아미라 선생님은 자연을 좋아해서 아이들을 데리고 공원이나 숲, 해변으로 자주 현장 학습을 나갔다. 우리는 야생 세이지의 냄새를 맡거나 땅다람쥐를 관찰하거나 바위 밑에서 공벌레를 찾곤 했다.

선생님은 교실 밖 나무에다 그림책을 주렁주렁 매달아 '독서의 숲'을 만들었다. 그리고 내게서 한계가 아니라 가능성을 보려고 애썼다. 내가 동물 책을 좋아하는 걸 알게 된 뒤에는 종종 내 옆에 앉아 책을 읽어 주면서 이렇게 물었다.

"채러티는 커서 뭘 하고 싶어? 수의사? 아니면 동물원에서 동물들을 돌보는 사람?"

1학년 이후로는 학교생활이 점점 더 답답해졌다. 나는 여러모로 도움이 필요했지만, 학교에서는 엄마와 함께 등교하는 것조차 허락하지 않았다. 그래서 목소리를 낼 수도 없었고, 글씨를 쓰지도 못했으며, 뇌가 선택한 답을 손가락으로 가리키지도 못했다.

색을 칠하다가 선 밖으로 삐져나가면 지우개로 계속 문질렀다. 그러다 도화지에 커다란 구멍이 생기면……, 획 구겨서 바닥으로 던지며 큰 소리로 울부짖었다. 그때 나는 처음으로 '타임아웃'에 대해 알게 되었다. 타임아웃은 나를 더 안절부절못하게 만들었고, 한 번의 타임아웃은 여지없이 그다음의 타임아웃으로 이어졌다.

3학년이 되었을 때, 사람들은 내가 너무 특별해서 더는 공립 학교에 다닐 수 없다고 했다. 그때 지식인들은 우리 엄마와 아빠에게 압력을 넣어서 나를 사설 교육 기관에 보내도록 종용했다.

보든 아카데미는 진짜 학교가 아니었다. 학교는 원래 뭔가를 배우는 곳이 아닌가. 보든은 장애아들을 위한 수용소인데, 약 2.5미터 높이의 철조망으로 된 울타리가 사방에 둘러쳐져 있었다. 그러니까 탈출은 꿈조차 꿀 수 없었다.

마르시아 선생님이 아까 내 주머니에서 3달러를 꺼낼 때, 주머니 안감이 뒤집혀서 바깥으로 나왔다. 선생님은 그걸 그대로 두었다. 그런데 나는 모든 게 제자리에 있지 않으면 몹시 불안해졌다.

'흐, 이것 때문에 하루 종일 신경이 쓰이겠군.'

마르시아 선생님은 삼 년 연속 우리 반의 보조 교사였다. 아, 내가 몇 학년이지? 하긴, 그게 무슨 의미가 있겠어? 언제나처럼 한 해를 흘려 보내고 다음 해로 넘어갈 뿐, 달라지는 건 아무것도 없었다.

마르시아 선생님이 나를 학교 정문으로 데려갔다. 오늘도 다른 날과 마찬가지로 내 발은 더 이상 움직이기를 거부했다. 내 몸은 언제나처럼 교실에서 23미터 정도 떨어진 곳에서 철퍼덕 주저앉았다.

"오, 이런! 맙소사!"

마르시아 선생님이 냅다 소리를 질렀다. 내 몸이 앞뒤로 흔들흔들 흔들흔들 했다. 다음에 무슨 일이 벌어질지, 나는 너무도 잘 알고 있었다.

"채러티, 일어나. 일어나라고! 일, 어, 나, 란, 말, 이, 야!"

나도 마르시아 선생님한테 바락바락 소리 지르고 싶었다.

'일어날 수 없다고요. 그리고 이럴 때 선생님이 무작정 소리치는 건 전혀 도움이 안 돼요!'

내 몸이 여전히 앞뒤로 흔들흔들 흔들흔들 했다.

지식인들은 나한테 '운동 조절 능력이 부족'하다고 했다. 나는 이따금 고장 난 로봇처럼 같은 행동을 하염없이 반복했다. 하고, 또 하고,

또 했다. 어떨 때는 반대로 누군가가 내 몸의 스위치를 아예 꺼 버리는 것 같았다. 그러면, 나는, 얼어붙었다.

　이런 일은 적어도 일주일에 한 번, 그러니까 엄마가 우리 집 진입로에 차를 세울 때 차 안에서 일어났다. 차에서 내려야 한다는 걸 잘 알고 있는데도 내 몸이 조각상처럼 딱딱하게 굳어 버렸다. 엄마는 나를 내리게 하려고 밀거나 당기곤 했다. 그렇게 해서 내가 움직일 가능성은 제로였다.

　급기야 엄마는 좋은 방법을 찾아냈다. 앞 좌석에 책을 몇 권 놓아두었다가, 이런 일이 생기면 그냥 자리에 앉아 읽어 주었다. 운동 신경 스위치가 다시 켜지는 순간이 올 때까지.

　엄마는 절대로 화를 내지 않았다. 내가 어찌할 수 없다는 걸 잘 알기 때문이었다.

　반면에 마르시아 선생님은 내 몸이 얼어붙으면 공작새처럼 꽤액꽤액 울부짖었다. 이런 방식은 나를 통제하려는 것일 뿐, 내가 움직일 수 있도록 도와주는 방법이 결코 아니었다.

　"이제 마지막이야. 어서 일, 어, 나!"

　그래도 내가 꿈쩍하지 않자, 진짜 마지막 경고인 것처럼 한 글자씩 딱딱 끊어 말했다.

　"그래, 그렇게 계속 있어 봐. 나는 요만큼도 신경 안 쓸 테니까."

　마르시아 선생님은 포기한 듯 이렇게 말하고는 로퍼를 질질 끌며 혼자 교실로 들어갔다. 나는 멀어져 가는 마르시아 선생님의 뒷모습을 바라보며 운동장 한가운데에 덩그러니 놓여 있었다. 아이들이 한 번도 뛰논 적 없는 운동장에.

마르시아 선생님이 나를 두고 떠났을 때, 창 너머로 내다보는 눈동자가 있었다. 이사벨라, 이곳에서 유일한 내 친구였다. 작고 동그란 얼굴에 빨간 곱슬머리가 풍성한 이사벨라는 창문을 두드리며 안으로 들어오라고 손짓했다.

하지만 내 다리는 꿈쩍도 하지 않았다. 나는 그렇게 계속 운동장에 우두커니 앉아 있었다. 엄마가 매일같이 선크림을 발라 주지 않았다면, 내 피부는 잘 익힌 랍스터처럼 새빨갛게 되었을 거다.

> [159쪽] 랍스터를 불에 익히면 붉게 변하지만, 자연 속에 살아 있을 때는 다양한 색을 띤다.

작고 날카로운 돌 하나가 내 엉덩이를 찌르는데도 바닥에 붙어서 움직이지 못했다.

'움직여라, 다리야. 제발 움직여!'

쨍쨍 내리쬐는 햇볕이 뜨거워 눈을 가늘게 떴다. 이사벨라가 창문 너머로 고개를 내밀고는 응원하듯 나를 향해 책을 흔들었다. 그제야 내 다리가 서서히 움직이기 시작했다. 이윽고 나는 바닥에서 일어나 비틀거리며 교실로 들어갔다.

엄마와 아빠는 일 년에 딱 한 번, 수업 참관의 날을 위해서 쓸고 닦고 예쁘게 꾸몄을 때만 이곳을 볼 수 있었다. 나머지 364일 중 어느 날이라도 엄마가 이곳을 들여다본다면 아마 심장마비를 일으킬지도 모른다. 그저 혼돈으로 가득 차 있을 뿐, 교육의 흔적조차 찾아볼 수 없는 이곳을 단 한 번이라도 본다면 엄마는 바로 나를 구출하려 들 것이다.

내가 교실로 들어서자, 이사벨라가 달려오며 내 이름을 외쳤다.

"채러티, 채러티, 채러티가 왔어요!"

그러고는 내 손을 잡고 빈백 의자로 이끌었다.

"나랑 같이 책 보자!"

이사벨라의 주근깨 가득한 뺨이 미소로 부풀어 올랐다. 다운 증후군 때문에 살짝 처진 파란색 눈동자가 반짝반짝 빛났다. 이사벨라는 글을 읽지 못했다. 나는 진심으로 이사벨라가 책을 읽게 되길 바랐다. 이사벨라에게 글을 배울 기회가 주어져야 했다. 아니, 여기 있는 모든 아이에게 그래야 했다.

초록색 빈백 의자를 이사벨라가 톡톡 두드렸다. 내가 빈백 의자에 앉자 이사벨라도 그 옆에 앉았다. 이사벨라는 우리 둘이 모두 볼 수 있도록 책을 높이 들었다. 나는 이사벨라에게 코끼리에 관한 놀라운 사실을 알려 주고 싶었다.

> [62쪽] 아프리카코끼리는 슬픔, 행복, 연민과 같은 다양한 감정을 느낄 수 있다.

사람들은 대부분 내가 이런 감정을 느낄 수 있다는 사실을 몰랐다. 이사벨라는 새끼 코끼리를 미용실에 데려가고 싶어 하는 엄마 코끼리 이야기를 그 자리에서 지어냈다. 이야기를 들려주는 동안, 이사벨라의 빨간 곱슬머리가 통통 튀어 올랐다.

이야기가 절정에 이르렀을 때, 나는 동그랗게 커진 이사벨라의 두 눈과 달콤한 미소에 집중하려 애썼다. 하지만 내 몸의 모든 세포는 이곳에서, 그러니까 절망적인 아이들이 모여 있는 이 교실에서 벗어나고 싶어서 안달했다.

지식인들에 의하면, 우리는 전부 버려진 아이들이었다. 그래서 교육을 받을 자격이 없었다. 휠체어를 탄 아이들은 교실 뒤편에 있는 고물 텔레비전 앞에 앉아 〈바니와 친구들〉을 벌써 만 번째 보고 있었다. 나는 마구 소리를 지르고 싶었다.

'저 아이들에게도 뇌가 있어요! 물론 나도 그렇고요!'

내 귀는 이내 소음에 묻혀 버렸다. 아이들은 시끄럽게 소리 지르며 끙끙대었고, 텔레비전에서는 바보 같은 노랫소리가 연거푸 흘러나왔다. 게다가 땀에 젖은 양말과 비에 맞은 개 냄새, 그리고 마르시아 선생님의 당나귀 입 냄새가 한데 섞여 매우 역겨웠다. 마침내 내 뇌에 과부하가 걸렸다. 딱따구리가 내 두개골을 마구 쪼아 대는 듯했다.

[320쪽] 딱따구리의 끌 같은 부리는 1초에 20번 쪼아 댈 수 있다.

진짜 학교에서는 아이들이 오늘 무엇을 배우는지 궁금했다.
'그 아이들은 자신이 얼마나 운이 좋은지 알고 있을까?'

마르시아 선생님은 교도관처럼 교실을 순찰하며 아이들에게 무시로 "조용히 해!" 혹은 "그만해!"라고 소리쳤다. 그러다 가끔씩 말을 듣지 않는 아이가 보이면 타임아웃 벽장에 가두겠다고 윽박질렀다.

'오늘은 이곳에서 탈출할 수 있을까?'

내 몸이 불안감을 느끼기 시작했다. 나는 자리에서 일어나 손과 다리를 마구 흔들었다. 어쩌면 절망감을 떨쳐 내려는 몸부림일지도 몰랐다. 내 발이 레고 블록을 갖고 노는 제이콥에게로 향했다. 그 애는 말을 하지는 못했지만, 블록으로 아주 놀라운 구조물을 만들곤 했다. 심지어 플라스틱 빨래 바구니에 아무렇게나 담겨 있는, 짝도 맞지 않는 낡은 블록들로 말이다.

제이콥은 블록을 쌓아 높은 탑을 만들었다. 파란색 17개, 빨간색 19개, 초록색 23개, 노란색 29개……. 전부 홀수였다. 높이 치솟은 탑을 만지려고 손을 뻗자 제이콥이 소리를 냅다 내질렀다. 나도 덩달아 비명을 질렀다. 으아아아아아아!

"채러티, 괜찮아, 괜찮아."

이사벨라가 다가와 내 뺨을 어루만졌다. 정말로 다행이었다. 이사벨라의 다정한 말 덕분에 내 입이 곧 다물어졌다. 내 몸이 서서히 안정을 찾았다. 하지만 내게 찾아온 평화는 그리 오래가지 않았다.

마르시아 선생님이 내 팔을 홱 잡아당기더니 다짜고짜 의자에 앉혔다. 그러고는 내 앞의 테이블로 '잭 인 더 박스'를 툭 던졌다. 행동 보고서를 작성하려는 모양이었다. 그건 매일 제출해야 하는 것이었다. 내가 테스트에 실패할 시간이 다가온 셈이랄까.

"손잡이를 돌려, 손잡이를 돌려, 손잡이를 돌려."

마르시아 선생님이 로봇처럼 같은 말을 반복했다. 나는 이렇게 말하고 싶었다.

'첫째, 잭 인 더 박스는 열세 살이 아니라 네 살짜리 아이들을 위한 장난감이에요. 둘째, 손잡이를 돌릴 수 있다고 하더라도 그렇게 하지 않을 거예요. 소름 끼치는 미소에 샛노란 머리, 그리고 눈이 빠진 하

얀 광대 얼굴이 튀어나오는 걸 보고 싶지 않거든요.'

내 팔이 그 녹슨 금속 상자를 바닥에 툭 떨어뜨렸다.

"내 마지막 신경은 건드리지 않는 게 좋을 거야."

마르시아 선생님은 박하사탕을 오도독오도독 깨물며 그 쓸모없는 차트에 실패를 표시했다. 매일매일 내 발달 상태를 분석하는 그 차트는 순전히 지식인들을 위한 거였다. 마르시아 선생님이 잭 인 더 박스를 집어 들었다. 그러고는 내 코에서 5센티미터가량 떨어진 곳에서 은색 손잡이를 돌렸다.

"자, 이렇게 하는 거야. 이렇게 여러 번 돌리면 되는 거라고."

마르시아 선생님이 숨을 몰아쉬며 중얼거렸다.

다딩-다딩-다딩-다핑-핑……. 내 심장이 더 빨리 뛰었다. 모든 음이 내 안의 주전자를 들끓게 했다. 나는 내 몸에게 애원하듯 말했다.

'제발 폭발하지 마, 제발 폭발하지 마.'

마르시아 선생님이 미소를 지었다, 잭 인 더 박스의 소름 끼치는 광대처럼.

'그만해! 그만해! 그만해!'

주전자 폭발, 카운트다운……! 3……, 2……, 1…….

나는 위로 펄쩍 뛰어오르며 그 상자를 바닥으로 툭 떨어뜨렸다. 그러고는 놀란 박쥐처럼 비명을 내질렀다. 아아아악악악악악! 이사벨라가 내 옆으로 와서 나랑 같이 껑충껑충 뛰며 박수를 쳤다. 아아아악악악악악!

마르시아 선생님이 나를 끌고 교실을 가로지른 뒤 벽장 문을 열었다. 내 입에서 신음이 흘러나왔다. 나는 손으로 벽장 문틀을 꽉 움켜

쥐었다. 마르시아 선생님이 내 손가락을 문틀에서 떼어 냈다. 하나씩, 하나씩.

쾅! 딸깍. 타임아웃 벽장은 문 밑으로 들어오는 한 줄기 빛을 제외하곤 동굴처럼 깜깜했다.

내 몸은 껑충껑충 뛰며 비명을 질렀다. 아아아악악악악악! 아아아악악악악악!

'짐승처럼 갇혔어. 저들은 나를 이해하려고 노력하는 대신에……, 나를 도우려고 애쓰는 대신에……, 나를 여기에다 가둬 버렸어. 아아아악악악악악! 나는 쓸모없는 존재야. 곰팡이가 핀 빵처럼……, 시궁창에 버려진 껌처럼…….'

몇 분이 지나자 내 입에서 비명이 멈췄다. 나는 숨을 쉬기 위해 공기를 힘껏 들이마셨다. 여기서는 할 일이 없었다. 하다못해 앉아 있을 데도 없었다. 나는 바닥에 누워 문 밑으로 밖을 내다보았다. 이사벨라의 보라색 운동화가 문 앞에서 왔다 갔다 했다. 훌쩍훌쩍, 울음소리도 들렸다. 이사벨라는 언제나 의리가 있었다.

이 감옥에서 풀려나려면 얼마나 더 버텨야 할까? 시간이 멈췄다. 나는 두 눈을 질끈 감았다. 그야말로 종신형이었다.

🍒 아주 완벽한 타이밍

⌨ 그ㄹ ㅁㄱ

할아버지가 문 앞에 있는 아빠와 나를 보고는 주먹 인사를 건넸다.

"우리 다람쥐, 오늘 잘 지냈어?"

볼이 통통한 아기였을 때부터 할아버지는 나를 다람쥐라고 불렀다. 할아버지가 아빠 등을 토닥이며 말했다.

"어서 들어와. 이제 지방을 좀 씹어 줘야지. 하하하."

일요일 저녁마다 함께 모여 식사를 하는 이 시간은 우리 가족의 행복한 전통이었다, 적어도 지금까지는. 다행히 오늘 나는 엘비 이모를 만나지 않을 것이다. 아직 신혼여행 중이어서 하와이에 있을 테니까. 그런데 나를 바이러스처럼 생각하는 메이슨은? 당연히 참석 가능성이 높았다.

키키 이모는 이혼을 하고 메이슨과 둘이서 이 마을로 돌아왔다. 한동안 할머니, 할아버지와 함께 살기로 했다.

엄마와 이모는 빛바랜 꽃무늬 소파에 앉아 대화를 나누기 시작했다. 우리 가족은 '이혼'이란 단어를 '저능아'란 단어와 비슷하게 여겼다. 나는 바닥에 주저앉아 할머니의 커피 테이블에 있는 책을 무릎에 펼쳐 놓았다. 키키 이모가 울 것 같은 표정으로 나를 바라보았다.

"채러티와 메이슨이 어렸을 때 가족끼리 모여 바비큐 파티를 하면 신나게 뛰어다녔던 게 기억나. 트램펄린도 타고, 술래잡기도 했지."

그러고는 '채러티한테 대체 무슨 일이 있었던 거야?' 하는 듯한 표정으로 얼굴을 찌푸린 채 고개를 절레절레 흔들었다. 엄마가 내 양팔을 잡고서 소파로 끌어당겼다.

"채러티가 예전 같지는 않아. 그렇지?"

엄마가 내 팔을 가볍게 흔들며 반응을 기다렸다. 나는 손가락을 입에 넣고 마디마디를 씹었다. 엄마가 내 입에서 손을 빼내며 말했다.

"목마른가 보네? 사과 주스 갖다줄게."

엄마가 자리를 비우자 메이슨이 슬리퍼를 질질 끄며 거실로 들어왔다.

"안녕하세요?"

딱히 누군가를 향해서 하는 인사는 아니었다. 그러고는 레몬-라임 맛 사이다 캔을 따서 한 모금 꿀꺽 마셨다. 갑자기 키키 이모의 눈빛이 밝아졌다.

"메이슨, 채러티랑 예전처럼 뛰어노는 게 어때?"

메이슨은 이모가 마치 외국어로 말하기라도 한 듯이 빤히 쳐다보았다. 나도 할 수만 있다면 그렇게 한번 쳐다보고 싶었다.

'쳇, 나랑 노는 게 어떻겠냐고? 다들 내가 아직도 다섯 살짜리 꼬맹이라고 생각하나 보지?'

"우리가 하는 말을 알아듣긴 하는 거예요?"

메이슨이 의뭉스런 눈길로 물었다. 키키 이모가 내 옆자리를 손으로 톡톡 두드렸다.

"메이슨, 여기 좀 앉아 봐. 비디오 게임 컨트롤러에 있는 버튼 정도는 충분히 누를 수 있을걸."

내 무릎이 벌어졌다 오므라졌다 벌어졌다 오므라졌다 했다. 메이슨은 마치 물속에서 걷는 것처럼 허우적거리며 내 옆으로 걸어왔다.

"자, 얼른 와."

키키 이모가 목소리를 낮추며 말을 이었다.

"아마도 친구가 별로 없을 거야."

이모 말이 맞았다.

메이슨과 떨어져 지내는 동안, 나는 줄곧 그 애를 내 친구라고 생각했다. 하지만 그건 크나큰 오산인 듯했다. 메이슨이 이사 간 후, 그리고 이사벨라를 만나기 전에 친구가 한 명 더 있긴 했다. 우리 집 뒷마당을 같이 뛰어다니며 손을 맞잡고 깡충깡충 뛰던 친구가.

그레이스였다. 그 애의 긴 머리카락은 벌꿀처럼 노란 금색이었다. 뺨에 주근깨가 열세 개 있었는데, 우리가 밖에서 뛰어놀 때마다 주근깨가 점점 더 짙어졌다. 우리는 유치원에서 만났는데, 안 보이는 반죽을 이렇게 저렇게 섞는 척하며 주방 놀이를 했다.

그걸 보고 선생님이 물었다.

"얘들아, 오늘은 뭘 만들었니?"

그러면 그레이스가 "초콜릿 케이크요!" 또는 "땅콩버터 쿠키요!" 하고 소리쳤다. 나는 깡충깡충 뛰고 박수를 치며 동의했다. 엄마는 아예 노는 날을 정해서 거의 삼 년 동안 매주 그레이스를 우리 집으로 초대했다. 우리는 인형에 옷을 입히거나 뒷마당 수영장에서 수영을 했는데, 미지근한 물에 들어가 있으면 내 몸도 어느 정도 안정감을 느꼈다.

부엌에서 엄마와 쿠키를 굽기도 했다. 우리는 엄청나게 큰 앞치마를 두르고서 엄마 양옆의 발판에 올라섰다. 가끔은 공주 드레스를 입고 뒷마당에서 용을 피해 뛰어다녔다. 사실 용은 우리 집 개, 히어로였다. 히어로가 왈왈 짖으며 쫓아다니면, 우리는 신이 나서 소리를 꺄아아악 질렀다.

내가 보든 아카데미에 다니게 되면서 점점 멀어지기 시작했다. 그레이스는 댄스 수업과 축구 연습으로 바빴고, 나는 병원 예약과 갖가지 치료로 바빴다. 오늘도 나는 상상해 보았다. 우리가 계속 친구로 남아 있었다면 내 삶은 과연 어땠을까? 그레이스는 내 머리를 구슬로 장식해 땋아 주었을 것이다. 그리고 요즘 푹 빠져 있는 팝 스타들에 관해 수다를 떨었겠지. 물론 내가 평범한 소녀였다면.

키키 이모가 내게 비디오 게임 컨트롤러를 건네며 큰 소리로 말했다. 마치 내가 못 듣기라도 하는 것처럼.

"차를 앞으로 움직이려면 여기를 눌러."

그러고는 시범을 보이기 위해 보라색 매니큐어를 바른 엄지손가락을 내 엄지손가락 위에 올렸다. 메이슨이 게임을 골랐다. 뉴욕 시내를 배경으로 한 자동차 경주였다. 화면에서 빛이 번쩍번쩍 나왔다. 3……, 2……, 1……, 출발!

키키 이모가 소리쳤다.

"좋아, 채러티. 이제 출발! 아까 내가 보여 준 것처럼 버튼을 눌러! 자, 자, 출발! 레이스가 시작됐어!"

키키 이모의 선의는 알겠지만, 나는 정말이지 이모의 목을 조르고 싶었다. 엄지손가락을 앞으로 움직이자 자동차가 이 초 정도 앞으로 나아갔다. 하지만 어이없이 벽에 부딪혔다가, 엠파이어 스테이트 빌딩 앞에서 폭발했다.

"이제 가도 돼요?"

메이슨이 물었다. 메이슨의 목소리는 마치 방금 시간을 엄청나게 낭비한 사람처럼 지쳐 있었다. 나는 메이슨에게서 나와 함께 노는 고통을 덜어 주기 위해 일부러 자리에서 일어나 부엌으로 갔다.

엄마는 내 빨대 컵을 들고 조리대 앞에 서 있었다.

"미안해, 지금 막 갖다주려고 했어."

그러고는 내 손에 컵을 쥐여 준 뒤 내 입술로 가져갔다.

'우웩, 따뜻한 사과 주스라니! 네 살 넘어서도 이런 걸 마시는 사람은 이 세상에 나밖에 없을 거야.'

그때 할머니는 얼룩진 앞치마를 두르고서 김이 모락모락 나는 냄비 앞에 서 있었다. 나는 짐짓 코를 킁킁거렸다.

'메이플 시럽?'

"우리 아기가 여기로 왔구나."

할머니가 내 뺨에 뽀뽀를 하려고 몸을 돌렸다.

'땅콩 호박 수프.'

"보조 요리사가 왔으니 이제 좀 쉴 수 있겠는걸."

그러고는 엄마를 가리키며 말을 이었다.

"얘야, 채러티가 점점 말라 가고 있어. 눈에서 반짝반짝 빛나던 그 총기는 다 어디로 간 거야?"

엄마가 한숨을 크게 내쉬며 자리에 앉았다.

"요즘 잠을 통 못 자고 있어요."

그러자 할머니가 물었다.

"학교는 잘 다니고 있어?"

"몇 번 전화해 봤는데, 잘 지내고 있대요."

엄마는 나를 끌어당겨 눈을 가린 머리카락을 옆으로 넘겨 주었다.

"의사 선생님하고 약속을 잡으려고 하는데……."

그러자 할머니가 엄마 말을 끊었다.

"아이고, 참나. 채러티한테 필요한 건 집에서 만든 따뜻한 음식이야. 잠자기 전에 꼭 캐모마일 차를 마시게 하고."

할머니가 엄마한테 윙크를 보냈다. 할머니와 할아버지는 항상 내가 평범한 아이인 것처럼 말하고 행동했다. 할머니는 부엌의 온갖 비밀을 다 가르쳐 주었다. 할아버지는 아이스크림 가게에서 일을 돕게 했고, 일요일에는 부두로 데리고 나가 낚시를 했다.

물론 예측할 수 없는 내 몸은 때때로 문제를 일으켰다. 한번은 팬을 바닥에 떨어뜨려 할머니의 2층 케이크를 1층 케이크로 만들어 버렸다. 할머니는 많이 속상했을 텐데도 전혀 내색하지 않았다.

"그래, 칼로리를 그렇게 많이 섭취할 필요는 없지. 먹으면 다 엉덩이로 갈 텐데, 뭐. 그렇지 않니?"

할머니는 이렇게 말하며 밝게 웃었다.

할아버지와 아빠가 이야기를 나누고 있는 테라스에 대고 할머니가 소리쳤다.

"저녁 먹으려면 한 시간 정도 더 있어야 해. 우리 채러티 데리고 산책이나 좀 갔다 와. 채러티에겐 지금 신선한 공기가 필요하니까."

그때 메이슨이 부엌으로 들어와 볼에 담겨 있는 감자칩에 손을 대었다. 그걸 보고 할머니가 덧붙여 말했다.

"메이슨도 데려가."

메이슨은 감자칩을 입에 문 채 우두커니 서 있었다. 메이슨에게 미안한 마음이 들었다. 내 주위에 있어야 하는 고문에서 벗어날 수 없게 되어 버려서.

할아버지는 1968년형 GTO 컨버터블에 우리를 태웠다. 그러고는 차 지붕을 활짝 연 뒤 부두로 출발했다. 나는 얼굴을 하늘로 한껏 들어 올려 바람을 느꼈다.

"메이슨, 바람이 너무 많이 들어오니? 창문을 좀 올려 줄까?"

할아버지는 메이슨에게서 미소를 끌어내려 애썼다. 하지만 아무 소용이 없었다. 메이슨은 얼굴을 찡그린 채 잔뜩 웅크려 있었다. 그것도 나한테서 최대한 멀리 떨어진 채.

반대편 문가에 바짝 붙어서 불편해하는 메이슨을 보는 순간, 나도 덩달아 몹시 불안해졌다. 결국 내 손이 내 뺨을 때리기 시작했다. 찰싹, 찰싹, 찰싹.

"이번에 새로 들어간 학교는 어떻니?"

아빠가 뒤를 돌아보며 아무렇지도 않은 얼굴로 메이슨에게 물었다. 메이슨은 마치 말이 그러는 것처럼, 아빠를 향해 푸르르 입술로 바람을 내보냈다.

"알랑방귀 뀌는 애들이랑 위선 떠는 애들밖에 없어요."

'메이슨, 너는 네가 얼마나 운이 좋은 아이인지 모르지?'

내 손이 이제 내 무릎을 때렸다. 찰싹, 찰싹, 찰싹. 메이슨이 나를 잠깐 관찰하더니 이렇게 물었다.

"얘는 왜 이러는 거예요?"

아빠는 한쪽 눈썹을 치켜올리고서 메이슨을 짧게 쏘아보았다.

나는 다시 내 뺨을 때리기 시작했다. 찰싹, 찰싹, 찰싹. 아빠는 입술을 오므린 채 잠시 생각에 잠겼다.

"글쎄, 채러티는 가끔 자신만이 들을 수 있는 음악에 맞춰서 춤을 추는 것 같아."

"말도 할 수 있어요?"

"너나 나처럼은 아니고, 좀 다른 방식으로 소통하지. 채러티의 몸은 다른 언어를 사용해. 예를 들어, 채러티가 우리를 보고 있지 않다고 해서 우리가 하는 말을 듣지 않는 건 아니야. 그리고 채러티가 껑충껑충 뛰어다닌다고 해서 행복하다는 뜻도 아니지."

'맞아요, 아빠. 하지만 사람들은 대부분 그 사실을 몰라요.'

"그러면 얘의 기분이 어떤지 어떻게 알아차려요?"

메이슨이 물었다.

"나는 채러티의 눈을 보면 알 수 있어. 하지만 가끔은 나도 잘 모를 때가 있단다."

아빠가 손을 뒤로 뻗어 내 무릎을 꼭 쥐며 말을 이었다.

"체리, 나는 알아. 네가 얼마나 이야기를 하고 싶어 하는지. 할 수만 있다면……. 그렇지?"

'아빠가 알고 있는 것보다 훨씬 더 많아요.'

메이슨이 손으로 코를 쓱 문지르며 말했다.

"그렇군요. 그것참, 젠장이네요."

그러자 할아버지가 끼어들었다.

"애야, 젠장은 없어. 된장이나 간장은 있어도. 하하하."

주차장에 들어서자, 수많은 자동차가 우리를 맞이했다.

"아주 성가신 관광객들이야. 우리를 부두에서 밀어낼 수 있다고 생각하나 봐."

할아버지가 투덜거리며 좁은 주차 공간에 차를 집어넣었다. 아빠는 내가 내리는 것을 도와주며 차 문이 옆 차에 부딪히지 않도록 조심했다. 아빠와 나는 할아버지 옆에서 걸었고, 메이슨은 마치 우리와 일행이 아닌 듯 저만치 뒤에서 따라왔다. 나는 새로운 법칙을 떠올렸다. 사촌≠친구.

평소에는 이곳에 오면 마음이 진정되었다. 그런데 오늘은 한 걸음 한 걸음, 내디딜 때마다 힘이 들었다. 부서진 심장의 조각들이 가슴 속에서 딸각딸각 서로 부딪치는 게 느껴질 정도였다.

내 마음에 새겨진 상처의 수를 세어 보았다. 보든 아카데미, 마르시아 선생님, 메이슨, 엘비 이모……. 막연한 공포가 내 배 속에서 점점 커져 갔다. 바닥에 깔린 널빤지가 뜨거운 용암이라도 되는 듯 발가락들이 껑충껑충 뛰면서 앞으로 나아갔다. 문득 마음대로 날아다니는 갈매기들의 자유로움이 부러웠다.

아빠가 내 손을 더 꽉 쥐었다.

"진정해, 채러티. 조금만 더 가면 우리만의 평온한 낚시터가 나올 거야. 그럼 너도 괜찮아지겠지?"

'괜찮아진다고요? 내 인생을 좀 보세요. 평온해질 가능성은 제로라고요.'

그때 내 속에서 사나운 불도그 충동이 일어났다. 나는 아빠한테서 손을 빼내 이리저리 날아오르기 시작했다. 어디로 가는 건지 나도 알 수가 없었다. 내 다리는 군중 속으로 휙휙 날아갔다. 내 분홍색 운동화가 끈적끈적한 널빤지를 하염없이 질주했다.

'저리 비켜요!'

유아차를 피하고, 벤치에 부딪히고, 팝콘 수레를 지나 껑충껑충 뛰어올랐다. 뛰고, 뛰고, 피하고, 뛰어오르고, 피하고, 부딪히고, 돌고, 뛰고.

내 눈이 부두의 옆면을 따라 내려가는 경사로를 발견했다. 그쪽으로 가면 이 혼돈에서 벗어날 수 있을 것만 같아서 힘껏 내달렸다. 그러다 한순간 발이 얼어붙고 말았다. 쇠사슬로 길이 막혀 있었다. '관계자 외 출입 금지'라고 적힌 표지판과 함께.

쇠사슬 아래로 몸을 숙여 넘어간 뒤, 보트가 정박해 있는 쪽으로 비틀비틀 걸어갔다. 보트는 파도를 따라 위아래로 넘실거리고 있었는데, 아홉 척씩 열여덟 척이 두 줄로 늘어서 있었다. 보트 사이로 유리처럼 반짝이는 물살이 조각조각 흩어졌다.

내 발은 그 유리 조각 위를 걷고 싶어 했다. 나는 바다를 느끼고 싶었다.

'계속 가. 넌 할 수 있어.'

얼마든지 바다에 들어가 소리 없이 사라질 수 있었다. 다리는 나를 부둣가로 이끌었고, 발은 물 쪽으로 거침없이 뻗어 나갔다. 신발 끈이 물에 닿았다. 몸을 앞으로 기울이며 살며시 눈을 감았다.

그때 누군가 내 팔꿈치를 잡더니 부두 안쪽으로 끌어당겼다. 뒤이어 깊고 낮은 목소리가 들렸다.

"워, 워! 자매여, 잠시만 기다려요."

뒤를 돌아보니, 다부진 얼굴에 흰머리를 뒤로 길게 땋은 남자가 서 있었다. 목에 걸린 은색의 돌고래 펜던트가 햇빛을 받아 반짝 빛났다. 남자는 주름진 눈을 가늘게 뜨며 내게 미소를 보냈다.

"우리에겐 저마다 다른 길과 목적이 있답니다. 자매여, 당신도 당신의 길을 찾도록 해요."

아빠가 껑충껑충 뛰어 가쁜 숨을 몰아쉬며 우리가 서 있는 곳으로 왔다. 다짜고짜 두 손으로 나를 붙잡고는 내 얼굴을 들여다보았다.

"채러티, 괜찮니? 다친 데는 없고? 왜 그렇게 빨리 달렸어?"

아빠가 나를 꽉 껴안았다. 바들바들 떨리는 아빠의 몸이 고스란히 느껴졌다. 곧이어 할아버지도 숨을 헐떡이며 달려왔다. 몸을 구부린 채 두 손을 무릎에 대고 숨을 골랐다.

"아이고, 우리 다람쥐. 악취 나는 소시지 냄새가 그렇게도 싫었던 거니?"

할아버지가 나를 보며 키득키득 웃었다. 이제야 쇠사슬을 뛰어넘은 메이슨이 할아버지 뒤로 달려오며 물었다.

"무슨 일이에요? 쟤는 어디로 가려 했던 거예요?"

나는 고개를 돌려 나를 '자매'라고 불렀던 수호천사를 찾았다. 그런데 그사이에 사라지고 없었다.

"좋아, 우리 다람쥐. 어떤 걸로 해 줄까?"

목요일은 내가 가장 좋아하는 요일이었다. 목요일이면 아빠는 학교로 와서 나를 데리고 할아버지의 아이스크림 가게로 갔다. 나는 키키 이모가 뒤쪽에서 나오는 것을 지켜보았다.

"컵에 담아 줄까? 아니면 콘?"

이모는 레이스가 달린 블라우스 위에 파란색 줄무늬 앞치마를 걸치고 있었다. 이곳은 이제 이모의 새로운 직장이었다. 아빠가 말했다.

"셰이크로 만들어 주세요. 그래야 셔츠에 증거를 흘릴 가능성이 낮거든요."

그러고는 내게 슬쩍 윙크를 했다. 나는 키키 이모가 만들어 준 셰이크를 호로록 마신 뒤, 자리에서 일어나 카운터 뒤쪽으로 들어갔다.

"뭐가 필요하니? 내가 갖다줄까?"

키키 이모가 잔뜩 긴장한 얼굴로 물었다. 나는 커다란 냅킨 봉지를 집어 들고 아빠 옆 카운터로 갔다. 테이블 위의 냅킨 상자들을 가져온 다음, 카운터에 쭉 늘어놓았다. 그러고는 냅킨을 상자마다 적당한 양으로 차곡차곡 채워 넣었다. 그다음에는 냅킨 상자를 원래 있던 테이블에 하나씩 갖다 놓았다.

키키 이모는 매우 놀란 표정으로 이 모든 과정을 지켜보았다.

"아니, 이게 무슨 일이에요? 이걸 다 어떻게 배운 거죠?"

키키 이모가 할아버지에게 물었다. 할아버지는 도리어 이 질문에 놀란 표정을 지었다.

"내가 가르쳐 줬어. 얘는 똑똑한 아이니까. 냅킨 상자를 채우는 일쯤은 아무것도 아니야. 지난주에는 은행에 가져갈 돈을 분류하는 일도 했는걸. 어찌나 빨리 딱딱 나누어서 정리를 해 주던지, 내가 하나하나 셌으면 훨씬 더 오래 걸렸을 거야."

"하지만 저는……, 그러니까 제 생각엔……."

키키 이모가 미간을 찡그렸다. 양쪽의 눈썹이 한 줄로 연결될 만큼 세게. 할아버지가 이모 어깨에 손을 올리며 다정하게 말했다.

"음, 아무래도 네가 뭔가를 잘못 생각한 것 같구나."

그때 문 위의 벨이 울렸다. 엄마가 눈물이 그렁그렁한 눈으로 마치 꿈속을 걷는 듯 비틀거리며 가게로 들어왔다. 그러고는 내게로 달려와 꼭 안아 주었다.

"정말 미안해!"

나는 여섯 번째 감각으로 엄마의 마음속에서 지금 슬픔이 솟구쳐 나오는 것을 느꼈다. 아빠가 엄마 어깨를 한쪽 팔로 감싼 뒤 카운터 의자 쪽으로 이끌며 물었다.

"왜, 무슨 일인데 그래?"

엄마가 자리에 앉자 키키 이모가 물을 한 잔 건넸다. 엄마는 떨리는 손으로 물을 한 모금 마신 뒤 목 너머로 힘들게 삼켰다. 그런 다음 나를 바라보며 어렵사리 말을 꺼냈다.

"오늘 수업이 끝나고 보든에 갔어. 톨 선생님이랑 이야기를 좀 나누려고."

톨 선생님은 우리 반 담임이었지만, 교실에 오래 머무른 적이 단 한 번도 없었다. 언제나 '행정 업무'를 처리해야 한다면서 자리를 비웠는데, 이것은 대개 교사 휴게실에서 신문을 읽거나 설탕이 잔뜩 뿌려진 도넛을 먹겠다는 신호였다. 지나가다가 보면 톨 선생님은 항상 그러고 있었으니까.

나는 최악의 상황을 두려워하며 주먹을 꽉 쥐었다. 톨 선생님이 엄마에게 나를 실패자라고 말했을까? 내가 통과하지 못한 그 멍청한 '평가'들을 낱낱이 읊었을까? 하지만 마르시아 선생님이 내 점심 값을 빼돌린 일이나 나를 타임아웃 벽장에 가둔 일, 또 나를 운동장에 내버려두고 혼자 교실로 가 버린 일에 대해서는 입도 벙긋하지 않았겠지.

엄마가 말을 이었다.

"미리 약속을 하고 간 건 아니었어. 나는 그냥 톨 선생님과 이야기를 나누고 싶었을 뿐이야. 채러티가 학교에서 어떻게 지내는지 물어보고……, 채러티가 요즘 겪고 있는 기분 변화에 관해 상담을 하고 싶었거든."

심장이 두 배로 빨리 뛰었다. 아이스크림 셰이크가 배 속을 휘젓고 다니는 기분이었다.

"학교에 갔는데 안내 데스크에 아무도 없더라고. 그래서 교실로 바로 갔지. 수업 참관의 날에 가 보면, 언제나 깨끗하고 활기가 넘쳐흐르던 교실이……."

'그곳을 봤어요? 그 냄새도 맡았고요?'

엄마가 아빠 쪽으로 고개를 돌리더니 속사포처럼 말을 쏟아 냈다.

"스티브, 거긴 돼지우리였어. 더럽고 냄새나고 망가진 장난감이 널브러진……. 뭔가를 배울 수 있는 곳이 전혀 아니었어. 칠판에는 낙서만 가득했지. 낡아 빠진 퍼즐은…… 죄다 바닥에 흩어져 있었고,

부러진 크레용과 말라 버린 마커가 담겨 있는 신발 상자가 여기저기 널려 있었는데……. 세상에, 물건을 쌓아 두는 벽장에…… 빨간 글씨로 '타임아웃'이 적혀 있는 거야. 정말이지 두 눈으로 보고도 믿을 수가 없었어."

순간 아빠 얼굴은 하얗게 변했고, 엄마 얼굴은 빨갛게 변했다.

"화가 나서 참을 수가 없더라고!"

엄마가 주먹으로 카운터를 쿵 내리쳤다.

'엄마가 드디어 알게 된 거야?'

엄마 눈에서 눈물이 뚝뚝 떨어졌다.

"휴대전화를 꺼내 사진을 찍으려고 했어. 그런데 마르시아 선생님이 갑자기 나타나서 나한테 소리를 지르는 거야. 여기 있으면 안 된다고. 톨 선생님도 들어와서 나를 무단 침입으로 경찰에 신고하겠다고 협박했어. 기가 막혀서 그들에게 소리쳤지. '여기가 무슨 교실이에요? 어떻게 아이들을 벽장에 가둬 놓고 타임아웃을 할 수 있어요? 나야말로 당신들을 경찰에 신고하겠어요!' 그랬더니 마르시아 선생님이 이렇게 말하지 뭐야. '아직 이해를 못 하셨나 보네요, 그렇죠? 여긴 실패한 아이들이 오는 곳이에요. 당신 아이도 다른 학교에서 받아 주지 않아서 이곳으로 온 거잖아요.' 그다음에 내가 뭐라고 했는지는 여기서 굳이 말하고 싶지 않아. 내 욕을 상상하게 해서 미안하지만, 아무튼 나는 마지막에 이렇게 말했어. '채러티가 또다시 보든 아카데미에 발을 들여놓는 일은 절대로 없을 거예요. 그리고 조금만 기다려요. 당신들이 학교를 어떻게 운영해 왔는지, 내가 교육청에 가서 낱낱이 까발릴 테니까.'"

엄마는 뺨에 흐르는 눈물을 손등으로 닦아 내고는 나를 다시 꽉 안아 주었다.

'빨간 망토 없이도 엄마는 악당을 잘 혼내 주었군. 그렇지만 과연 내게 자유가 주어질까?'

내 마음은 이 상황을 제대로 받아들이지 못했다. 감정의 파도가 내 가슴을 세차게 덮치는 바람에 아까 먹은 셰이크를 전부 토하고 말았다.

메이슨은 부엌으로 슬그머니 들어가 치즈 크래커 네 개를 손바닥에 쌓아 올렸다. 누군가가 말을 걸기 전에 재빨리 빠져나가고 싶었을 테지만 엄마한테 딱 걸리고 말았다.

엄마는 메이슨의 어깨에 팔을 두르며 이렇게 말했다.

"메이슨, 좋은 소식이야. 몇 주 후에 채러티가 너희 학교로 갈지도 몰라."

그 말을 듣고 메이슨의 창백한 얼굴이 더 하얗게 질렸지만, 그냥 앞만 쳐다보며 "네." 하고 얌전히 대답했다.

"엄청 재미있을 것 같지 않아? 점심도 같이 먹을 수 있고."

청록색 바지 정장을 입은 키키 이모가 활짝 웃으며 끼어들었다.

메이슨은 나를 힐끗 쳐다보았다. 나는 머릿속에서 흘러나오는 베토벤 교향곡 5번 〈운명〉에 맞춰 손가락으로 식탁을 탁탁 두드렸다. 메이슨은 밖으로 몸을 피하는 걸로 이 대화를 끝냈다.

엘비 이모가 동정 어린 표정을 한 채 문가에 서서 물었다.

"공립 학교? 언니, 진심이야? 이런다고 뭐가 달라져?"

그러자 키키 이모가 속삭였다.

"진정해, 엘비. 신중하게 말하라고."

엄마는 턱을 악물었다.

"엘비, 여러 번 말하게 하지 마. 나는 채러티가 세 살 때부터 초등학교 수준의 공부를 가르쳐 왔어. 채러티는 다 이해할 수 있을 거야."

엘비 이모가 고개를 가로저었다.

"언니는 언제 꿈에서 깨어날 거야?"

"채러티 앞에서 그런 식으로 말하지 마."

엄마가 낮게 소리쳤다. 엘비 이모가 허리춤에 손을 찔러 넣었다.

"현실을 직시해. 언니는 왜 우리의 대화를 쟤가 다 이해한다고 생각하는 거야? 나도 쟤가 그랬으면 좋겠어. 하지만 실제로는 그게 아니라고."

그러더니 내게로 몸을 돌려 갑자기 미소를 지었다.

"채러티, 내 말을 알아들었으면 눈을 두 번 깜박여 봐, 딱 두 번만."

모두 나를 쳐다보았다. 당연히 내 눈꺼풀은 엘비 이모의 말을 따라 주지 않았다. 엘비 이모는 엄마에게 다가가 두 손을 잡았다.

"언니, 봤지? 별 효과가 없을 거야. 몇 년 동안 죽어라 고생했지만, 여태까지 별 효과가 없었잖아. 언니는 언니 인생을 낭비하는 것뿐 아니라 불쌍한 이 아이까지 괴롭히고 있다고."

엄마가 엘비 이모 눈을 똑바로 바라보았다.

"엘비, 너는 이해 못 해. 아직 엄마가 아니니까. 조금만 기다려 봐. 네 아이를 위해서라면 뭐든 하게 될 거야."

엘비 이모가 한숨을 푹 내쉬더니 두 손을 들어 올렸다.

"내가 언니 때문에 죽겠어. 정말 언니 때문에 죽겠다고."

그러고는 돌아서서 휙 나가 버렸다.

"언제부터 가?"

키키 이모가 환하게 미소를 지으며 물었다. 마치 조금 전의 대화가 아에 없었던 것처럼. 엄마가 대답했다.

"글쎄, 학교에서 받아 줄지는 우리도 모르겠어. 뇌물을 줘서 할 수 있는 거라면 그렇게라도 하고 싶은 마음이야."

그리고 나서 이 주 동안 엄마는 교육청 담당자들과 논쟁을 벌였다. 그들은 애초에 나를 공립 학교에서 쫓아낸 뒤, 엄마에게 압력을 넣어서 보든 아카데미에 보낸 사람들이었다.

"부끄러운 줄 아세요, 부끄러운 줄 알라고요! 어떻게 보든 아카데미를 학교라고 부를 수 있지요? 이런 학대가 계속되도록 내버려두다니, 도저히 믿을 수가 없군요. 아이들이 눈에 보이지 않기만 하면, 당신들은 그곳에서 무슨 일이 일어나든 상관없단 말이군요. 우리 아이를 공립 학교로 전학시켜 주지 않으면 손해 배상을 청구하는 소송을 제기할 겁니다. 이건 우리 아이가 받아야 할 엄연한 법적 권리예요. 그리고 학교에서 우리 아이를 도와줄 보조 교사가 필요해요. 풀타임으로요. 보조 교사를 고용하는 데 드는 비용은 교육청에서 우리 아이를 그 감옥에 보내느라 지원한 교육비보다 훨씬 더 적을 거예요."

진짜 교육이 이루어지는 공립 학교? 선생님들이 공부를 가르치는 곳? 이 생각은 나를 몹시 흥분시켰지만 동시에 두렵게도 만들었다.

복도에서 내 다리가 비틀거릴 때마다 들릴 농담과 모욕, 그리고 비웃음을 떠올리지 않을 수 없었다. 적어도 보든 아카데미에서는 이 부분이 어느 정도 희석되기는 했다. 게다가 내 다정한 친구 이사벨라를 그 지옥 같은 보든에 두고 어떻게 나 혼자만 떠날 수 있을까?

저녁을 먹은 후, 나는 정원을 돌아다니며 할머니의 샛노란 금잔화에 붙어 있는 무당벌레를 세어 보았다. 엘비 이모와 조엘 이모부는 잔디밭에 앉아 주홍빛 하늘을 바라보고 있었다. 엘비 이모는 깎은 지 얼마 안 된 잔디밭에 머리를 대고 드리누웠다. 조엘 이모부가 나를 보며 미소를 지었다.

"안녕? 뭐 하고 있니?"

내가 아무 대답도 하지 않자 엘비 이모를 보며 물었다.

"우리가 하는 말을 이해하는 거야?"

"언니는 그렇게 생각하는 것 같아. 자기 눈엔 어때?"

조엘 이모부는 내가 손을 휘저으며 풀밭을 깽깽이걸음으로 폴짝폴짝 뛰는 모습을 지켜보았다.

"음, 어려워 보이는데."

엘비 이모는 마치 내가 거기에 없는 것처럼 이모부와 계속 속닥거렸다.

"만약 우리에게 아이가 생긴다면, 진짜로 열심히 기도해야 해. 언니네처럼 안 좋은 상황에 빠지지 않게 해 달라고. 알겠지? 언니는 자신의 모든 시간을 저 아이를 돌보는 데다 쓰고 있어. 언니의 인생 전부를! 안타까워 죽겠어. 언니는 언제쯤 현실을 똑바로 보게 될까?"

동정이라는 독약이 내 안에서 바글바글 끓어올랐다. 마음 같아선 펑펑 소리내어 울고 싶었지만, 내 몸은 껑충껑충 뛰며 박수를 쳤다.

나는 간절히 진심으로 이렇게 말하고 싶었다.

'내 귀는 아주 잘 들려요. 내 뇌는 다 이해한다고요. 나도 진짜 사람인데, 이모한테는 그렇게 보이지 않나요?'

껑충, 박수, 껑충, 박수.

"언니한테 다시 한번 말해 볼 거야. 그래서 현실을 직시할 수 있도록 해 줘야지. 채러티가 학교에 가지 않는 지금이야말로 아주 완벽한 타이밍이라고."

최악의 악몽

[ㅌ][ㅅ][ㅌ]

"그냥 만나서 인사를 나누려고 오시는 거야."

엄마는 침착하게 말하려 애썼지만, 장식장의 먼지를 벌써 세 번째 털고 있었다. 그래서 나는 이 만남이 인사 이상이라는 걸 알아차렸.

링컨 중학교 교장 선생님이 나를 확인하러 우리 집에 찾아온다는 것이다.

> [번역] 교장 선생님은 내가 얼마나 엉망인지 확인하고 싶어 한다. 어쩌면 내가 교실에 발을 들여놓기 전에 처리해 버리고 싶어 할지도 모른다.

나는 평생토록 테스트를 받으며 살았다. 테스트가 끝날 때마다 지식인들은 내게 또 다른 꼬리표를 붙였지만, 그들의 결론은 언제나 똑같았다.

[진단명] 멍청이.

단지 좀 더 전문적인 용어를 사용했을 뿐이다. 그들의 꼬리표는 나를 정의하는 게 아니었다. 그저 제한할 뿐이었다.

엄마는 나를 식탁에 앉혀 놓고 200조각 퍼즐을 맞추게 했다. 눈 덮인 자작나무에 앉아 있는 붉은 홍관조 떼 그림이었다. 엄마는 이렇게 하면 우리의 방문객에게 좋은 인상을 심어 줄지도 모른다고 생각하는 모양이었다. 흠, 가능성 낮음.

아빠는 평소처럼 알로하 분위기였다. 피스타치오 껍질을 까서 한 번에 몇 개씩 내게 건네주었다. 짭짤한 씨앗을 씹어 먹으며 빨간색 퍼즐 조각을 한곳에다 모았다. 나는 색깔이나 패턴에 따라 일정한 순서대로 정리하는 걸 좋아했다. 이 퍼즐의 경우, 빨간색이 가장 많았고, 그다음은 파란색, 또 그다음은 하얀색이었다. 그러니까 새, 하늘, 눈 덮인 자작나무 순인 것이다.

엄마가 피스타치오 껍질을 한 손으로 쓸어 담으며 아빠를 노려보았다.

"오 분만이라도 깨끗하게 있으면 안 될까?"

"진정해. 당신이 지금 우리를 더 긴장하게 만들고 있어."

"채러티는 지금까지 충분히 고통받았어. 스티브, 얘는 이제 학교에 가야 한다고."

"우리가 할 수 있는 건 최선의 결과가 나오기를 바라는 것뿐이야. 그리고 잘 안 되면……."

아빠가 말을 끝맺기도 전에 엄마가 식탁을 닦던 행주를 바닥으로 휙 던졌다.

"잘 안 되면, 그걸로 끝이야."

엄마 목소리가 높아졌다.

"그다음은……."

엄마가 말을 멈췄다. 그러고는 토할 것 같은 표정으로 아빠를 바라보며 나지막이 속삭였다.

"'파밸'밖에 없어."

나는 엄마가 무엇을 말하는지 정확히 알아들었다. 파인밸리 발달 센터. 우리가 마지막으로 그곳에 갔을 때, 나는 집으로 돌아오지 못할 뻔했다. 그 생각을 하니까 바로 토하고 싶어졌다.

그때 나는 여덟 살이었다. 그리고 53일을 더 살았다. 엄마와 아빠는 악몽 같은 일주일을 보낸 뒤, 슈퍼스타만큼 유명한 신경외과 의사의 진료를 예약하려고 무척 애를 썼다. 내 몸이 미쳐 날뛰면서 한시도 잠을 못 잤기 때문이다. 내가 잠을 못 자면 엄마랑 아빠도 잘 수가 없었다.

마침내 예약이 되었을 때, 우리는 좀비 같은 모습으로 나란히 진료실로 걸어 들어갔다 그리고 냉장고처럼 차가운 검사실로 안내되어 이십사 분을 더 기다렸다. 엄마와 아빠는 아무 말도 하지 않았다. 윙윙거리는 형광등 소리가 점점 더 커졌다. 불안해진 내 다리가 금속 테이블의 다리를 쿵쿵 걷어차기 시작했다.

아빠는 나를 의자에서 내려 주었다. 그런 다음 내 손을 잡고 같이 껑충껑충 뛰면서 비치 보이스(미국의 경쾌한 서프 음악을 대중화한 밴드)

노래를 신나게 불렀다.

　우리가 껑충껑충 뛰고 있을 때, 슈퍼스타 의사 선생님이 노크도 없이 문을 벌컥 열고 안으로 들어왔다. 의사 선생님은 한쪽 눈썹을 치켜올렸고, 아빠는 나를 번쩍 들어 올려 의자에 앉혔다. 이전의 모든 지식인과 마찬가지로, 의사 선생님은 나를 훈련할 수 없는 개처럼 대했다. 그리고 명령을 내리기 시작했다.

　"이 컵들을 쌓아 봐."

　알록달록한 컵이 테이블에 여섯 개 놓여 있었다. 나는 의사가 무엇을 바라는지 바로 알아차렸다. 할머니의 장식장에 있는 화려한 러시아 인형처럼 크기순으로 차곡차곡 포개라는 뜻이었다. 하지만 내 손은 각각의 색깔에 따라 알파벳 순으로 정렬하기로 했다. 파란색(blue), 초록색(green), 주황색(orange), 보라색(purple), 빨간색(red), 노란색(yellow) 순으로 말이다.

　의사 선생님이 클립보드에 뭔가를 적었다. 눈빛으로 보건대, 나는 실패한 게 분명했다.

　"자, 채러티, 넌 할 수 있어. 집에서 항상 잘했잖아."

　엄마가 내 등을 다정하게 문지르며 말했다.

　"어머님, 아이를 도와주지 마세요."

　의사 선생님이 의자 하나를 손으로 가리켰다. 거기에 얌전히 앉아 있으라는 뜻이었다. 이른바 엄마에게 내리는 명령이었다. 그러고는 다시 내게로 돌아와 지시를 내렸다.

　"껑충 뛰어 봐."

　'조금 전에 내가 껑충껑충 뛰는 걸 봤으면서. 내가 할 수 있다는 걸

알잖아요……. 그렇게 자꾸 명령만 내리지 말아요.'

"네 코를 만져 봐."

'코를 만지면 뭐가 증명되는데요? 그건 내 머릿속에 무엇이 들어 있는지를 보여 주지 못해요.'

의사 선생님은 내가 실패할 때마다 클립보드에 뭔가를 끼적였다. 심장이 더 빨리 뛰었다. 내 발은 밖으로 뛰어나가고 싶어 했지만, 의사 선생님이 문을 가로막고 있었다.

"인형을 가지고 놀 때는 몸을 잘 움직이는 편이에요. 인형 머리를 빗겨 주고, 옷을 입혀 주고, 양말이나 신발도 신겨 줄 수 있거든요."

의사 선생님은 엄마 말에 아랑곳하지 않고 작은 고무망치로 나를 찌르고 두드렸다.

"얘는 혼자서 200조각 퍼즐을 맞출 수 있어요."

엄마가 이 말을 덧붙이는 동안, 의사 선생님은 소리굽쇠를 두드린 뒤 내 머리 주위로 빙빙 돌렸다. 내 머리는 소리가 나는 쪽으로 제때 돌아가지 못했다. 이번에도 실패였다.

의사 선생님이 크레용을 내밀며 말했다.

"동그라미를 그려 봐."

'끝내주는군.'

어떤 날은 내 손이 랍스터의 집게발처럼 움직였다. 그때가 바로 그런 날이었다. 오른손이 앞으로 나아갔다.

'잡았다.'

내 손가락이 가느다란 원통을 쥐었다. 지금까지 의사 선생님이 내린 명령 중 가장 어려웠다. 내가 동그라미를 제대로 그리면, 의사 선생님은 앞의 모든 실패를 없었던 걸로 할지도 몰랐다. 이 조그마한 크레용이 내 미래를 결정하는 셈이었다. 심장이 쿵쿵 뛰며 내 가슴을 연거푸 두드렸다. 나는 엄마와 함께 몇 시간이나 글자 쓰는 연습을 했다. 사실 동그라미는 그냥 'O'였다.

의사 선생님이 메모장을 내밀었다. 나는 주먹을 꽉 쥐며 크레용을 들어 올렸다. 주황색, 정확히 말해 적갈색 크레용이 종이에 닿았다.

엄마와 아빠는 숨을 죽였다.

아주 가는 선.

'나는 할 수 있어.'

둥근 호.

'그래, 그렇게!'

그러다가 투둑! 크레용이 내 손에서 부서졌다. 그 소리는 마치 피아노가 높은 건물에서 떨어져 콘크리트 바닥에 부딪히며 내는 소리와도 흡사했다. 주전자 폭발, 카운트다운……! 3……. 2……, 1……. 으아아아아아아!

이제 제멋대로 움직이기 시작한 내 손이 의사 선생님의 팔을 내리쳤다. 곧이어 클립보드가 바닥에 떨어졌다. 아빠가 나를 두 팔로 감싸 안았고, 엄마는 내 머리를 쓰다듬었다.

"채러티, 괜찮아, 우리 아기."

나는 공기를 한껏 들이마신 뒤 입 밖으로 내뿜었다. 들이마시고, 내뿜고, 들이마시고, 내뿜고.

의사 선생님은 허리를 굽혀 클립보드를 집어 들었다. 그러고는 바로 내 앞에서 진단 결과를 직직 갈겼다.

중간에서 심각 사이의 지적 장애.

"갖고 오신 파일과 제가 관찰한 바에 따르면, 채러티는 별도의 주거 시설에 머물며 지원을 받아야 합니다. 갑작스러운 폭발로 자기 자신이나 다른 사람을 다치게 하기 전에 말이죠."

의사는 내가 내리친 팔을 반대편 손으로 문질렀다.

'주거 시설? 나를 가족과 떼어 놓고 싶은 거야? 그러니까 나를 시설에 보내라고?'

나는 숨을 더 가쁘게 쉬었다. 의사 선생님의 말이 옳다는 걸 알았기 때문이다. 실제로 나는 매일 나 자신이나 다른 사람을 다치게 할지도 모른다는 두려움 속에서 살았다. 내가 거리로 뛰어들었던 그 순간들을 엄마와 아빠가 기억하지 못했으면 좋겠다. 신발 신는 걸 도와주던 할머니를 쓰러뜨렸던 순간도, 반 친구들을 밀치거나 꼬집었던 순간도. 나는 그저 사람들과 어울리려고 했을 뿐이었다. 누군가를 다치게 하고 싶은 마음은 눈곱만큼도 없었다.

"혼자서 먹지도 못하고 입지도 못하는 아이를 스물네 시간 돌본다는 게 얼마나 어려운 일인지, 저는 그저 짐작만 할 수 있을 뿐입니다."

나는 도무지 믿기지가 않았다. 나를 지금 어딘가로 보내라고 말하는 이 지식인의 말을 엄마와 아빠가 귀 기울여 듣고 있다니.

"솔직히 말해서 비슷한 처지에 놓여 있는 다른 부모님들보다 오래 버티신 거예요. 집에 가면 딱 두 분뿐이잖아요. 하지만 파인밸리에는 직원 열두 명이 상주하면서 입소자들을 감독하고, 일상생활에서 필요한 모든 것을 돌봐 주고 있지요."

엄마 눈에서 넘쳐흐른 눈물이 내 뺨으로 뚝뚝 떨어졌다. 아빠가 엄마 손을 꽉 잡았다. 의사 선생님이 엄마와 아빠를 무너뜨리고 있었다. 내 최악의 악몽이 현실로 다가오고 있었다.

"다행히 자리가 하나 있어요. 오늘 오후에라도 들어갈 수 있지요."

나는 내 영혼 깊숙한 곳에서부터 우러나오는 진심을 다해 간절히 기도했다.

'제발, 신이시여. 제발, 제발! 오늘 엄마 아빠와 집으로 돌아갈 수 있게 해 주세요. 이 은혜는 평생토록 잊지 않고 갚을 테니, 제발, 제발 저 사람들이 저를 데려가지 못하게 해 주세요.'

그다음에 일어난 일은 나도 설명할 수 없다. 목소리가 안 나오는 아이들이 십 년에 한 번 정도 입을 열어 또렷한 문장으로 말하기도 한다는 이야기를 어디선가 들어 보긴 했지만 내가 한 일은 그런 게 아니었다. 그때 나는 발가락에서 전기 불꽃이 탁탁 튀어 오르는 느낌을 받았다. 그 전기 불꽃은 다리를 타고 배, 가슴, 목, 그리고 마침내 입술까지 올라왔다.

사실 완전한 문장은 아니었다. 한 단어, 속삭이는 듯한 한 단어가 내 입에서 빠져나왔다. 만약 그 순간 누군가 말을 하거나 시끄럽게 했다면, 나의 그 한 단어는 그대로 묻혔을 것이다.

"싫어."

엄마가 자리에서 벌떡 일어났다.

"스티브, 들었어?"

그러자 의사 선생님이 말했다.

"그냥 별 뜻 없이 나온 소리가 분명해요. 저희 의료진은……."

아빠가 나를 안은 채 그대로 벌떡 일어섰다.

"그만! 그만하면 충분히 들었어요. 저희는 이제 집에 가도록 하겠습니다, 우리 아이와 함께."

나는 기뻐서 소리를 지르고 싶었다. 그리고 바로 그때 알았다. 내가 떠나는 건 엄마 아빠에게도 최악의 악몽이라는 것을.

우리가 집에 도착했을 때 나는, 아니 우리 가족 모두는 열두 시간 동안 깨지 않고 푹 잤다.

그 뒤로 오 년이 지난 지금, 파인밸리는 또다시 나를 위협하고 있었다. 공립 학교에서 받아 주지 않는다면, 교육청은 나를 파인밸리 발달 센터로 보내려 할 것이다. 그곳은 가장 절망적인 아이들을 보내는 데였다.

초인종 소리에 우리 모두 자리에서 펄쩍 뛰었다. 하지만 히어로는 평소처럼 뭉뚝한 갈색 꼬리를 흔들며 현관문으로 달려갔다. 아빠가 문을 열자 남자와 여자가 나란히 서 있었다. 희한하게도 두 사람은 전혀 다른 분위기를 자아내었다.

"안녕하세요? 저는 특수 교육 교사 실리아 디아즈라고 해요."

머리카락이 길고 곱슬곱슬한 실리아 선생님은 지퍼가 여덟 개 달린 가죽 재킷을 입고 있었다. 나는 지퍼 여덟 개를 전부 다 올렸다 내렸다 하고 싶었다. 실리아 선생님이 허리를 굽혀 히어로의 배를 긁어 주자, 히어로가 뒷다리로 바닥을 쿵, 쿵, 쿵 쳤다.

"안녕, 꼬맹이."

실리아 선생님의 행복한 에너지와는 반대로, 그 옆에 서 있는 에드워드 저겐 교장 선생님은 시큰둥한 표정이었다. 회색 정장 차림에 머리칼을 젤로 단정하게 고정하고 있어서 그런지, 중학교 교장 선생님이라기보다는 변호사가 더 어울려 보였다.

실리아 선생님은 엄마와 아빠를 차례로 안은 뒤 내가 앉아 있는 테이블로 다가왔다. 엄마는 두 사람을 가죽 소파로 안내했다.

"아시다시피 저희는 채러티가 우리 학교에서 교육을 받기에 적합한지 확인하러 왔습니다."

교장 선생님이 다가오는 히어로를 밀어내며 말했다. 반짝이는 구두에 침이라도 떨어질까 봐 염려되어 그러는 것 같았다.

"저희는 채러티가 자신한테 가장 잘 맞는 학교에 다녔으면 합니다. 그러니까 채러티처럼…… 어려움을 겪고 있는 아이들을 위한 적절한 자원이 갖춰져 있는 그런 학교 말이지요."

"이미 마음을 정하신 것 같군요."

아빠가 팔짱을 끼며 언짢은 표정으로 말했다.

"글쎄요, 채러티가 보든 아카데미에서 겪었던 여러 어려움을 고려했을 때, 저희 학교에서 잘 지낼 수 있을지 좀 회의적입니다. 저희 학교에서 제공하는 다양한 프로그램의 혜택을 채러티가 제대로 누릴 수 있을까요? 과연 그런 능력이 있는지 걱정이 되어서 말입니다."

나는 퍼즐을 정리하고 있었다. 그때 나를 보며 미소 짓고 있는 실리아 선생님이 보였다. 나를 관찰하고 있는 것 같았다.

'122……, 123……, 124……, 남은 조각 76개.'

전투 준비를 마친 엄마는 가장 최근에 쓴 노트를 꺼냈다. 그러고는 자격증이 없는 교사를 비롯해 비위생적인 환경, 그리고 학생들에 대한 비인간적인 대우까지, 보든 아카데미의 문제점을 쭉 늘어놓았다.

교장 선생님은 서류 가방에서 파일을 꺼내 보든 아카데미에서 있었던 나의 실패 사례들을 나열하며 반격에 나섰다.

"정말 죄송하지만, 채러티가 연필조차 들 수 없다면 저희 학교 프로그램이 아무리 좋다 한들 어떻게 혜택을 누릴 수 있겠습니까?"

교장 선생님은 자리에서 일어나 연필을 집어 들더니 내 앞의 테이블에다 툭 떨어뜨렸다. 이건 도전이나 다름없었다. 내 몸은 곧장 얼어붙었다.

"이건 가장 기본적인 동작 아닙니까? 채러티는 이마저도 쉽지 않을걸요."

엄마의 입술이 심하게 뒤틀렸다. 하지만 나는 교장 선생님의 말이 옳다는 걸 알았다. 내 손은 연필을 집어 들지 못할 테니까. 모두가 지켜보는 앞에서는 더욱더 그랬다. 더구나 내가 할 수 없을 거라고 생각하는 교장 선생님 앞에서는 더……. 순식간에 근육이 얼어붙으면서 심장이 마구 뛰었다.

교장 선생님은 내 맞은편의 나무 의자를 끌어당겨 앉았다.

"자, 이서 해 봐, 채러티."

아까보다 조금 더 부드러운 목소리였지만, 내 쪽으로 시선도 주지 않았다.

"연필을 집어 봐."

거실에 있는 할아버지의 시계에서 똑딱, 똑딱, 똑딱 삼 초가 지나갔다. 교장 선생님의 손가락이 참나무 테이블을 가볍게 두드렸다.

톡, 톡, 톡, 톡. 톡, 톡, 톡, 톡.

교장 선생님은 명령을 반복했다.

"연필을 집어 봐……, 연필을 집어 봐……, 연필을 집어 보라고."

동정이라는 독이 내 배에 구멍을 내는 듯한 느낌이었다.

톡, 톡, 톡, 톡, 톡, 톡, 톡, 톡.

'안녕, 파인밸리.'

나는 주먹을 불끈 쥐었다. 어른 네 명이, 심지어 히어로까지 나를 지켜보고 있었다. 창문도 없는 작은 방에 갇혀 있는 삶을 상상해 보았다. 벽에는 사진 한 장 없었다. 당연히 벽 너머에는 가족도 없었다.

테이블 위의 전기스탠드가 내 뺨을 달궜다. 땀이 목을 타고 내려와 엄마가 입혀 준 바보 같은 분홍색 블라우스로 흘러 들어갔다. 내 팔이 퍼즐 조각들을 바닥으로 밀어내기 시작했다.

주전자 폭발, 카운트다운……! 3……, 2…….

그때 실리아 선생님이 몸을 구부려 교장 선생님의 손가락을 멈추게 했다. 그런 다음 내 귀에 대고 부드럽게 말했다.

"채러티, 케리다! 나를 위해 그 연필 좀 집어 줄 수 있겠니?"

케리다, 나는 이 단어를 알았다. 스페인어로 '사랑하는'이란 뜻이었다. 무의식적으로 내 손이 연필을 잡았다.

"그렇지, 채러티. 그럼 이제 나를 위해 이 메모장에다 뭔가를 그려 줘 볼래? 네가 좋아하는 걸로 아무거나."

실리아 선생님이 내 팔꿈치를 만졌다. 나는 연필을 들어 실리아 선생님의 노란색 메모장으로 가져갔다. 그리고 천천히 동그라미를 그렸다. 교장 선생님은 입을 쩍 벌린 채 몇 초 동안 꼼짝하지 않았다. 실리아 선생님이 엄마랑 아빠 쪽으로 몸을 돌려 말했다.

"무척 똑똑한 아이라는 느낌이 드네요. 채러티가 잘하는 것을 좀 더 자세히 알려 주시겠어요?"

와우! 지식인 중에 이런 질문을 한 사람은 지금껏 단 한 명도 없었다. 이번에는 엄마가 실리아 선생님을 꼭 안아 주었다. 그런 다음 노트를 펼치고는 활짝 웃으며 '성취'라는 메모를 남겼다.

교장 선생님은 떠날 때가 되어서야 겨우 입을 열었다.

"조만간 교육청의 결정을 알려 드리겠습니다."

그러고 나서 사흘 후, 음성 사서함에 메시지가 도착했다. 엄마와 아빠는 기뻐서 펄쩍펄쩍 뛰었다. 나는 시험 삼아 한 달 동안 링컨 중학교에 다닐 수 있게 되었다. 교장 선생님은 '시험 삼아'라는 표현을 다섯 번이나 반복했다.

처음에는 나도 무척 신이 났다. 그러다 문득 깨달았다. 학교에 들어섰을 때, 그곳에서 가장 이상한 포유류일 내가 겪게 될 고통을. 내 인생에서 가장 길 한 달을 위해 나는 마음을 단단히 다졌다.

아이들은 대부분 학교 가는 첫 번째 날을 즐거운 마음으로 기다리셨지? 그러나 내 가슴속에선 긴장한 나비들이 폭발하기 일보 직전이었다. 키키 이모의 조언에 따라, 엄마는 말쩡한 십 대 아이들처럼 보라색 하트가 그려진 티셔츠에 청바지를 입혀 주었다. 머리카락이 얼굴에 닿지 않도록 양 갈래로 예쁘게 땋아 주었고, 손톱은 밝은 분홍색으로 칠해 주었다.

"정말 머어어엇져 보여."

엄마가 말했다. 아빠가 커피 한 잔을 따른 뒤 내 뺨에 뽀뽀를 해 주었다.

"넌 잘할 거야, 슈퍼 체리. 내가 아주 특별한 아침을 만들어서 너한테 메가와트의 에너지를 줄게."

엄마는 내 가방을 챙기고 나서도 몇 번이나 확인을 했다. 그동안 아빠는 맛있는 아보카도 두부 스크램블을 만들어 살사 소스와 함께 접시에 내왔다.

아침을 먹은 후, 아빠는 우리를 학교까지 차로 데려다주었다. 그리고 아침 7시 12분, 나는 링컨 중학교에 첫발을 내디뎠다. 내 다리는 갓 태어난 기린처럼 바르르 떨렸다.

토머스 제퍼슨의 초상화 앞에 잠시 멈춰 서서 그의 회색 늑대 같은 눈을 가만히 바라보았다. 그 아래에는 "인간은 모두 평등하게 창조되었다."라는 토머스 제퍼슨의 유명한 말이 금색 글자로 적혀 있었다.

이 말이 언제쯤 나에게도 적용될지 궁금했다. 그 외에도 자유의 영웅들이 더 있었다. 프레더릭 더글러스, 간디, 마틴 루터 킹 주니어, 넬슨 만델라. 여자아이들의 교육을 위해 싸우고 있는 파키스탄 출신의 젊은 여성, 말랄라의 초상화도 있었다. 말랄라의 갈색 눈이 내 눈을 가만히 들여다보았다.

나는 움푹 들어간 콘크리트 벽에 내 코가 닿을 때까지 조금씩 다가갔다. 곧이어 뒤에서 여자아이들의 키득키득 웃는 소리가 들렸다.

"채러티, 이제 갈 시각이야."

엄마가 나를 돌려세웠다.

'여기서 얼마나 오래 있었지?'

여자아이들은 휴대전화로 무언가를 보며 계속 키득거렸다.

'아, 나를 보고 비웃은 게 아니었어.'

최악의 악몽

키가 큰 여자아이는 분홍색 머리를 돌돌 말아 대충 올려 묶고 있었다. 다른 여자아이는 반짝이는 에메랄드빛 손톱을 입에 대고서 나를 뚫어지게 바라보았다. 금세라도 웃음을 터뜨릴 것 같은 표정으로.

"실리아 선생님이 129호로 오라고 하셨어."

엄마가 나를 앞으로 끌어당기며 말했다. 우리는 갈색 철제 사물함이 죽 늘어서 있는 복도로 들어갔다. 삐이이이이이익. 별안간 울린 종소리에 깜짝 놀라서 나는 얼른 두 손으로 귀를 막았다. 고음이 내 뇌를 마구 찌르는 듯한 느낌이었다.

복도는 금세 교실로 달려가는 학생들로 넘쳐났다. 다양한 색깔의 가방과 청바지가 홍수를 이루었다. 엄마가 내 손을 잡아당겼다. 움직여, 다리야, 움직여!

향수 냄새와 샴푸 냄새, 그리고 땀 냄새가 코를 찔렀다. 모든 것이 너무 과하고 너무 빨랐다. 엄마 목소리가 나를 몰아세웠다.

"자, 얼른 가자. 거의 다 왔어."

내 발이 타일에 딱 달라붙었다. 누군가가 내 어깨에 탁 부딪혔다. 내 손은 주먹을 꽉 쥐었다. 어쩌면 교장 선생님의 '시험 삼아'는 첫날에 끝나 버릴지도 몰랐다. 주전자 폭발, 카운트다운……! 3……, 2…….

"우리 새로운 친구가 여기 있었구나."

등 뒤에서 실리아 선생님의 목소리가 들렸다. 내 발은 내 등을 어루만지며 길을 안내하는 실리아 선생님의 손길에 고분고분 따랐다.

실리아 선생님이 내 귀에 대고 속삭였다.

"채러티, 다 잘될 거야."

그리고 우리를 상담실로 데려간 뒤 문을 닫았다. 복도의 굉음에서 벗어나자 심장 박동이 점차 느려졌다.

"자, 앉으세요. 다시 만나게 되어 정말 반갑습니다."

실리아 선생님은 의자를 끌어당겨 우리 옆에 앉았다. 그런 다음 플라스틱 스노 글로브를 내게 건넸다.

"이것 좀 봐, 채러티. 지난여름에 멕시코의 아카풀코(휴양 도시)로 여행 갔을 때 사 온 거야."

나는 속으로 미소를 지었다. 눈이 한 번도 내리지 않은 도시에서 사 온 스노 글로브라니. 스노 글로브를 흔들자 바다색 돔의 하얀 성당 주위로 눈송이가 흩날렸다. 나는 스노 글로브를 아주 집중해서 쳐다보았다. 흔들고, 흩날리고, 흔들고, 흩날리고.

실리아 선생님은 그날의 내 스케줄을 검토한 뒤, 나에 대해서 말하는 게 아니라 '나에게' 말했다. 그리고 내가 세 살이 아니라 열세 살인 것처럼 대했다.

"채러티, 처음 이삼 주 동안은 보조 교사와 함께 운동 조절 능력을 높이는 데 집중할 거야."

"그다음에는 무엇을 하나요?"

엄마가 물었다.

"가능한 한 저는 채러티가 정규 수업에 참여할 수 있도록 적극적으로 지원할 생각입니다. 모든 학생이 함께 어울려 학습하다 보면 각자 얻을 게 있다고 믿거든요. 연구 결과도 그렇고요. 우리와 뜻을 같이하는 몇몇 선생님들의 도움으로 지금까지는 좋은 결과를 얻었지요."

나는 실리아 선생님의 말이 마음에 꼭 들었다. 그런데 실리아 선생님은 정말로 내가 수학이나 과학 수업에 참여할 수 있다고 생각하는 걸까?

엄마도 내 마음과 같았는지, 얼굴이 환하게 밝아졌다.

"믿기 어려울 만큼 놀라운 이야기네요. 그것이야말로 우리 채러티에게 꼭 필요한 일이지요."

"그런데 한 가지 알아 두셔야 할 게 있어요."

실리아 선생님은 내게서 스노 글로브를 가져가 책상에 올려놓으며 말을 이었다.

"링컨 중학교는 많은 부분이 학부모님들의 기부로 운영돼요. 학교의 컴퓨터, 과학실, 공연 예술 강당까지, 전부 학부모님들의 기부로 마련된 거거든요. 그만큼 학부모님들의 영향력이 세다고 할 수 있어요. 그래서 걸핏하면 교장 선생님에게 압력을 가하곤 하지요."

"그게 채러티랑 무슨 상관이 있지요?"

"음, 몇몇 학부모님들이 걱정을 하고 있어서요. 일반 교실에 특별한 도움이 필요한 학생들이 있으면 전체적으로 수준이 낮아질까 봐 염려하는 듯해요. 다른 학생들의 집중력이 떨어질 수 있다고도 주장하고요. 그래서 채러티, 학교 운영 위원회에서 우리를, 그리고 너를…… 예의 주시하고 있지."

엄마가 숨을 헉 들이마시며 물었다.

"그런 이야기를 왜 채러티한테 들려주시는 거예요?"

"채러티도 이제 다 컸어요. 진실을 알고 있어야지요."

실리아 선생님이 내 손을 잡더니 내 두 눈을 깊이 들여다보았다.

"난 네가 여기서 우리와 함께할 수 있다고 믿어, 채러티. 우리는 네가 받을 수 있는 모든 걸 지원해 줄 거란다. 그리고 너의 성공은 다른 학생들에게 문을 열어 주는 계기가 될 거야."

여러 가지 생각이 내 머릿속에서 흩날렸다, 마치 스노 글로브의 눈송이처럼. 그리고 실리아 선생님의 말이 내 마음속에서 깊게 울려 퍼졌다. 너의 성공은…… 문을 열어 주는 계기가 될 거야. 내 손이 펄럭였다. 내 몸이 의자에서 높이 뛰어올랐다. 껑충, 껑충, 껑충, 펄럭, 펄럭, 펄럭.

'어쩌면 나도 학교 복도에 걸려 있던 그 영웅들과 그리 다르지 않을 수 있어. 말랄라는 지금도 여자아이들의 교육권을 위해 싸우고 있지. 나도 그렇게 싸울 수 있어. 나 같은 아이들을 위해, 무엇보다 이사벨라를 위해.'

내 혀가 팔랑팔랑 움직이며 참새처럼 소리 내어 울었다.

'언젠가 보든 아카데미 같은 학교를 문 닫게 할 수 있을지도 몰라.'

"채러티가 얼른 시작하고 싶어 하는 것 같네요."

실리아 선생님이 활짝 웃으며 말했다. 그 순간 근심으로 가득 찬 엄마의 얼굴이 보였다. 엄마의 근심이 내 마음을 짓눌렀다. 조금 전의 기쁨이 막연한 공포로 바뀌었다.

'내가 성공하려면 기적이 필요해. 몸도 제대로 움직이지 못하고 말도 못 하는 내가 중학교에 계속 다닐 수 있는 가능성이 얼마나 될까? 어쩌면 아카풀코에 눈이 내릴 가능성이 더 클지도 모르지.'

실리아 선생님이 엄마 쪽으로 고개를 돌렸다.

"자, 이제 집에 가시죠. 여기서부터는 저희가 보살필게요."

엄마가 자리에서 일어나 내게 가방을 건네주었다. 그러고는 나를 오렌지 짜듯 꽉 안아 준 뒤 뒷걸음질로 상담실을 나섰다. 마치 내가 화성으로 가는 로켓에 탑승이라도 한 것처럼.

엄마는 오늘 전화벨이 울릴 때마다 가슴이 철렁철렁 내려앉을 것이다. 과연 나는 다음 종이 울릴 때까지 살아남을 수 있을까?

실리아 선생님은 금색의 반짝이는 하트가 그려진 올리브색 문을 열며 이렇게 말했다.

"에픽 교실에 온 걸 환영해. 에픽(EPIC)은 '모든 사람에겐 능력이 있다(Every Person Is Capable).'는 말을 줄인 거야."

내 눈이 교실을 쭉 훑었다.

'컴퓨터 스테이션! 책꽂이! 사용 가능한 진짜 미술 용품!'

보든 아카데미와 비교하면 여기는 거의 디즈니랜드였다.

"채러티, 여기는 재즈민이야."

실리아 선생님이 휠체어에 앉은 여자아이와 하이 파이브를 했다.

"학교생활과 관련된 몇 가지 규칙을 알려 줄 거야. 재즈민은 에픽의 공식 홍보 대사거든."

재즈민이 어떤 아이인지 알려 주는 첫 번째 단서는 휠체어 뒷면에 붙어 있는 범퍼 스티커였다.

나는 비꼬는 말도 거침없이 해요.

"티셔츠 예쁘다. 내가 입은 음울한 폴로 셔츠와 카키색 바지보다 훨씬 멋지네."

재즈민이 휠체어를 빙글 돌리며 자기 옷을 보여 주었다. 그러고는 갈색 머리칼을 슈퍼 모델처럼 뒤로 가볍게 넘겼다. 그 순간 나는 휠체어에 있는 버튼을 전부 눌러 보고 싶은 충동을 느꼈다.

"좀 작아 보이긴 해도 중학교 1학년이야. 실리아 선생님은 나를 마이티 마우스라고 부르지. 너는 재즈라고 불러도 돼. 아, 맞다. 실리아 선생님이 그러셨지. 네가 아직 말을 못 한다고. 하지만 걱정하지 마. 앞으로 여기서 많은 걸 배울 수 있을 테니까."

'아직, 말을 못 한다고? 아직?'

"있잖아……, 우리가 하루 동안만 서로의 상황을 바꿀 수 있다면 정말 근사할 것 같지 않아?"

재즈민이 물었다.

"그러니까 나는 네 다리를 얻어서 껑충껑충 뛰고 달리는 거야. 너는 이 수다스러운 입을 얻고. 그래서 사람들한테 이야기해 주는 거지. 평소에 네가 그 사람들에 대해서 어떻게 생각했는지 말이야."

'와우, 하루 이상 걸리겠는데? 마르시아 선생님 얘기만 하려 해도.'

재즈민이 나를 뒤쪽 테이블로 안내했다. 거기에는 뾰족뾰족한 공과 꼬불꼬불한 플라스틱 튜브, 빙글빙글 도는 스피너, 말랑말랑한 콩주머니 등 다양한 모양과 질감의 도구들이 쌓여 있었다.

"우리는 이것을 피젯이라고 불러. 어떤 아이들은 이걸 손에 쥐고 계속 조몰락거려. 집중력을 높이는 데 도움이 되거든."

나는 울퉁불퉁하고 꼬불꼬불하며 이렇게 저렇게 뒤엉켜 있는 튜브 피젯을 움켜쥐었다. 내 손이 그것을 비틀고 쥐어짰다. 비틀고, 쥐어짜고, 비틀고, 비틀고, 쥐어짜고.

"자, 저기 앉아."

재즈민이 거북이 등딱지처럼 생긴 샛노란 의자를 가리켰다. 의자에 앉자, 잠시도 가만있지 못하는 내 몸이 의자의 출렁임에 따라 퉁퉁 튕겨지는 게 느껴졌다.

"앉아 있는 게 지겨워지면, 저 뒤에 서서 이용할 수 있는 책상도 있어. 몇몇 아이들은 저걸 엄청나게 좋아해."

서 있을 수 있는 책상 중 하나에, 두꺼운 안경을 쓰고 뽀글뽀글 아프로 머리 스타일을 한 키 큰 남자아이가 있었다. 그 아이 앞에는 키보드가, 그리고 그 옆에는 보조 교사가 서 있었다. 재즈민이 나를 그쪽으로 안내했다.

"줄리안, 여기는 채러티야."

줄리안이 잠시 고개를 들었다. 줄리안은 나처럼 눈 맞춤을 할 수 없었다. 왜 사람들은 눈을 맞추지 못하면 그렇게 난리를 치는 걸까? 나는 누군가를 보고 그 사람의 소리도 듣는다. 굳이 그 사람의 눈동자까지 똑바로 바라봐야 할 필요는 없잖아.

재즈민이 내게 설명해 주었다.

"줄리안은 자신의 목소리로 이야기할 수 없어. 하고 싶은 말이 있을 땐 타이핑으로 하지. 너도 곧 그렇게 할 수 있을 거야."

'미안해, 재즈민. 이번만은 네가 틀렸어.'

나는 엄마 아빠와 타이핑을 수백 번도 넘게 해 봤다. 그리고 할 때마다 실패로 끝났다. 내가 하고 싶은 말이 뭔지 잘 알았고, 그 단어들의 철자도 알았지만 뇌에서 보낸 신호가 손가락에 닿기 전에 어딘가로 사라져 버렸다. 나는 알파벳 'P'를 치려고 손을 스무 번이나 뻗었지만, 그중에서 열여덟 번은 다른 글자를 쳤다.

재즈민이 줄리안을 올려다보며 물었다.

"혹시 채러티한테 해 주고 싶은 말 있어? 오늘 첫날인데."

줄리안이 미소를 지었다. 그러고는 손가락 하나로 타이핑을 하기 시작했다.

"우리는 그냥 조금 기다리기만 하면 돼."

재즈민이 말했다. 나는 그사이에 피젯을 비틀었고, 줄리안은 키보드를 하나씩 콕콕 눌렀다. 잠시 후 줄리안이 마지막 버튼을 눌렀다. 그러자 스피커를 통해 줄리안의 말이 흘러나왔다.

"평화가 가득하길 빌어. 나는 너를 존경해. 너에겐 모두가 보아야 할 소중한 재능이 있으니까."

나는 너를 존경해……. 줄리안의 말이 내 귓속으로 울려 퍼졌다. 너에겐 모두가 보아야 할 소중한 재능이 있으니까.

"참 아름답다, 줄리안. 너는 시인이야. 내 영어 에세이를 대신 쓰게 할 수만 있다면 얼마나 좋을까? 히히."

재즈민이 키득키득 웃었다. 그때 검은색 머리칼을 단정하게 땋은 여자아이가 두 팔을 벌리며 재즈민에게 몸을 날렸다.

"스카일러, 여기는 채러티. 오늘이 첫 번째 날이야."

스카일러가 활짝 웃자 금속 치아 교정기가 반짝 빛났다. 스카일러가 나를 안기 위해 달려들자 길게 땋은 머리가 허공으로 튀어 올랐다.

"채러티, 정말 예쁜 이름이다. 꼭 '체리 트리'처럼 들려."

그러고는 좋은 아이디어가 떠오른 것처럼 두 손으로 자기 뺨을 톡 쳤다.

"너를 위해 뭔가를 만들어 줄게."

스카일러는 미술 용품으로 가득 찬 테이블에 앉았다. 그런 다음 상자에서 아이스바 막대기를 한 움큼 집어 들고 작업에 들어갔다. 살짝 기울어진 밝은 눈동자를 보고, 스카일러가 이사벨라처럼 다운 증후군이라는 걸 알아차렸다. 그러자 문득 보든 아카데미에서 부러진 크레용과 말라 비틀어진 풀에 둘러싸여 있을 이사벨라가 떠올랐다. 내 영혼이 서서히 바닥으로 가라앉았다.

"스카일러는 미술 쪽으로 재능이 뛰어나. 저기 있는 조각품들도 다 쟤가 만든 거야."

재즈민이 책장을 하나 가리켰다. 거기에는 창작품이 가득 늘어서 있었는데, 조개껍데기로 만든 꽃병과 초록색 유아용 변기 의자로 만든 액자도 있었다.

"내가 제일 좋아하는 건 저기 있는 외계인 바비야."

재즈민이 바비 인형을 가리켰다. 바비는 반짝이는 받침대에서 두 팔을 위로 번쩍 치켜들고 서 있었다. 머리는 금발이 아니라 초록색이었고, 피부는 우유처럼 하얀색이 아니라 연어 색깔이었다. 바비의 몸은 반짝이는 미니 드레스 대신 통통한 누에고치처럼 갈색 끈으로 칭칭 감겨 있었다.

재즈민이 웃으며 말했다.

"저건 맨날 거들먹거리는 치어리더들의 공식 유니폼으로 지정해야 한다니까."

"이봐, 내가 농담해 줄까? 응? 내가 농담해 줄까?"

그때 어떤 남자아이가 눈을 빠르게 깜빡이며 활짝 웃는 얼굴로 우리 뒤에서 나타났다. 재즈민이 말했다.

"채러티, 여기는 피터. 농담하는 걸 무척 좋아하지."

피터는 숨도 쉬지 않고 농담을 연달아 열 개도 넘게 했다. 재즈민이 피터의 팔에 손을 얹으며 말했다.

"피터, 고마워. 이제는 실리아 선생님이 채러티한테 하실 말씀이 있을 것 같은데?"

재즈민이 내 손을 잡아끌었다. 내 마음은 이미 과부하 상태였다. 전부 새로운 얼굴에……, 새로운 소리……, 새로운 냄새……. 그리고 모든 사람이 친절했다. 마치 내가…… 뇌를 가진 진짜 사람이라는 걸 아는 것처럼 이곳은 보든 아카데미와 백 퍼센트 정반대였다. 그런데 왜 이렇게 당황스럽고 무서울까?

'내가 여기에서 이 아이들과 함께할 수 있을까?'

막연한 공포가 내 가슴을 비틀고 쥐어짰다.

'엄마가 걱정하는 것도 당연해. 절대 성공하지 못할 거야.'

쿵! 나는 피젯을 바닥에 휙 내던졌다. 두려움이 목에서 터져 나왔다. 우우우우우와와우우우우우아아아아아!

아이들이 귀를 막고 충격에 빠진 얼굴로 나를 쳐다보았다. 내 목소리는 내 몸에서 제멋대로 빠져나왔다. 다리는 껑충껑충 뛰었고, 팔은 이리저리 날아다녔다. 나는, 이제, 끝났어!

그 순간 가느다란 손 두 개가 내 손을 살며시 감쌌다.

"채러티, 넌 지금 안전해."

나는 고개를 들었다. 벨벳 같은 목소리와 달콤한 미소, 그리고 검은색 짧은 앞머리에 둘러싸인 초록색의 자상한 눈동자가 보였다.

"자, 숨을 천천히 쉬자. 그리고 나랑 같이 숨을 들이마시는 거야."

선생님이 내 손을 잡은 채 눈을 감았다. 내 목소리가 잠잠해졌다.

"밝은 빛을 들이마시고……."

나는 선생님이 숨을 가슴 깊이 들이마시는 소리를 들었다.

"어둠은 내보내는 거야. 후후우우우우우……."

선생님이 입술을 통해 숨을 내보냈다.

"기쁨을 들이마시고, 두려움은 내보내는 거야. 후후우우우우우……. 평화를 들이마시고, 불안은 내보내는 거야. 후후우우우우우……."

내 호흡이 서서히 선생님의 호흡에 맞춰졌다. 쿵쾅쿵쾅 뛰던 가슴이 진정되었다.

"나는 애나야."

조금 전까지만 해도 매일 나와 함께했던 막연한 공포가 머릿속에서 으르렁거렸는데, 애나 선생님의 말에 그 야수가 금방 유순해졌다.

'어떻게 한 거지?'

애나 선생님이 나를 응시하며 고개를 끄덕였다. 어둠에 갇혀서 내보내 달라고 쿵쿵 두드리고 있는 내 머릿속 생각이 들리기라도 하는 걸까?

"너 스스로 네 생각을 표현할 수 있는 방법을 찾아보자."

수용. 애나 선생님은 첫 순간부터 나를 완전히 수용했다. 이 점이 이전과 매우 달랐다. 나를 처음 본 사람들은 대체로 내가 감염병 환자라도 되는 것처럼 뒤로 물러서서 이야기했다. 그것도 세 살짜리 아이 취급을 하면서.

애나 선생님은 나를 테이블로 안내했다.

"자, 시작하자."

내가 벽 옆에 있는 의자에 앉을 수 있도록 도와주었다. 그런 다음 내 옆에 앉아 책을 한 권 건넸다. 표지에 미국 지도가 그려진 진짜 중학교 역사책이었다.

"채러티, 이것 좀 봐."

나는 반짝이는 표지를 톡톡 두드린 뒤 손바닥을 펼쳐 네 귀퉁이를 만져 보았다. 책을 들어 올려 무게를 느껴 보기도 했다. 보든 아카데미에서는 스무 장이 넘는 책을 만져 본 적이 없었다. 나는 책을 펼쳐 넘기다가 중간중간 멈추고는 흥미로운 사진을 들여다보거나 글을 한두 단락씩 읽었다.

애나 선생님이 그런 내 모습을 가만히 지켜보았다.

"책을 다루고 만지는 모습을 보니, 너는 손으로 만지고 눈으로 관찰하는 방식을 좋아하는구나."

애나 선생님은 메모장에 뭔가를 짧게 적었다. 이번만큼은 실패나 낙제를 의미하는 F가 아니었다.

"개별 학습 시간에 어떤 과목부터 공부하면 좋겠니?"

이렇게 묻고는 공책에서 종이를 한 장 뜯더니, 그것을 찢어 정사각형 두 개로 만들었다. 정사각형 하나에는 '역사'를, 다른 하나에는 '생명과학'을 적어서 내 앞의 테이블에 올려놓고는 한 번 더 질문했다.

"어떤 과목이 좋겠니? 역사?"

애나 선생님은 '역사'라고 적힌 종이를 톡톡 두드렸다.

"아니면 생명과학?"

이번에는 '생명과학'이라고 적힌 종이를 톡톡 두드렸다.

'생명과학이요. 생명과학을 배우고 싶어요. 그래서 나의 이 독특한 뇌를 이해하고 싶다고요. 그런데 이걸 어떻게 알려 줘야 하지?'

쾅! 나는 두 주먹으로 테이블을 내리쳤다. 애나 선생님이 내 왼손을 꼭 잡았다.

"오른손으로 톡톡 두드리면 돼. 역사? 아니면 생명과학?"

내 오른손이 애나 선생님의 팔을 꼬집었다.

'내가 무슨 짓을 한 거지?'

애나 선생님은 내 팔을 원래 자리로 부드럽게 옮겨 놓았다.

"분명 더 좋아하는 과목이 있을 거야, 채러티. 좋아하는 과목을 두드려 봐."

나한테 꼬집힌 자리에 빨간 자국이 생겼다. 끔찍한 기분이 들었다.

"채러티, 너는 할 수 있어. 자, 어떤 건지 말해 줘. 오른손으로 두드리면 돼."

나는 애나 선생님이 처음 들려주었던 말을 혼자 반복했다.

'기쁨을 들이마시고, 두려움은 내보내고…….'

드디어 내 손이 생명과학을 두드렸다, 마침내!

"그냥 확인만 해 볼게. 생명과학을 선택한 거니?"

내 손이 다시 역사를 두드렸다. 애나 선생님은 내 손을 잡고서 침착하게 말했다.

"우리는 서로에게서 배울 점이 참 많아. 내가 오늘 관찰한 바에 따르면 말이야. 채러티, 너는 운동 감각에 있어서 다른 사람들과 차이가 있는 게 분명해. 네 몸을 완전히 통제하지 못하지."

'맞아요, 정말 그래요.'

"하지만 걱정하지 마, 채러티. 나는 이것과 관련해 연구를 많이 했어. 그래서 너 스스로 네 몸을 잘 통제할 수 있도록 도와줄 방법을 배웠지."

'애나 선생님은 아직 나를 포기하지 않았어. 드디어 나를 이해해 주는 사람이 생긴 거야.'

점심시간이 되자, 애나 선생님은 나를 데리고 학교 식당으로 갔다. 재즈민은 얼굴을 찡그린 채 우리 뒤에서 휠체어를 밀며 따라왔다.

"에픽 아이들은 교실에서 우리끼리 먹는 걸 더 좋아한다고요."

그러자 애나 선생님이 말했다.

"내 생각엔 말이야, 밖으로 나와서 세상을 좀 보는 게 더 나을 것 같은데? 그렇지 않니, 재즈민?"

재즈민이 속삭이듯 낮게 대꾸했다.

"네, 그래요. 출처가 불분명한 수상한 고기에 굴욕이 곁들여져 나오는 음식을 좋아한다면 말이죠."

애나 선생님이 내 쟁반에 샐러드와 블루베리 요거트, 그리고 치즈 피자 한 조각을 담아 주었다. 우리는 한쪽 구석에 있는 테이블에 앉은 뒤, 아이들이 식당으로 쏟아져 들어오는 것을 지켜보았다. 소음이 점점 커졌다. 그렇게 정신없는 와중에도 애나 선생님은 내가 음식에 집중해서 한 번에 한 입씩 먹을 수 있도록 도와주었다.

재즈민은 고개를 숙인 채 햄 샌드위치를 조금씩 베어 물었다. 그러면서 눈으로는 식당을 쭉 훑어보았다. 내 눈도 덩달아 식당을 훑었다.

'저기 있다!'

메이슨이 나를 보았다. 메이슨이 움찔하며 살짝 뛰어올랐다. 메이슨은 식당 중앙에 있는 긴 테이블로 갔다. 몇몇 아이들이 좁혀 앉으며 자리를 만들어 주었다. 내 눈은 메이슨을 계속 따라갔다. 그 순간 재즈민이 내가 어디를 보고 있는지를 알아차렸다.

"저긴 멋진 아이들 전용 테이블이야. 셀카에 집착하는 치어리더들로 가득하지."

[가설] 재즈민은 치어리더를 좋아하지 않는다.

나는 메이슨을 몇 초 더 지켜보았다. 메이슨은 멋있어 보였고, 멋진 아이들과 함께 멋진 아이들 전용 테이블에 앉아 있었다. 하지만 뭔가 잘 섞이지 못하고 있다는 느낌을 받았다. 이따금 고개를 들어 누군가의 말에 웃기도 했지만, 대부분은 혼자 조용히 있었다. 군중 속의 외톨이……. 지금은 나 역시 그렇게 느껴졌다.

오늘 아침에 키득키득 웃었던 여자아이 둘이 우리 테이블 옆을 지나갔다. 분홍색 머리와 초록색 매니큐어, 그리고 그 옆에 어떤 여자아이가 있었는데 머리 색깔이…… 벌꿀처럼 노란 금색이었다.

'혹시 그 애일까?'

그리고 뺨에 박혀 있는 주근깨…….

'그레이스? 옛날 옛적에 나랑 아주 친했던 그 그레이스?'

충동적으로 내 몸이 자리에서 벌떡 일어났다. 내 뇌는 멈추라고 소리쳤다! 하지만 발은 그레이스에게 달려가고 있었다. 그레이스가 겁에 질린 얼굴로 나를 쳐다보았다. 나한테 물릴지도 모른다고 생각했는지, 몸을 움츠리며 뒷걸음질을 쳤다.

'나를 기억조차 못 하는구나.'

심장이 둘로 쩍 쪼개졌다. 그래도 멍청한 다리는 계속 껑충껑충 뛰었고, 멍청한 손은 계속 박수를 쳤다. 아이들이 고개를 돌렸다. 그리고 킥킥거리며 웃었다. 그레이스는 손으로 입을 막았다. 그러자 초록색 매니큐어를 바른 아이가 그레이스를 끌어당겼다. 마치 달려오는 기차에서 목숨을 구하려는 영웅처럼.

'여기가 바로 지옥이군.'

애나 선생님이 내 어깨를 잡아 우리 테이블 쪽으로 돌렸다. 나는 다시 자리에 앉았고, 아이들은 피자를 먹으며 휴대전화를 들여다보았다. 나는 진정하려 애썼다.

'군중 속의 외톨이. 아이들이 이백 명이나 있는 학교 식당에서 어떻게 외로움을 느낄 수 있을까?'

아까 그 여자아이 셋이 우리 옆을 지나쳤다. 분홍색 머리가 나를 힐끗 쳐다보았다. 그리고는 친구들 쪽으로 몸을 기울였다.

"저런 삶을 산다는 게 상상이나 되니? 해시태그, 비극."

초록색 손톱이 고개를 절레절레 흔들었다.

"나 같으면 그냥 죽고 말아."

그레이스는 계속 걸었다. 오랜 친구는 이제 여기까지!

이상한 나라의 채러티

ㅈㅈㅈ ㅍㅂ

아빠가 활짝 웃으며 전화를 끊었다. 나는 이럴 때 정말이지 짜증이 났다.

"축하해, 채러티! 너도 이제 말벌이야."

이건 전부 실리아 선생님 탓이었다. 실리아 선생님은 내가 정규 수업 외에 다른 활동도 해 보는 게 좋겠다고 제안했다. 그래야 다른 아이들과 더 많이 교류할 수 있다나.

아빠는 실리아 선생님의 제안을 듣자마자 바로 실행에 옮겼다. 아빠 친구가 링컨 중학교 여자 농구팀 코치였는데, 전화 한 통화로 나를 그 팀에 합류시켰다. 이른바 '비공식 참가자'로.

수요일 오후, 아빠는 서핑 가게를 일찍 닫고서 나를 데리고 농구 연습을 하러 갔다. 체육관은 달랑달랑 흔들리는 포니테일 스타일의 머리와 여기저기 드리블하는 공들로 바다를 이루었다. 내 발은 신경질적으로 원을 그리며 뛰어다녔다. 점프, 깡충, 뛰고, 솟구치고.

아빠가 오랜 서핑 친구인 조지 코치님에게 다가가 등을 툭 쳤다.

코치님은 하얀 이를 드러내며 활짝 웃었다. 그러고는 나를 본 뒤 미소가 살짝 누그러졌다.

[가설] 아빠는 코치님에게 내 예측할 수 없는 몸에 관해 얘기하지 않았다.

나는 화를 낼 수가 없었다. 아빠는 내가 있는 그대로 완벽하다고 생각하는 유일한 사람이었다. 코치님은 아빠의 등을 툭 친 뒤 큰 소리로 말했다.

"얘들아, 여기는 채러티야. 우리 팀의 특별한 멤버로 합류하게 되었단다."

'특별, 하다고? 내가 이 말을 얼마나 싫어하는데!'

"채러티 아빠는 왕년에 농구 코트에서 이름 좀 날렸지."

그러자 아빠가 고개를 저었다.

"그래, 백만 년 전에 말이야."

"얘들아, 진짜 겸손하시지 않니? 아무튼 채러티에게 우리 말벌의 친절한 환영 인사를 전해 주자."

점프, 깡충, 뛰고, 솟구치고.

'말도 안 돼. 말벌은 친절하지 않아. 따끔하게 침을 쏘지.'

몇몇 여자아이들이 박수를 치긴 했지만, 표정은 전부 '뭐라아아아고?'였다.

"자, 이제 시작하자."

코치님이 손뼉을 짝 치자 연습이 시작되었고, 나는 자리에 서서 가만히 지켜보았다. 여자아이 중 몇 명은 아는 얼굴이었다. 그레이스,

그리고 그 애와 같이 다니는 친구 두 명. 분홍색 머리는 릴리였고, 초록색 손톱은 달시였다. 둘은 이미 나에게 말벌의 환영 인사를 건넸다. 나는 아직도 따끔따끔했다.

아빠는 나를 지켜보며 엄지손가락을 들어 올렸다. 십오 분 정도 지나자, 아빠는 내 파트너로서 코트에 들어와 같이 연습을 해야겠다고 결심한 듯했다. 우리는 사이드라인으로 가 드리블을 연습했다. 나는 한 곳에서 공을 드리블하는 게 좋았다. 그건 하루 종일도 할 수 있었다. 쿵, 쿵, 쿵. 아빠는 나한테 드리블하면서 동시에 달리라고 했다.

'왜 나를 고문하시는 거예요?'

오 초에 한 번씩, 아빠는 내가 놓친 공을 주워 와야 했다. 그리고 세 번째부터는 몇몇 아이들이 아빠를 비웃기 시작했다. 나를 응시하는 아이들의 눈동자가 농구공처럼 내 머리를 쿵쿵 두드렸다. 주전자 폭발, 카운트다운……! 3……, 2……, 1. 으아아아아아아아아!

내 비명이 체육관에 울려 퍼졌다. 통통 튀어 오르던 공들이 갑자기 멈췄다. 모두가 나를 쳐다보았다. 달시와 릴리가 키득키득 웃었다.

아빠가 나를 벤치로 이끌었다.

"체리 걸, 잠시 쉬자."

나는 숨을 몰아쉬었다. 이게 얼마나 창피한 일인지 아빠는 왜 모를까? 밖으로 나가려고 자리에서 일어나자, 아빠가 나를 벤치로 끌어당겼다.

"체리, 몇 분만 더 있자. 팀과 함께 움직여야 해."

나는 아빠한테 소리를 지르고 싶었다.

'내가 이 팀의 일원으로 보여요?'

내 몸이 앞뒤로 흔들흔들 흔들흔들 했다.

"잘했어, 얘들아. 이제 여기 동그랗게 모여 보자."

코치님이 손을 흔들어 모두 모이게 했다. 나한테는 오라는 손짓을 하지 않았다. 아빠가 나를 데리고 가자, 몇몇 아이들이 자리를 만들어 주었다. 그것도 아주 넓은 자리를.

마무리 응원을 위해 모두 손을 가운데로 모았다. 내 팔은 참여를 원하지 않았다. 다행히 아빠는 강요하지 않았다.

"말벌, 말벌, 파이팅!"

아이들은 자신들을 기다리고 있는 부모에게로 흩어졌다. 코치님이 아빠의 등을 두드렸다.

"채러티가 오늘 참 잘해 주었어. 우리 팀의 훌륭한 마스코트가 될 거야."

"마스코트?"

아빠가 뒤로 한발 물러섰다.

"말벌 옷을 입고 코트에서 뭔가 재미있는 동작을 취하면 어떨까 싶어. 지금처럼 우스꽝스러운 표정을 지으면서 말이야. 사람들이 전부 웃을걸?"

    [번역] 나는 웃음거리다.

아빠의 표정을 본 코치님의 얼굴에서 미소가 점점 사라졌다.

"조지, 아무래도 뭔가 오해가 있는 것 같군."

아빠가 코치님을 한쪽 옆으로 끌고 갔지만, 초음파도 잡아내는 내 귀는 그 소리를 생생히 들었다.

"우린 채러티가 팀에서 뛰기를 바란 거야, 광대가 아니라……."

"자네야말로 뭘 기대했던 거야? 스티브, 미안하지만 이건 스페셜 올림픽이 아니라고."

"뭐라고? 자네야말로 채러티한테 기회도 주지 않았잖아!"

그러고는 벌게진 얼굴로 나를 돌아보며 말했다.

"가자, 채러티."

아빠는 내 손을 잡고 출구 쪽으로 걸어갔다. 그러다 코트 중간쯤에 이르렀을 때, 갑자기 걸음을 멈추고 코치님에게 소리쳤다.

"조지, 잘 보라고."

그러고는 내게 공을 건넸다.

"체리, 넣어."

나는 공을 던졌다. 슈우우우우웅, 들어갔다! 토요일 아침마다 링에다 공을 던질 때처럼. 내 팔은 자동으로 무엇을 해야 하는지 알았다. 우리가 밖으로 나가는 동안, 코치님은 미간을 잔뜩 찡그린 채 그 자리에 얼어붙어 있었다.

'아빠의 2점 득점.'

집으로 돌아가는 길에 아빠가 물었다.

"기분도 그런데, 초콜릿 셰이크에 휘핑크림 올려서 먹을까?"

나는 속으로 미소 지었고, 아빠는 할아버지의 아이스크림 가게 앞에 차를 세웠다. 언제나처럼 할아버지는 초콜릿 셰이크를 만들어 주었다. 나는 딸기를 더 좋아했지만, 아무에게도 말할 수 없었다. 진득하고 차가운 음료는 농구 연습에서 느꼈던 당혹감을 거의 잊게 해 주었다, 거의.

문이 딸랑거리며 한 무리의 여자아이들이 들어왔다. 그레이스, 그리고 같이 다니는 두 친구, 릴리와 달시였다. 세이크가 목에 걸려 켁켁거리자 아빠가 내 등을 토닥였다.

"아이고, 천천히."

'제발, 저 아이들이 우리를 못 보게 해 주세요.'

불행하게도, 아빠는 아이스크림콘을 들고서 자리를 찾고 있는 그 아이들을 알아보았다. 하긴, 분홍색 머리의 릴리를 못 알아보는 사람이 있을까?

"우리, 같은 말벌 팀인데 여기 앉을래?"

'아빠, 어떻게 그럴 수가…….'

여자아이들이 잠시 아빠를 쳐다보았다.

"네, 그러죠."

달시가 말했다. 그 아이들은 의자를 가져오더니 등을 돌리고 앉아 팝스타에 관해 어쩌고저쩌고 떠들기 시작했다. 같이 있었지만 따로 있었다, 연습 때처럼.

아빠가 한숨을 내쉬었다. 오늘은 아빠의 긍정적인 사고방식도 타격을 입고 말았다.

"얘들아, 채러티가 말은 못 하지만, 너희들의 대화를 알아듣고 반응은 할 수 있어. 어때, 한번 해 볼래?"

나는 울고 싶었다. 내 발은 초조함을 이기지 못하고 타일 바닥을 탁탁 쳤다.

'아빠, 이 애들한테 제 친구가 돼라고 강요할 수는 없어요.'

달시는 대놓고 당황스런 표정을 지었다.

"어, 뭘 어떻게 해 보라는 거예요?"

"채러티도 너희의 대화에 끼워 달라는 거지."

나는 테이블 밑으로 기어 들어가고 싶었다. 그레이스가 나를 쳐다보았다. 그러고는 목을 가다듬었다.

"채러티, 미안해. 지난번에 학교 식당에서 못 알아봐서."

그레이스가 친구들 쪽으로 몸을 돌렸다.

"채러티와 나는 오래전에 같은 유치원을 다녔어."

아빠가 자신의 이마를 툭 쳤다.

"아이코, 이런! 그레이스구나? 우리 집에 놀러왔던……."

"네, 맞아요. 뒷마당에서 진흙 파이도 만들고……. 다시 만나 반가워요, 아저씨."

학교 식당에서 내가 그랬던 것처럼 아빠도 흥분을 감추지 못했다. 아빠는 벌떡 일어나 그레이스를 꼭 안아 주었다. 그레이스는 나를 기억했을 뿐만 아니라 친구들 앞에서 인정도 해 주었다.

릴리와 달시는 충격에 빠진 표정이었다.

"채러티, 그 공주 옷 기억나?"

그레이스가 물었다. 나는 미소를 지으며 고개를 끄덕였다. 릴리와 달시가 숨을 헉 들이마셨다. 내 의자가 뒤로 끼익 밀려났다. 이제 벌떡 일어나 껑충 뛰면서 날아오를 차례였다.

아빠가 내 신호를 알아챘다.

"얘들아, 대화는 나중에 계속하도록 하자."

그러고는 나를 데리고 문 쪽으로 향했다.

그레이스가 등 뒤에서 소리쳤다.

"채러티, 내일 보자."

그러자 릴리가 속삭였다.

"우리 말을 정말로 알아듣는다고 생각해? 해시태그, 완전 비극."

이번에는 릴리의 말에 상처받지 않았다. 내 마음은 그레이스에게 집중하고 있었다. 그레이스는 나를 기억했다. 잠시나마 외로움을 덜 느꼈다.

피터는 지금 열한 번째 농담을 하고 있었다. 재즈민은 피터의 목을 조르고 싶어 하는 눈치였다. 아니면 애나 선생님한테 한마디 하거나.

애나 선생님은 또 학교 식당에서 점심을 먹자고 주장했는데, 이번에는 피터까지 설득해서 데리고 왔다.

"음식을 먹다가 셔츠에 흘리면 정말 짜증 나. 참을 수가 없어."

재즈민이 말을 이었다.

"모든 시선이 우리한테 쏠려 있는 것 같아. 특히 저 멍청한 치어리더 애들 말이야. 완벽하게 하얀 이에 립글로스를 바르고 펄럭이는 치마를 입은 애들."

'치어리더 애들이 우리한테 신경을 쓴다고?'

재즈민은 멋진 아이들 전용 테이블 쪽으로 고개를 기울였다. 메이슨은 오늘 거기에 없었다. 애나 선생님은 우리와 함께 있지 않고 옆 테이블에 앉았다.

"너희만의 공간을 만들어 줄게."

그 덕분에 내 한쪽 옆에서는 농담이, 다른 쪽에서는 불평이 끊임없이 쏟아졌다. 그러다 두 사람의 대화가 중간에 툭 끊겼다. 네 번째 사람이 합류했기 때문이다. 바로 메이슨!

'응?'

메이슨은 쟁반을 테이블에 올려놓고 고개를 끄덕여 인사했다. 재즈민과 피터의 눈이 왕방울만큼 커졌다. 메이슨은 어깨를 구부린 채 콩 부리토를 입에 욱여넣더니 세 번 만에 다 해치웠다.

그다음에는 우유 팩을 집어 들고는 이미 음식으로 꽉 찬 입에 우유를 들이부었다. 부리토를 목 너머로 넘기기 편하도록 부드럽게 만들려고 그랬겠지? 그러고는 쟁반을 들고 불쑥 자리를 떴다.

메이슨이 내 사촌이라는 사실은 아무도 몰랐다. 분명 메이슨은 계속 그러기를 바랄 것이다. 사랑스러운 키키 이모가 메이슨에게 혹시 이렇게 말한 걸까?

'메이슨, 네 사촌 채러티와 같이 점심을 먹으면 좋지 않을까? 아마도 친구가 없을 테니까.'

이따 메이슨은 집에 가서 임무를 완수했다고 보고하겠지?

에픽 교실로 들어왔을 때, 애나 선생님이 위쪽은 편평하고 아래쪽은 둥글게 볼록 튀어나온 '균형 잡기 판'을 꺼냈다. 이것의 목적은 균형 감각을 기르는 것인데, 그 위에 올라서서 떨어지지 않고 최대한 오랫동안 균형을 잡아야 했다. 아빠와 서프보드에 서 있던 기억이 떠올랐다.

균형 잡기 판에 올라가 있는 동안, 나는 애나 선생님의 기타 연주에 맞춰 몸을 살살 움직이며 북을 쳤다. 처음에 백 번 정도는 올라가자마자 떨어졌다. 하지만 지금은 수없이 연습한 덕에 꽤 잘했다. 균형 잡기 판이 끝나자, 애나 선생님이 요가 매트를 끌고 왔다.

"요가와 마음 챙김은 감정 조절에 도움이 되지."

애나 선생님이 매트를 두드리며 말했다. 요가 자세를 몇 가지 취한 뒤 우리는 명상으로 넘어갔다. 애나 선생님이 나한테 '만트라'를 정하라고 했다. 만트라란, 집중력을 유지하기 위해 반복해서 말하는 주문 같은 거였다.

나는 보라색 매트에 다리를 꼬고 앉았다. 그런 다음 할 수 없다고 말하는 내 안의 목소리를 억누르려 애썼다.

'우정을 들이마시고. 나는 내 몸보다 더 뛰어난 사람이야. 외로움은 내보내고. 나는 나 자신을 인정하고 사랑해.'

애나 선생님은 반응해야 할 내 신체 부위를 톡톡 두드려, 내가 더 잘 움직일 수 있도록 도와주었다. 예를 들어 내가 바닥에 앉아 있는 상태로 굳어 있으면, 내 다리를 두드리며 "자, 이제 일어나자." 하고 말했다. 그렇게 살짝 건드리기만 해도 내 다리는 대개 어떻게 해야 하는지 알아차렸다.

요가 수업이 끝난 후, 애나 선생님은 태블릿으로 이것저것 해 보게 했다.

"잘했어, 채러티. 이제는 알파벳 C를 그려 보자. 손가락을 시계 반대 방향으로 움직이는 거야. 그렇지……."

내가 뭔가를 시도하다가 실패해도, 애나 선생님은 그것을 어디에 기록하지 않았다. 새로운 과제가 주어질 때는 나한테 딱 필요한 만큼만 도움을 주었다. 그러면서 내가 언젠가는 그것을 온전히 배울 거라는 믿음을 확고히 갖고 있었다. 엄마가 나한테 글 읽는 법을 가르쳐 주었을 때처럼, 아빠가 나한테 자전거와 서핑, 스키 타는 법을 가르쳐 주었을 때처럼 말이다.

마침내 내가 어떤 도움도 없이 혼자서 알파벳 C를 그렸을 때, 애나 선생님은 "그렇지!" 하고 크게 외쳤다. 그러면서 나와 주먹을 부딪치기 위해 한 손을 위로 올렸다. 실리아 선생님까지 다가와 주먹 세 개가 신나게 부딪쳤다. 스카일러는 그 옆에서 승리의 춤을 추었다.

"해냈구나! 체리 트리, 우리는 널 믿어!"

삼 주 후, 실리아 선생님은 엄마를 학교로 초대해 나의 첫 발달 보고서를 보여 주었다. 마침내 '발달'이라는 단어가 말도 안 되는 농담처럼 들리지 않았다.

실리아 선생님이 말했다.

"채러티는 새로운 환경에 훌륭히 잘 적응해 냈습니다. 충분히 자랑스러워해야 할 일이에요."

그런 다음 나를 보며 말을 이었다.

"다음 주엔 몇몇 정규 수업에 들어가도 괜찮을 것 같아."

'뭐라고요?'

내 몸이 긴장한 나머지 흔들리기 시작했다. 엄마는 고개를 가로저었다.

"채러티는 지금 충분히 행복해 보여요. 이전보다 잘 먹고 잘 자고 있거든요. 당분간 그냥 이렇게 있으면 안 될까요?"

"채러티는 나이에 맞는 수업을 듣기 위해 이미 몇 년을 기다렸어요. 더는 시간을 낭비할 수 없습니다."

애나 선생님이 엄마 어깨에 손을 얹었다.

"괜찮을 거예요. 저도 옆에서 도와줄 거고, 각 과목 선생님들과도 이미 상의했어요."

엄마가 미소를 지었다. 그 밑에 숨겨진 걱정은 조금도 드러나지 않았다. 어쩌면 애나 선생님이 기적을 이룰 수 있을지도 모르겠다.

그다음 주 월요일, 내가 비틀거리며 수학 교실에 들어가자 메이슨의 눈이 튀어나오기 일보 직전이었다. 애나 선생님이 내 어깨를 꽉 쥐었다.

"채러티, 괜찮을 거야."

나는 애나 선생님의 따뜻한 목소리에 집중했다. 그리고 나를 향한 육십사 개의 눈동자를 보지 않으려 애썼다. 이제 메이슨은 눈을 아래로 깔고 공책만 바라보았다. 마치 깊은 생각에 빠진 것처럼.

'메이슨, 걱정하지 마. 네 비밀은 아무한테도 말하지 않을게.'

애나 선생님과 나는 버드 수학 선생님의 교실 뒷자리에 앉았다. 재즈민이 휠체어를 밀며 내 옆으로 왔다.

"너도 이 수업을 좋아하게 될 거야. 버드 선생님은 정말 멋지거든."

수학 선생님이 혀를 쏙 내밀고 있는 아인슈타인 티셔츠를 입고 들어왔을 때, 재즈민의 말이 옳다는 걸 알았다.

"환영한다, 우리의 젊은 제다이 기사여."

수학 선생님이 내게 고개를 숙이며 인사했다. 나는 수학을 좋아했다. 숫자가 주는 논리 정연함과 평화로움. 하지만 안타깝게도, 지금까지 모든 선생님은 이렇게 명령했다.

"블록 세 개를 집어 들어, 블록 세 개를 집어 들어, 블록 세 개를 집어 들어."

내 손이 블록을 한 개나 다섯 개 집어 들면, 지식인들은 내가 숫자를 이해하지 못한다고 결론 내렸다.

수학 선생님이 칠판에 방정식을 적으며 단항식과 이항식에 관해 설명했다. 엄마가 보여 준 곱셈과 나눗셈 관련 카드가 머릿속을 쭉 스쳐 지나갔다. 나는 전부 다 이해했다. 하지만 의사소통할 방법이 없어서 그냥 얌전히 듣는 수밖에 없었다. 그러다 재즈민의 스웨터에서 보풀을 뜯어 내기 시작했다.

"자, 여기. 빙글빙글 돌릴 수 있는 피젯."

애나 선생님이 파란색 스피너를 건네주었다. 나는 스피너를 돌렸다. 스피너가 만들어 내는 완벽한 원에서 눈을 뗄 수가 없었다. 빙글, 빙글, 빙글. 수학 선생님이 학생들에게 문제를 하나 냈다.

"$15x^2yx \div 5xy$는?"

숫자와 문자들이 머릿속에서 떠올랐다.

'정답은 $3x^2$.'

하지만 누군가에게 알려 줄 방법이 없었다. 스피너를 바닥에 떨어뜨렸다. 그러자 수학 선생님이 다가와 루빅 큐브를 건네주었다.

"이걸 좀 맞춰 주면 좋겠구나, 젊은 제다이."

선생님은 안절부절못하는 나를 위해 루빅 큐브를 건네주었다. 나는 간절히 바랐다. 이번 한 번만이라도 내 손이 잘 협조해 줘서 루빅 큐브를 맞출 수 있기를.

비틀고, 비틀고, 비틀고, 비틀고.

내 머리는 이미 계산을 다 끝냈다. 스물다섯 번 정도 돌리면 다 맞출 수 있을 듯했다. 그런데 손이 잘 따라 줄까? 놀랍게도, 그렇게 해 주었다. 나는 남은 수를 세기 시작했다. 13……, 12……, 11…….

흔들, 비틀고, 흔들, 비틀고, 흔들.

내 손은 큐브를 자동으로 돌렸다.

'마침내 내가 할 수 있다는 걸 모두 알게 될 거야.'

그 순간 어떤 소음이 내 귀를 긁었다. 그러면서 문 위로 밝은 빛이 번쩍번쩍했다. 위잉…… 위잉…… 위잉…….

나는 큐브를 떨어뜨리고 양손으로 귀를 막았다. 소리가 울릴 때마다 뇌세포에 말뚝이 하나씩 박히는 것처럼 괴로웠다.

"자, 얘들아, 질서정연하게 밖으로 나가자."

수학 선생님이 말했다. 내 논리적인 뇌는 이것이 화재 경보일 뿐이라는 걸 잘 알고 있었다. 하지만 불도그 충동이 본능에 따라 움직이게 했다. 다리가 껑충 뛰어올랐다. 발이 문밖으로 질주했다. 복도로 내려가자 화재 경보기 소리가 더 큰 소리로 내 귀를 찔렀다. 나는 아이들을 들이받고 벽에 부딪히고 가방에 걸려 비틀거렸다.

위잉…… 위잉…… 위잉……. 발은 계속 날아다녔다. 내 운동화는 비상구가 있는 복도 끝으로 빠르게 달려갔다. 비상구 너머에는 인도가 있었다. 그리고 그 인도 너머에는 차도가 있었다. 위잉…… 위잉…… 위잉…….

문밖으로 두 발자국만 더 나가면, 나는 도로 한복판에 있게 될 것이다. 햇살이 비상구 문에 스포트라이트를 비추었다. 트럭 엔진의 꽝

음이 문밖에서 들렸다. 뇌가 소리쳤다.

'멈춰!'

위잉…… 위잉…… 위잉……. 팔이 문을 열어젖혔다.

'나는 이제 죽었어! 차에 치여 죽을 거야!'

왼발이 거대한 청소 트럭을 향해 나아갔다. 그 순간 몸이 요요처럼 뒤로 휙 꺾여 비상구 안으로 다시 들어갔다. 누군가가 내 셔츠 뒷부분을 움켜쥐고 있었다. 옷깃에 목이 졸리면서 숨이 턱 막혔다. 나는 팔을 마구 휘젓다가 주먹으로 그 얼굴을 한 대 쳤다. 그것도 코를.

'메이슨?'

메이슨이 가쁜 숨을 몰아쉬고 있었다. 한 손으로는 내 셔츠를 쥐고 있었고, 다른 한 손으로는 피가 흐르는 코를 가리고 있었다.

"채러티, 이게 뭐야?"

발이 얼어붙었다. 메이슨의 코에서 흘러내리는 붉은 피를 보고 놀라서 계속 쳐다만 보았다. 메이슨이 운동복 윗도리로 피를 쓱 닦아 내더니, 나를 데리고 학교 뒤편에 있는 축구장으로 갔다.

아이들은 전부 반별로 줄을 서 있었다. 모두가 보는 앞에서, 메이슨은 내 손을 잡고 실리아 선생님에게로 갔다. 실리아 선생님은 제정신이 아니었다.

"하느님, 감사합니다! 메이슨, 도와줘서 정말 고마워!"

메이슨은 고개를 끄덕인 뒤 자리를 벗어났다. 내 심장은 점점 느려졌다. 나는 코피를 닦으며 저만치 걸어가는 메이슨을 가만히 바라보았다.

[가설] 사촌=친구

아침에 내가 그 난리를 쳤는데도, 애나 선생님은 오후에 영어 수업에 들어가야 한다고 고집을 부렸다. 복도를 지나가는 내내 속삭이는 소리가 들렸다.

"쟤가 개잖아. 아까 막 날아다녔던 애……. 세상에, 나 완전히 깔려 죽는 줄 알았다니까."

애나 선생님이 말했다.

"그 화재 경보는 훈련이 아니었어. 어떤 학생이 장난으로 누른 거라고 해. 보통 훈련을 할 때는 학생들을 전부 밖으로 대피시킨 뒤에 화재 경보를 울리거든. 큰 소리에 예민한 학생들이 많아서. 채러티, 그게 무엇이든 두려움 때문에 멈추지 마. 두려움을 이겨 내려면 우선 그것을 정면으로 마주해야 해."

영어 교실에 도착했을 때, 더 많은 아이들이 우리를 쳐다보았다. 애나 선생님은 뒤쪽 책상에 200조각 퍼즐을 펼쳐 놓았다.

"이걸 하면서 손이 바빠지면 정신을 집중할 수 있을 거야. 채러티, 일단 심호흡을 해 봐."

그레이스의 친구들인 릴리와 달시가 보였다.

'오, 이런.'

베킷 영어 선생님이 들어와 내 손을 살포시 잡으며 말했다.

"채러티, 만나서 반가워. 우리 교실에 온 걸 환영해."

검버섯이 점점이 박힌 선생님의 손등을 가만히 내려다보았다. 그런 다음 고개를 드니, 지혜로 주름진 선생님의 얼굴이 보였다. 나는 진심으로 환영받는다는 느낌을 받았다.

'어, 그런데 잠깐! 저긴 누구지?'

우리 뒤로 몇 발자국 떨어진 곳에 교장 선생님이 서 있었다. 왜 그런지 얼굴을 잔뜩 찌푸리고 있었다. 그 옆에는 덩치가 커다란 여자가 서 있었는데, 눈이 나를 똑바로 향하고 있었다. 손에는 펜과 수첩을 들고 있었다. 그들을 돌아본 애나 선생님의 표정이 딱딱하게 굳었다.

나 때문에 여기 온 걸까? 지난번에 실리아 선생님이 그랬다. 학교 운영 위원회에서 나를 예의 주시하고 있다고. 갑자기 심장이 두 배로 빨리 뛰었다.

그들의 존재를 전혀 신경 쓰지 않는 듯, 영어 선생님은 《이상한 나라의 앨리스》에 관해 토론을 하기 시작했다. 선생님은 이야기 속 장면을 설명하면서 교실을 이리저리 헤집고 다녔다. 엄마는 내가 열 살 때 이 책을 읽어 주었다.

영어 선생님이 이야기하는 동안, 파란 애벌레와 웃는 고양이, 그리고 하트 여왕의 끔찍한 이미지가 머릿속에 연이어 떠올랐다. 내 뇌는 떨어지는 물방울을 좍좍 흡수하는 스펀지가 된 느낌이었다.

나는 언제나 앨리스에게 친밀감을 느꼈다. 토끼굴에 빠진 앨리스는 몸이 작아졌다가 커졌다가 했다. 이상한 나라의 생물들은 앨리스를 이상한 구경거리로 생각했지만, 앨리스에게는 그들이 구경거리였다. 작가인 루이스 캐럴도 어쩌면 자신의 세계에서 뭔가 겉돌고 있다는 느낌을 받아 이 작품을 쓰게 된 건 아닐까?

'이제 갈색 퍼즐……, 1, 2, 3……. 교장 선생님이랑 그 여자는 아직도 나를 쳐다보고 있을까?'

나는 불현듯 뒤를 돌아보았다. 교장 선생님은 떠났지만, 그 여자는 아직 남아 있었다.

"모둠을 짜서 칠판에 적힌 문제를 가지고 토론을 해 보자. 몇 명은 채러티와 함께했으면 좋겠는데……. 스튜어트, 알렉스, 릴리, 레이철? 뒤쪽 책상으로 가서 같이해 봐."

'분홍색 머리의 릴리? 오, 안 돼! 걔는 벌써 나를 두 번이나 비극이라고 불렀잖아?'

그 아이들은 내 책상으로 의자를 가지고 왔지만, 마치 나에게 감염병이라도 옮을까 봐 걱정되는 듯 멀찍이 떨어져 앉았다. 나를 어색해하지 않는 아이는 스튜어트밖에 없었다. 스튜어트가 펼친 《이상한 나라의 앨리스》 책은 노란 형광펜 자국과 여백에 적힌 메모들로 가득 차 있었다. 나만큼이나 배우는 걸 좋아하는 듯 보였다.

스튜어트가 먼저 입을 열었다.

"1번 질문에 대해 다들 어떻게 생각하니?"

그때 영어 선생님이 애나 선생님에게 다가왔다.

"우리 신입생에 대해 선생님께 간단히 뭐 좀 여쭤 봐도 될까요?"

"네, 그럼요."

애나 선생님은 이렇게 대답한 다음 내게 속삭였다.

"이 분 안에 돌아올게."

나는 긴장한 나머지, 몸이 앞뒤로 흔들흔들했다.

그때 레이철이 물었다.

"얘도 같이하는 거야?"

내가 쳐다보지 않는다고 해서 자기 말을 듣지 못한다고 생각하는 걸까? 어쨌거나 나는 퍼즐에 집중했다. 적어도 그러려고 애썼다.

릴리가 분홍색 머리를 빙글빙글 돌리며 대꾸했다.

"지금 같이하고 있잖아. 깊은 생각에 빠진 거 안 보여?"

곧이어 릴리의 코에서 재채기 같은 웃음소리가 터져 나왔다.

"우리, 다시 토론으로 돌아갈까?"

스튜어트가 짜증 섞인 목소리로 말했다. 그때 릴리와 레이철이 또 웃음을 터뜨렸다. 내가 오리 주둥이처럼 입을 내민 채 얼굴을 찡그리고 있다는 사실을 알아차렸다. 이제는 반 아이들의 절반이 나를 쳐다보고 있었다.

바로 그때 저쪽 맞은편에 앉은 달시가 내 얼굴을 흉내 내어 반 아이들 전체를 웃게 했다. 나는 온몸이 화끈거렸다. 내 손이 책상을 세게 쳤다. 찰싹, 찰싹, 찰싹.

'침착해.'

마침 애나 선생님이 돌아와 내 등에 다정하게 손을 올렸다. 뒤이어 영어 선생님이 쿵쿵 발소리를 내며 교실로 들어왔다.

"릴리, 레이철! 이야기 좀 하자, 지금 당장!"

그러면서 교실 문을 가리켰다. 두 아이는 눈동자를 굴리며 자리에서 일어나 복도로 나갔다. 그 아이들이 밖으로 나간 뒤에도 나는 계속해서 몸을 떨었다.

"채러티, 숨을 들이마셔."

애나 선생님이 말했다.

'너무 늦었어요.'

주전자 폭발, 카운트다운……! 3……, 2……, 1.

내 몸이 로켓을 쏜 것처럼 위로 껑충 솟았다. 그 서슬에 책상이 여러 개 넘어졌다. 몇몇 아이들이 비명을 질렀다. 애나 선생님은 나를 데리고 황급히 교실을 나갔다.

집으로 돌아온 지 오 분쯤 되었을 때 전화벨이 울렸다. 통화 내용의 끝부분만 들었지만, 엄마와 통화하는 사람이 교장 선생님이라는 걸 단박에 알아차렸다.

"네, 하지만 그건 폭력적인 행동이라 하기 어려워요. 제가 보증해요. 저는 누군가 다쳤다는 게 믿기가 어려운데요. 하지만 한 달을 약속하셨잖아요……."

엄마는 전화기를 내려놓고서 침착함을 유지하기 위해 무척 애쓰며 앉아 있었다. 순간 메이슨의 피투성이 얼굴이 떠올랐다. 혹시 메이슨이?

"영어 시간에 어떤 여학생이 네가 넘어뜨린 책상에 부딪혔다고 주장하는 모양이야. 너를 학교에 계속 다니게 할지 말지 내일 논의해 보겠대."

엄마가 내 손을 잡고 이마에 입을 맞추었다.

"우리는 싸울 거야. 절대 굴복하지 않을 거라고."

엄마의 가느다란 목소리를 듣고 있노라니, 이미 굴복한 것 같은 기분이 들었다.

판도라의 상자

ㄴㄷ ㅈㄴㅁ ㅁㅁㅁ

"채러티, 차에서 내리자."

엄마는 애나 선생님이 가르쳐 준 대로 내 다리를 톡톡 쳐서 풀어 주었다. 나는 나무늘보처럼 천천히 차에서 내려왔다. 이틀 전만 해도, 내 존재를 아는 사람은 거의 없었다. 하지만 허리케인 채러티가 학교를 두 번이나 강타한 지금, 나는 완전 전설이 되어 있었다. 물론 안 좋은 쪽으로.

에픽 교실에 들어가자, 실리아 선생님이 엄마와 나를 상담실로 안내했다. 그러고는 나를 빨간색 플라스틱 의자에 앉혔다. 애나 선생님까지 들어와 어른 셋이 나를 둘러쌌다. 그들의 긴장한 에너지가 전기처럼 내 몸속으로 흘러 들어왔는데, 엄마는 거의 1천 킬로와트를 방출하고 있었다.

실리아 선생님이 무릎을 굽혀 나와 눈을 맞췄다.

"채러티, 어제 있었던 일은 네 적응 과정의 일부였어. 내가 들어 보니, 영어 시간에 네가 폭발했던 것은 몇몇 사려 깊지 못한 아이들 때문에 그런 거였더구나."

"너만 두고 나가지 말아야 했어."

애나 선생님이 끼어들었다.

"그런데 학생이 다쳤다고요?"

엄마가 물었다.

실리아 선생님이 한숨을 내쉬었다.

"달시라는 아이예요. 그 애의 부모님이 학교에 후원금을 많이 내서, 교장 선생님도 특별히 관심을 두는 집안이지요."

달시가 다치다니! 믿을 수 없었다. 달시는 내가 폭발할 때 교실 앞쪽에 앉아 있었다. 책상에 맞을 수 없는 위치였다.

나는 주먹으로 책상을 내리쳤다. 쾅! 쾅! 쾅! 하고 싶은 말이 목구멍에 막혀 밖으로 나오지 않았다. 엄마가 신경이 바짝 곤두선 손으로 내 팔을 잡았다.

"네가 화난 거 알아. 하지만 침착해야 해."

지금 여기서 침착과 거리가 가장 먼 사람은 엄마였다. 나는 소리를 지르고 싶었다.

'달시는 거짓말을 하고 있어요! 거짓말을 하고 있다고요! 이번 한 번만 이야기하게 해 주세요. 딱 한 문장만요!'

애나 선생님의 손이 내 떨리는 어깨를 일정한 세기로 주물렀다. 우리는 함께 심호흡을 했다.

"채러티, 집중해. 영혼 깊은 곳에 도달하도록. 너는 얼마든지 감정을 조절할 수 있어."

평화를 들이마시고.

'달시는 나를 왜 미워하는 거지?'

분노를 내보내고.

'나는 달시한테 아무 짓도 하지 않았는데.'

용서를 들이마시고, 분노는 내보내고.

쿵쾅거리던 심장이 조금씩 느려졌다.

"이제 어떻게 되는 건가요?"

엄마가 실리아 선생님에게 물었다.

"아마도 교장 선생님이 채러티의 등교를 중지시키려 할 겁니다. 벌써 서류를 작성하고 있을지도 몰라요. 어쩌면 채러티를 다른 곳으로 보내려 할지도 모르고요. 파인밸리 같은 곳으로요."

실리아 선생님 말에 애나 선생님이 덧붙였다.

"다시 말해, 시간이 별로 없다는 뜻이에요."

"어떻게 하면 좋을까요?"

엄마가 날카로운 목소리로 외쳤다.

"채러티가 수업에 참여할 수 있도록 뭔가 시도를 해 볼까 해요."

실리아 선생님이 이렇게 말하며 애나 선생님을 쳐다보았다. 애나 선생님이 고개를 끄덕였다.

"채러티가 타이핑할 수 있도록 도와줄까 해요. 줄리안처럼요. 우리는 이 학교가 채러티에게 도움이 된다는 증거를 교장 선생님께 보여 주어야 합니다."

"그게 무슨 이야기인가요?"

엄마는 혼란스러워 보였다.

"채러티, 줄리안 알지? 줄리안은 태블릿과 문장 예측 기능을 활용

해 혼자서도 타이핑을 할 수 있어."

줄리안을 처음 보았을 때, 내게 해 주었던 아름다운 말들을 떠올렸다.

'나는 너를 존경해. 너에겐⋯⋯ 소중한 재능이 있으니까.'

하지만 나는 절대로 줄리안처럼 할 수 없었다. 내가 생명과학이나 역사책을 보며 단 한 장이라도 타이핑하려면 영원이란 시간이 필요할 것이다.

엄마가 고개를 절레절레 흔들었다.

"안 돼요, 안타깝게도 저희도 여러 번 시도해 봤지만 타이핑을 할 수는 없었어요. 채러티는 스스로 손을 통제하지 못하거든요."

"바로 그거예요."

실리아 선생님이 말했다.

"우리는 채러티와 함께 이 문제를 해결하려고 저의 스승인 사라 피터만 박사님에게 도움을 요청했어요. 여기로 오셔서 좀 도와 달라고요. 피터만 박사님은 채러티 같은 아이들이 자신을 좀 더 잘 통제할 수 있도록 도와주는 기술을 가르치시거든요."

그 후로 한 시간 동안 우리는 도서관의 회의실에서 이 새로운 지식인이 도착하기를 기다렸다. 회의실은 교장 선생님이 예측하기 어려운 곳이어서 우리를 쉽게 찾지 못할 거라고 했다. 실리아 선생님은 윙윙 울리는 휴대폰의 벨소리를 짐짓 무시했다,

"교장 선생님은 진득하게 기다리실 줄 아셔야 해요."

그리고 오래지 않아, 드레스에 황금색 벨트를 맨 키 큰 여자가 문을 벌컥 열고 회의실로 들어왔다. 순간 원더우먼이 떠올랐다. 여자는

실리아 선생님을 끌어안으며 반가운 목소리로 물었다.

"내가 제일 좋아하는 실리아 선생님, 그동안 잘 지내셨나요?"

실리아 선생님이 여자의 귀에 대고 속삭였다.

"피터만 박사님, 시간이 별로 없어요. 교장 선생님이 언제 들이닥치실지 몰라서요."

피터만 박사님은 고개를 끄덕인 후 내 옆에 앉더니 내 손을 부드럽게 잡았다.

"채러티, 만나서 반가워."

피터만 박사님의 친절함이 내 안으로 흘러 들어왔다. 박사님은 커다란 가방에서 아이패드를 꺼내 우리 앞에 세워 두었다.

"채러티, 나는 여기 네 옆에 앉아 있을 거야. 그런 다음 네 오른팔이 흔들리지 않게 잡고 있을 거란다. 네가 오른손 검지로 원하는 글자를 가리키는 게 느껴질 때까지. 자, 긴장을 풀고 숨을 깊이 들이마셨다가 내쉬도록 해."

피터만 박사님이 오른손으로 키보드를 세웠다. 그리고 왼손으로는 떨리는 내 오른팔을 지지해 주었다.

"쉬운 것부터 시작해 보자. 가장 좋아하는 음식이 뭐니?"

나는 키보드를 찬찬히 살펴보다가, 타이핑하고 싶은 글자를 발견했다. 단어가 내 뇌에서 쿵쿵 뛰었다. 머리 위로 밝은 형광등이 윙윙 울었다.

이윽고 검지가 키보드의 글자를 누르기 위해 앞으로 나아갔다.

"ㅍ."

"그다음은?"

"ㅍ, ㅍ, ㅍ."

'더는 안 돼. 첫 글자에서 막혔어.'

"자, 계속해, 채러티. 그다음은 뭐지?"

피터만 박사의 질문은 다음 목표를 향해 나아갈 수 있는 용기를 주었다.

"ㅣ."

한 번에 한 글자씩. 똑딱, 똑딱, 똑딱……. 한 글자 치는 데 얼마나 많은 '똑딱'이 필요할까?

"ㅈ, ㅈ, ㅈ."

"조금 더 해 볼래?"

피터만 박사님이 물었다.

영원 같았던 시간이 지나고 화면을 올려다보니 내 손가락이 타이핑한 글자가 보였다.

"ㅍㅍ피ㅈ ㅈ자."

피터만 박사님이 초록색 버튼을 눌렀다. 그러자 기계음이 내 엉망진창인 단어를 들려주었다. 내 첫 단어를! 엄마는 물에 빠졌다가 간신히 올라온 사람처럼 숨을 꿀꺽 들이마셨다.

피터만 박사님이 말했다.

"잘했어. 이제 다른 질문을 해 볼게. 집에 반려동물이 있니? 있으면 Yes의 Y, 없으면 No의 N을 치면 돼."

나는 손가락을 내밀었다.

"Y."

"그 동물의 이름이 뭐야?"

글자 하나하나가 불가능한 목표처럼 보였다. 하지만 피터만 박사님이 내 팔을 잡아 주자, 나는 손가락으로 키보드의 키를 하나씩 눌렀다.

"ㅎ, ㅣ, ㅇ, ㅓ, ㄹ, ㅗ."

한숨인지 흐느낌인지 모를 소리가 엄마 입에서 빠져나왔다. 나는 키보드에 눈을 계속 고정했다. 네 번 정도 더 질문과 대답이 오고 갔다. 내 몸은 여전히 잘 협조하고 있었다. 그런데 갑자기 손이 떨리기 시작했다.

"채러티, 잘했어. 우리한테 더 하고 싶은 말이 있니?"

피터만 박사님이 물었다. 타이핑한 글자 몇 개로는 교장 선생님을 설득할 수 없었다. 내가 이 학교에 다닐 만한 사람이라는 걸 말이다. 지금이 내가 학교에 남을 수 있는 유일한 기회라면? 다음에 타이핑하는 글자는 내 인생에서 가장 중요한 문장이 될 것이다.

그러니까 내 첫 번째 말은 매우 중요했다. 한 글자, 한 글자 칠 때마다 감정의 물결이 내 뇌에서 오른쪽 검지로 흘러 들어갔다. 이마에서 땀이 뚝뚝 떨어졌다. 키보드를 다 쳤을 때, 모두가 화면을 보기 위해 자리에서 일어났다.

피터만 박사님이 내가 쓴 글을 큰 소리로 읽었다.

"나도 지능이 있어요."

"그래, 맞아, 채러티. 당연히 있지."

피터만 박사님이 관객들을 향해 고개를 끄덕였다. 고개를 돌려 보니, 입을 떡 벌리고 있는 네 번째 관객이 보였다. 바로 교장 선생님이었다.

"허, 참! 이게 무슨 일이람."

실리아 선생님과 애나 선생님이 펄쩍 뛰어올라 나를 껴안고 뽀뽀했다. 엄마는 의자에 앉아 눈물을 펑펑 쏟더니, 잠시 후 비틀거리며 걸어와 나를 두 팔로 꽉 안았다.

"정말이지 믿을 수가 없구나, 우리 채러티. 우리 소중한 딸."

그때 교장 선생님이 말했다.

"흠흠, 이 새로운 발달 단계를 고려했을 때……, 민원을 철회할 의향이 있는지 달시의 부모님과 논의해 보도록 하겠습니다."

"채러티, 믿을 수가 없구나. 우리가 의사소통을 할 수 있다니. 너한테 물어보고 싶은 게 참 많아. 너 역시 그렇겠지? 네가 보든에서 고통받았던 그 시간을 생각하면……."

엄마와 나는 학교에서 나오자마자 곧장 휴대용 키보드를 사러 갔다. 엄마의 아이패드와 연결해 집에서도 내가 타이핑을 할 수 있도록 말이다.

엄마는 집으로 가는 길 내내 콧물을 훌쩍였다.

"우리 소중한 딸, 우리 똑똑하고 사랑스러운 딸. 더는 지난 일에 연연해하지 말자. 마침내 목소리를 갖게 된 것에 감사하며 살자꾸나."

한 번에 여러 감정을 다 느낄 수 있을까? 기쁨, 분노, 안도, 승리감, 슬픔, 그리고 두려움…….

엄마는 이 빅뉴스를 아빠에게 전화로 알리지 않았다. 우리는 집에 도착하자마자 곧장 타이핑 연습에 돌입했다. 내가 아빠에게 보내는 메시지를 치는 동안, 엄마는 내 팔을 꼭 잡아 지지해 주었다. 설렘과 흥분으로 가득한 하루를 보낸 뒤, 한 글자 한 글자 타이핑하는 일이 무척 고되었지만 절대로 멈추고 싶지가 않았다.

드디어 오후 5시 25분, 아빠는 여느 때처럼 생선 비린내와 코코넛 선크림 냄새를 풍기며 집 안으로 들어섰다.

"스티브, 채러티가 당신한테 할 말이 있대."

엄마가 버튼을 누르자 내가 준비한 메시지가 재생되었다.

"아빠는 나의 가장 친한 친구예요. 나를 믿어 줘서 고마워요."

아빠는 몹시 혼란스러워 보였다. 내가 마지막 줄을 타이핑하는 동안, 엄마는 내 오른쪽 팔꿈치를 잡아 주었다.

"사랑해요."

아빠 눈에서 눈물이 줄줄 흘렀다.

"이게 그러니까, 채러티가…… 마침내……."

아빠는 손으로 머리를 쓸어넘긴 뒤 엉엉 소리 내어 울기 시작했다.

"채러티, 우리 체리 걸……! 아, 이런, 세상에."

아빠는 나와 엄마를 두 팔로 꽉 안았다.

"꿈이 이루어졌어!"

다음 날 교실에서 재즈민, 피터, 줄리안, 스카일러, 그리고 다른 에픽 아이들이 애나 선생님의 도움을 받아 전하는 내 이야기를 '듣기' 위해 몰려들었다. 애나 선생님이 내 메시지를 들려주었다.

"말을 할 수 없었을 때도 나를 받아 줘서 정말 고마워."

스카일러가 나를 꽈아악 안아 주었다.

"할 수 있을 줄 알았어, 체리 트리."

줄리안이 태블릿에 메시지를 입력했다.

"너의 영혼은 이제 진실을 말할 자유를 얻었어."

애나 선생님은 줄리안이 몇 년 동안 연습한 끝에 혼자서 타이핑할 수 있게 된 거라고 알려 주었다.

"와우, 타이핑을 하는 너희 둘하고 비교하니까, 우리는 그냥 아무 생각 없이 떠드는 앵무새처럼 느껴져."

재즈민이 말하자 줄리안이 응답했다.

"우리에겐 글자 하나하나가 선물이야."

교장 선생님이 타이핑하는 나를 보기 위해 에픽 교실로 들어왔다.

"너를 잘못 판단해서 정말 미안하게 생각하고 있단다. 앞으로 더 많은 이야기를 들려주렴. 기대하고 있을게."

이번에는 진심인 것처럼 들렸다.

토요일 아침, 엄마가 탱고를 추며 부엌으로 들어왔다. 그러고는 신이 나서 물었다.

"아침으로 뭐 먹고 싶니?"

와우! 전에는 나한테 이런 질문을 하는 사람이 아무도 없었다.

"내가 만든 특별 파워 오트밀은 어때?"

"나는 오트밀을 싫어해요."

엄마가 놀란 표정을 지었다.

"진짜? 그렇다면 그것에 대해서 천 번 정도는 사과해야 할 것 같구나. 그럼 뭘 줄까?"

나는 가장 먼저 생각난 것을 타이핑했다.

"딸기 셰이크."

엄마가 옆방에 대고 소리쳤다.

"스티브, 얼른 가게에 가서 아이스크림 좀 가져와야겠어!"

아빠가 수건으로 얼굴을 닦으며 들어왔다.

"아침 9시에 아이스크림을?"

"딸기 셰이크가 먹고 싶대. 십삼 년이나 기다렸다고."

그날 아침, 우리 셋은 아침으로 휘핑크림이 올라간 셰이크를 후루룩후루룩 마셨다. 아침 내내 엄마와 아빠는 내게 질문을 쏟아 냈다.

"좋아하는 색깔은 뭐야?"

"다 좋아해요. 하지만 분홍색 드레스는 다시 입히지 말아 주세요."

"우아, 그렇다면 옷장을 완전히 새로 바꿔야겠는걸?"

아빠가 웃었다.

"좋아하는 음악은 뭐야? 지금까지 몇 년 동안이나 내 고리타분한 컨트리 음악을 참아 왔잖아. 자, 이제 불평할 기회가 왔어."

엄마가 물었다.

"모든 음악은 기쁨을 주어요. 싹쓸어 쓰레기봉투의 후렴구만 빼고요."

질문이 나올 때마다 배 속이 울렁울렁했다. 격렬한 감정의 파도가 나를 반대 방향으로 끌어당겨 토하고 싶게 만들었다. 기쁨의 파도, 분노의 파도, 안도의 파도, 슬픔의 파도, 죄책감의 파도……. 타이핑을 할 때마다 감정이 쏟아져 나왔다.

"파스타는 어떤 게 좋아? 빨간색 소스? 아니면 하얀색?"

엄마가 물었다. 나는 키보드를 밀어냈다.

"채러티? 괜찮니?"

내 모든 상처가 금방이라도 터질 것 같은 댐 앞에 쌓여 있었다. 몇 년 동안 나는 투명인간 취급을 받았다. 사람들은 나를⋯⋯ 그 'ㅈ'으로 시작하는 단어로 불렀다. 몇 년 동안 이어졌던 보든 아카데미에서의 학대, 남겨진 아이들의 고통, 특히 이사벨라⋯⋯.

그런데 지금 우리 엄마와 아빠는 나한테 빨간색 파스타 소스를 좋아하는지, 하얀색 소스를 좋아하는지 묻고 있었다.

'이런 건 중요한 질문이 아니에요.'

판도라의 상자, 내 머리는 고대 그리스의 그 이야기로 거슬러 올라갔다. 판도라라는 여자가 제우스 신으로부터 선물을 하나 받는다. 제우스는 그 선물을 주면서 절대 열어 보지 말라고 당부한다.

그러니까 그건 선물이 아니었다. 제우스가 판도라를 속인 것이었다. 참지 못할 거라는 걸 알고 있었기 때문이다. 마침내 판도라가 상자를 열어 보았을 때 슬픔, 분노, 후회, 두려움, 증오 등 인류의 모든 악이 세상으로 빠져나왔다.

내 판도라 상자의 뚜껑은 이미 뜯겨 나갔다. 보든 아카데미에서의 생활이 떠올랐다. 말을 할 수 없는, 목소리 없는 아이들이 너무 많았다. 너무 많은 삶이 낭비되고 있었다.

우리의 작은 축제가 재앙으로 바뀌었다. 주전자 폭발, 카운트다운⋯⋯! 3⋯⋯, 2⋯⋯, 1.

나는 의자에서 바닥으로 떨어졌다. 내 팔과 다리가 아무 데나 걷어차고 휘저었다. 내 목소리가 하염없이 울부짖었다. 그그그그그아아아아아아아아악!

"채러티, 제발 나랑 타이핑하자. 지금 기분이 어떤지 말해 줘."

엄마가 소리쳤다. 차고, 차고, 치고, 차고, 치고, 치고, 차고. 엄마와 아빠가 내 머릿속 비명을 들을 수 있으면 좋겠다.

'이건 불공평해, 정말 불공평하다고.'

"채러티, 심호흡을 해. 괜찮을 거야, 다 괜찮을 거야. 우리가 어떻게 해 주면 좋겠니?"

엄마가 내 비명보다 더 크게 소리쳤다.

'십삼 년간의 감옥 생활을 어떻게 이해할 수 있겠냐고요!'

마침내 내 팔과 다리가 멈췄다. 가슴이 위아래로 들썩였다. 히어로가 뒤뚱거리며 내게 다가와 귀를 핥았다. 다행히 토네이도는 지나갔다. 하지만 슬픔은 사라지지 않았다.

아빠가 나를 들어 올려 소파에 앉혔다. 엄마는 옆에 앉아서 나를 지지해 주었다. 그리고 키보드를 들고 간청했다.

"우리한테 말 좀 해 줘, 제발. 지금 너의 감정을 말해 줘."

"보든에 가고 싶어요, 보든에."

"보든은 오늘 쉬는 날이야."

아빠가 말했다.

"보든에 가고 싶어요."

십팔 분 후, 우리는 보든 아카데미 정문 앞에 차를 세웠다.

"전부 다 잠겨 있을 거야."

엄마가 말했다. 손잡이를 아래로 누르자 녹슨 문이 삐걱거리며 열렸다. 나는 운동장으로 당당히 걸어갔다. 반짝이는 그네와 미끄럼틀이 있었지만, 실제로는 아이들이 논 적이 없는 곳이었다. 나는 저기서 하루에 몇 시간씩 버려져 있었다.

내 몸이 우리를 교실로 이끌었다. 나는 그곳에서 내 인생의 삼 년을 허비했다. 그리고 그중 136시간 17분 동안 타임아웃 벽장에 갇혀 있었다. 나를 쓸모없게 한 실패의 테스트들, 나를 무가치하게 만든 '발달' 보고서들. 그 모든 것, 그 모든 시간들을 날려 버리고 싶어서 계속해서 차고, 치고, 때렸다.

엄마가 내 손을 잡고서 막으려 애썼다.

"채러티, 그만. 그러다 네가 다쳐!"

아빠는 엄마를 뒤로 당겼다.

"아니야, 게일. 채러티는 쏟아 내야 해."

손이 욱신거릴 때까지 문을 두드렸다. 그런 다음 무릎을 꿇고 가쁜 숨을 몰아쉬었다. 아빠가 나를 일으켜 세웠다. 차로 데려갈 줄 알았는데, 그게 아니었다. 아빠도 문을 두드리기 시작했다. 엄마도 같이 두드렸다. 엄마와 아빠의 눈에서 눈물이 흘러나왔다.

잠시 후 우리는 계단에 앉아 숨을 골랐다. 엄마는 가방에서 키보드를 꺼내 내가 진실을 말할 수 있게 도와주었다.

"삼 년 동안 감옥에 갇혀 있었어요."

"그래, 알아. 이제야 그걸 알았지."

"나를 여기로 보냈잖아요."

"나도 알아. 정말 미안하구나. 정말정말…… 미안해."

엄마의 목소리는 서서히 사라졌고, 우리는 침묵 속에 앉아 있었다.

"우리가 할 수 있는 건 앞으로 나아가는 것뿐이야. 그리고 우리는 이 잘못을 만회하기 위해 평생을 노력할 거란다."

아빠가 말했다.

내 감정들이 으르렁 성을 내면서 이를 부드득 갈았다.

그날 저녁, 실리아 선생님이 우리 집에 왔다. 내가 폭발한 것에 대해 엄마가 전화로 얘기했기 때문이다.

"여기까지 와 주셔서 고맙습니다. 괜히 저희 때문에 저녁을 망친 건 아닌지 죄송하네요."

"아니에요, 전화해 주셔서 기뻐요."

실리아 선생님이 내 옆에 앉아 나를 꼭 안아 주었다. 뻣뻣했던 몸이 스르륵 녹았다.

"채러티, 지금 기분이 어떤지 말해 줘."

그러자 엄마는 내가 대화할 수 있도록 옆에 앉아 도와주었다.

"심장에 상처가 너무 많았나 봐요. 부서져 버리고 말았어요. 분노가 부글부글 끓으며 밖으로 나와요."

"분노하는 건 당연해. 이 모든 고통을 겪고도 화를 내지 않았다면 오히려 내가 걱정했을 거야. 분노 자체는 별문제가 없어. 하지만 이 분노를 어떻게 했으면 좋겠니?"

실리아 선생님이 물었다. 나는 그 답을 알고 있었다.

"보든의 아이들이 안전해질 때까지 나는 평화를 얻을 수 없어요. 보든의 문을 닫게 해야 해요."

실리아 선생님이 고개를 끄덕였다.

"그렇다면 너에게 임무가 하나 생겼구나. 그건 아주 중요한 임무야. 네가 보든 아카데미에 관해 편지를 써서 교육청에 보내는 걸 도와줄게."

'나한텐 임무가 있어.'

타이핑을 더 했다.

"하지만 나 같은 아이의 말을 누가 들어 줄까요?"

"채러티, 우리의 사고방식을 바꾼 사람들은 대부분 부자도, 힘 있는 사람도 아니었어. 우리 학교 벽에 그려진 영웅들을 떠올려 봐. 간디, 로자 파크스, 말랄라……. 마음에서 우러나오는 말을 하면 사람들은 귀를 기울이게 되어 있지."

실리아 선생님이 몸을 가까이 숙이며 물었다.

"너를 치유하기 위해 우리가 또 해 줄 수 있는 일이 있을까?"

나는 잠시 생각했다.

"진짜 교육을 받고 싶어요."

실리아 선생님이 나와 주먹을 맞대기 위해 손을 들어 올렸다.

"그럼 받아야지."

일요일마다 하던 가족 식사를 파티로 대신하게 되었다. 할머니와 할아버지가 강력히 주장했다. 내 첫 번째 말을 기념하는 파티를 해야 한다고. 할머니는 평소에 먹는 바비큐 대신에 내가 좋아하는 음식으로 식탁을 차렸다. 프렌치토스트, 그레이비소스를 올린 으깬 감자, 당근 수프, 페퍼로니 피자, 그리고 딸기 셰이크. 애피타이저는 새콤한 벌레 모양 젤리였다.

음식을 먹기 전에, 나는 키보드를 칠 때마다 누군가 와서 껴안고 코를 훌쩍이는 시간을 삼십 분 정도 견뎌야 했다.

"가족 여러분께 감사의 인사를 전해요."

"하느님, 감사드립니다. 우리의 소중한 손녀가 목소리를 찾을 수 있도록 도와주셔서 정말 감사합니다."

할머니는 찬송가를 불렀고, 키키 이모는 내 뺨에 립스틱을 잔뜩 묻혔다.

"그래, 나는 너한테 뭔가 더 있을 줄 알았어. 그냥 그럴 것 같았다니까. 정말이야. 메이슨, 너는 이게 믿겨지니?"

메이슨은 거북처럼 목을 앞으로 쭉 내민 채 나를 바라보며 서 있었다.

"와우, 나는 그냥……, 나는 그냥 네가, 그러니까, 그런데 지금은……, 이게, 와우."

그러고는 코를 훌쩍이며 손으로 쓱 훔쳤다. 내가 걱정한 사람은 엘비 이모였다. 엘비 이모는 무표정한 얼굴로 조각상처럼 앉아 있었다. 할머니가 마침내 엘비 이모의 정지 상태를 풀어 주었다.

"엘비, 뭐라고 한마디 해 봐."

이 말에 엘비 이모의 눈에서 눈물이 뚝뚝 떨어졌다. 할머니가 엘비 이모를 내 맞은편에 앉게 했다. 엘비 이모는 내 얼굴을 쳐다보지도 못했다.

"미안해, 내가 그동안 잘못했어……. 너무 못되게 굴었지? 앞으로 잘하겠다는 말밖에는 내가 할 수 있는 게 없구나."

그러고는 벨벳 소매로 코를 닦았다.

"나한테 기회를 한 번만 더 줄래?"

고통은 여전히 내 안에서 부글부글 끓고 있었지만, 엘비 이모가 용서를 구하는 말을 하자 고통의 일부가 허공 속으로 날아갔다. 엄마는 내가 말을 할 수 있도록 지지해 주었고, 엘비 이모는 그것을 지켜보며 코를 훌쩍였다.

"후회는 소중한 시간을 낭비할 뿐이에요. 용서만이 평화를 가져다주지요. 결혼식 때 있었던 일을 용서해 주세요."

엘비 이모가 고개를 절레절레 흔들었다.

"아니야, 그동안 내가 너한테 어떻게 했는데. 내가 더 나빴어."

"자, 그만. 눈물바다는 여기까지. 우리 다람쥐도 충분히 들었어. 이제 먹자."

할아버지가 말했다.

그때 메이슨이 벌레 모양 젤리가 든 그릇을 내밀었고, 배고픈 내 손은 그 안으로 허겁지겁 파고들었다.

나에게는 임무가 있어

지금까지 치른 모든 테스트에서 다 낙제했다고 상상해 보자. 심지어 모든 답을 알고 있었는데도.

조용하고 평화로운 분위기를 위해 애나 선생님은 도서관 회의실에 키보드를 설치해 주었다. 아무리 교실 문이 닫혀 있어도 내 귀는 밖에서 속삭이는 소리까지 다 들었다.

"모든 문제는 객관식이야. 그리고 수학, 국어, 역사, 과학 이렇게 네 과목을 시험 볼 거야. 각각의 문제를 모니터에 띄운 뒤 큰 소리로 읽어 줄게."

실리아 선생님이 설명했다. 내 몸이 딱딱한 플라스틱 의자에서 앞뒤로 흔들거렸다.

'오늘은 엄마가 셔츠 안에 사포를 넣었나?'

나는 목을 벅벅 긁었다.

"채러티, 진정해. 우리가 네 학업 계획을 다시 짜기 전에 보충 수업이 필요한 과목이 있는지 확인하려는 것뿐이니까."

실리아 선생님이 첫 번째 질문을 읽을 때, 내 가슴은 벌새처럼 콩닥콩닥 사정없이 뛰었다.

"이백 리터의 물을 담을 수 있는 물탱크가 있습니다. 이 물탱크를 이십 초 내에 가득 채우려면, 일 초에 몇 리터씩 넣어야 할까요? A, B, C, D, E 중에서 답을 하나 고르세요."

내 눈동자는 B에 가 있었다. 애나 선생님이 내 팔꿈치를 잡고 있는 동안, 나는 목표물을 향해 손가락을 앞으로 쭉 밀었다.

"B, 네가 원하는 답이 맞니?"

나는 그렇다는 의미로 Yes의 Y를 눌렀다. 애나 선생님과 실리아 선생님은 내게 어떤 힌트도 주지 않았다. 내 답이 맞았는지 틀렸는지.

내 머리는 질문이 나올 때마다 몇 년 동안 엄마와 함께했던 숙제, 엄마가 읽어 주었던 책들, 텔레비전의 다큐멘터리와 뉴스, 할아버지 서재에서 꺼내 읽었던 책들의 내용을 재빨리 떠올렸다.

한 시간 정도 지나자 애나 선생님이 말했다.

"잠깐 쉬었다가 하자. 간식 좀 가져올게."

"아니요, 계속해요."

질문이 나올 때마다 다음 질문에 대한 갈증이 생겼다. 나는 시험을 한 시간 더 쳤고, 짧은 산책을 한 뒤 한 시간을 더 했다. 검지는 뻣뻣해지고 눈은 흐릿해졌다.

"채러티, 다 끝났어."

실리아 선생님이 말했다. 완전히 지친 나는 애나 선생님을 콕콕 찔러 한 단어를 더 쳤다.

"쓰레기통."

애나 선생님이 쓰레기통을 가져오자마자, 나는 아빠가 아침에 만들어 준 치즈 오믈렛을 다 토했다.

도서관에서 나와 에픽 교실로 돌아갔다. 나는 창문 너머로 실리아 선생님을 바라보았다. 코에 은색 안경을 걸치고서 해답지를 보며 채점을 하고 있었다.

삼십 분 후, 실리아 선생님이 고개를 가로저으며 밖으로 나왔다.

"네 답을 두 번이나 확인했어. 세상에, 96점이야. 수업 계획표를 새로 만들어 줄게!"

실리아 선생님과 애나 선생님은 환호성을 지르며 공중으로 풀쩍 뛰어올랐다.

"너한테 맞는 가장 좋은 방법을 찾아볼게. 너도 진짜 수업을 받을 수 있도록 미리 준비해 둬."

애나 선생님은 내 옆에 앉아 키보드를 들었다.

"채러티, 지금 기분이 어떤지 말해 줄래?"

기분이 좋다고 말해 주고 싶었지만, 꼭 그런 것만도 아니었다.

"긴장돼요. 나는 여전히 내 몸을 완벽하게 통제할 수 없으니까요."

실리아 선생님이 미소를 지으며 안경을 벗었다.

"채러티, 내 남동생 마르코에 관해 이야기해 줬나? 마르코는 태어날 때부터 근육을 사용하지 못했어. 우리는 마르코와 함께할 수 있는 시간이 그리 많지 않다는 걸 알았지. 아빠는 마르코를 항상 집에만 있게 하고 싶어 하셨어. 마르코가 다치지 않도록."

"충분히 이해할 수 있어요. 그런데 동정심은 나를 아주 작은 올챙이처럼 오그라들게 하지요."

실리아 선생님은 고개를 끄덕인 뒤 먼 곳을 바라보며 미소 지었다.

"남동생을 학교에 보내야 한다고, 그 작은 몸으로 할 수 있는 건 다 해 봐야 한다고 주장한 사람은 바로 우리 엄마였어. 엄마는 남동생이 정원에서 날아다니는 잠자리를 발견할 때마다 눈이 커진다는 걸 알아차리셨지. 음악을 들을 때마다 입가에 미소가 번진다는 것도 알아차리셨고. 마르코는 열 살 때 우리 곁을 떠났어. 엄마는 눈물을 흘리지 않으셨지. 그저 이렇게 말씀하셨어. '마르코는 짧은 인생을 살았지만, 지금 천국에서 자신이 겪은 경이로움에 관해 사람들에게 이야기하고 있을 거야.' 나를 교사의 삶으로 이끈 건 바로 마르코야. 채러티, 이 학교 프로그램에 다 참여할지 아닐지는 네 선택이야. 결과가 어떻든, 네가 그 과정에서 배울 수 있는 게 분명히 있을 거라고 생각해."

내가 키보드를 향해 손을 뻗자, 애나 선생님이 나를 지지해 주었다. 나는 숨을 내쉴 때마다 두려움을 내보냈다.

"나한텐 임무가 있어요. 이 기회를 절대 허비하지 않을 거예요. 마르코를 위해서라도."

토요일 아침, 아빠는 평소의 활기찬 모습으로 왈츠를 추며 부엌에 들어왔다.

"우리의 스타 운동선수님, 딸기 셰이크는 어떤가요? 공원에서 농구공을 던지려면 에너지가 많이 필요할 거야."

내가 발을 쿵쿵 구르자 엄마가 내 옆에 앉아 키보드를 들었다.

"대체 왜 그러시는 거예요?"

"조지 코치가 전화해서 미안하다고 했어. 그러면서 네가 팀에 합류하면 좋겠다고 하더라고. 이번에는 진짜 선수로."

"나는 드리블을 못 해요. 패스도 못 하고."

"그렇지만 뛸 수 있잖아. 상대 선수를 막을 수도 있고. 그리고 중요한 건, 네가 슛을 쏠 수 있다는 거지."

아빠는 농구공과 물병 두 개를 들고 문으로 향했다.

우리는 곧 공원에 도착했다.

"이제 자유투를 연습해 보자."

아빠가 골대를 가리키자 나는 공을 던졌다.

"우리의 채러티 선수가 슛을 쏘았습니다. 그리고 득점했습니다!"

골을 넣을 때마다 아빠는 이렇게 외쳤다. 하지만 패스는 다른 문제였다. 농구공은 스펀지 공보다 훨씬 컸다. 그때 사이드라인에서 누군가 소리쳤다.

"채러티, 공을 받을 수 있는 위치에 손을 둬야지."

"우리의 보조 코치님이 도착하셨나 보다."

아빠가 이마를 닦으며 말했다. 고개를 돌리자 검은색 반바지에 주황색 윗도리를 입은 메이슨이 보였다. 메이슨은 아빠한테 고개를 끄덕이고는 내게로 다가왔다.

"채러티, 안녕? 지난번에 말하려고 했는데……. 정말 미안해. 내가 전에 좀 못되게 굴었잖아. 엄마는 나한테 너에 대해 아무 말씀도 안 해 주셨어. 그러다 갑자기 너를 다시 보니까, 내가 너를 잘 모르고 있다는 느낌이 들었어."

나도 메이슨에게 미안하다고 말하고 싶었다.

'코를 때려서 미안해.'

그 뒤로 구십이 분 동안, 아빠와 메이슨은 번갈아 가며 내게 패스해 주었다. 그리고 드리블도 가르쳐 주었다. 유감스럽게도, 내 팔과 다리는 여전히 따로따로 놀았다. 그래도 오랜만에 사촌과 함께 놀아서 기분이 좋았다.

수요일 방과 후, 아빠는 나를 말벌 농구 팀 연습에 데려갔다. 링컨 중학교에 적응할 수 있다는 것을 보여 주기 위해 나는 팀과 함께 움직여야 했다.

내가 팀에 보내는 짧은 메시지를 타이핑하는 동안, 아빠가 옆에서 도와주었다. 아빠가 아이패드의 '재생' 버튼을 누르는 순간, 전자 음성이 내 말을 들려주었다.

"말벌 팀이 되어서 행복해. 나도 같이할 수 있게 해 줘서 고마워."

몇몇 아이들은 미소를 지었다. 조지 코치님이 내게 주먹 인사를 건네며 말했다.

"자, 파이팅!"

달시가 릴리와 그레이스에게 뭔가를 속삭였고, 셋은 키득키득 웃었다.

첫 번째 기술 훈련을 하는 동안, 나는 아직 드리블을 할 수 없어서 코트를 따라 밖에서 계속 뛰었다. 마침내 슛을 던지는 연습이 시작되었다. 코치님이 내게 공을 건넸다. 모두가 나를 쳐다보았다. 나는 어떻게든 내 안에서 자신감을 찾으려 애썼다.

'할 수 있어, 공원에서처럼. 열두 번 연속으로.'

농구공을 가슴 앞쪽에서 쏘아 올리려 애썼지만, 공은 날아가지 못하고 바닥에 떨어져 데굴데굴 굴러갔다. 몇몇 아이들이 마구 웃음을 터뜨렸다. 누군지 안 봐도 뻔했다.

"말벌! 그건 스포츠 정신이 아니야. 우리가 이 자리에 모인 건 채러티를 우리 팀으로 받아들이고 응원하기 위해서다."

코치님이 소리쳤다.

"채러티, 다시 한번 해 봐. 지난번에 네가 하는 걸 지켜봤어. 넌 그저 몸 풀 시간이 필요할 뿐이야."

아이들은 잡담을 나누기 시작했고, 나는 낮게 뜨는 공을 계속 던졌다. 공은 골대 근처에도 가지 못했다. 아빠는 내게 공을 계속 던져 주었다.

"할 수 있어, 슈퍼 체리. 우리가 연습한 것과 똑같은 거야."

"공을 던지는 거야, 뭐야?"

달시가 고개를 절레절레 흔들며 휴대전화를 들고 사이드라인에서 왔다 갔다 했다. 아마도 누군가에게 문자 메시지를 보내는 듯했다.

'여기서 나가게 해 주세요!'

심장이 쿵쾅쿵쾅 뛰었다. 주전자 폭발의 시간이 다가오고 있었다. 3……, 2……. 그때 갑자기 그레이스가 박수를 치며 구호를 외치기 시작했다.

우리가 공을 잡았다. [짝] 모두모두 길을 비켜라. [쿵]

채러티, 채러티, 파이팅. [짝] 오늘의 득점왕 채러티! [쿵]

'이게 지금 무슨 일이지?'

다른 아이들도 동참했다. 모든 아이들이 박수를 치며 환호했다. 놀랍게도 거의 모든 아이들이.

순식간에 에너지가 발끝에서 가슴으로, 그리고 피곤에 지친 팔로 솟구쳤다. 나는 공을 공중으로 쏘아 올렸다. 공은 골대를 향해 날아갔고, 백보드에 부딪힌 뒤, 쾅! 그리고 튕겨 나오더니…… 달시의 등을 내리쳤다.

그 바람에 달시의 휴대전화가 손에서 날아가 바닥으로 떨어져 미끄러지다가 코치님 바로 앞에서 멈췄다. 모두가 웃음을 터뜨렸다. 코치님이 휴대전화를 집어 들자 달시의 얼굴이 빨개졌다.

공을 넣지는 못했지만, 연습이 끝난 후 몇몇 아이가 내게 다가왔다.

"채러티, 잘했어."

그때 그레이스가 다가와 속삭였다.

"달시한테서 휴대전화를 멀리 떼어 놓은 건 매우 잘한 일이야. 강력 접착제로 손에 붙여 놓은 줄 알았다니까."

그 순간 나를 노려보고 있는 달시의 시선을 알아차렸다. 달시는 손가락으로 목을 찍 긋는 시늉을 했다.

과학실에 들어가자 물고기와 개구리, 뱀, 작은 돼지, 그리고 부검한 외계인처럼 보이는 표본들이 담긴 항아리에서 악취가 확 풍겼다.

"잠깐 걷고 싶어질 수도 있으니까 문 옆에 앉도록 하자."

애나 선생님이 책상에 퍼즐을 올려놓았다. 그때 그레이스가 노란색과 검은색의 치어리더 유니폼을 입은 친구들과 함께 들어왔다. 릴리와 달시였다.

'치어리더에 대한 재즈민의 생각이 어쩌면 옳을지도 모르겠는걸.'

세 명 모두 당혹스러운 표정으로 나를 보았다.

때마침 재즈민이 들어와 내게 엄지를 치켜세웠다. 그러고는 뒷줄에 휠체어를 세웠다. 하딩 과학 선생님이 책상 앞에서 나를 뚫어지게 쳐다보며 눈썹을 찡그렸다. 재즈민은 과학 선생님을 매우 뛰어나지만 몹시 엄격한 분이라고 설명했다. 사실, 실제로 한 말은 "수업 시간에 이름이 불리면 아이들이 바지에 오줌을 쌀 정도야."였다.

과학 선생님이 다가와 애나 선생님에게 말을 걸었다. 마치 나는 보이지 않는 것처럼.

"영어 시간에 어떤 일이 있었는지 들었습니다. 저는 그런 문제에 있어서 베킷 선생님보다 훨씬 더 단호해요. 누구든 수업을 방해하면 절대 용납하지 않습니다. 특별한 상황에 있는 학생이라 할지라도요. 그래도 저의 수업에 오신 걸 환영합니다, 애나 듀퐁 선생님."

"하딩 선생님, 환영해야 할 사람은 제가 아니에요."

과학 선생님이 어리둥절한 표정을 지었다. 애나 선생님은 나를 가리키며 말을 이었다.

"이 학생의 이름은 채러티입니다, 채러티 우드. 채러티는 이 수업을 가장 듣고 싶어 했어요. 사실, 채러티가 고집을 부렸지요. 저희의 조언에도 불구하고."

사실이었다. 나는 생명과학을, 특히 나의 이 미친 신경 세포를 빨리 이해하고 싶었다. 그리고 동물, 식물, 곤충, 심지어는 하나의 세포로 구성된 원생동물까지, 나는 이 세상의 모든 생물에 매료되어 있었다.

과학 선생님이 안경을 뾰족한 코끝까지 내리며 물었다.

"고집을 부렸다니, 무슨 뜻이지요? 말을 할 수 있나요?"

"저희가 제출한 서류에 적혀 있는 것처럼, 채러티는 타이핑으로 의사소통을 합니다. 글자를 하나씩 쳐서요."

과학 선생님이 눈썹을 들어 올리며 손으로 턱을 문질렀다. 애나 선생님이 말을 이었다.

"불과 몇 주 전에 이 방법을 배웠지요."

"흥미롭군요."

과학 선생님은 혼잣말을 하더니 처음으로 나를 관심 있게 보았다. 그러고는 곧 화이트보드 쪽으로 다가갔다.

"여러분, 오늘은 유전학에 대해 공부를 하겠습니다. 모두 6장을 공부해 왔겠지요."

선생님은 인간 확성기 같은 목소리로 유전자와 염색체에 대해 강의하기 시작했다. 이것은 모든 세포에 들어 있는 비밀 코드로 조상에게서 물려받았다. 나는 비로소 내가 어떻게 아빠의 파란 눈과 엄마의 보조개를 물려받았는지 이해했다. 나는 유전자에 완전히 매혹되었다.

과학 선생님은 화이트보드에 유전 법칙을 도표로 그린 다음, 사람들에게 질병을 가져다주는 유전자 코드의 실수에 관해 이야기했다.

"백색증은 유전적 돌연변이로 자손의 피부와 눈, 털에 색소가 전혀 없습니다. 이것은 멜라닌 생성에 관여하는 티로시나아제 효소의 결함으로 발생하지요."

선생님이 앙상한 손가락으로 앞줄에 앉은 스튜어트를 가리켰다.

"스튜어트! 인간의 게놈에는 유전자가 몇 개 있지?"

"스물세 개입니다."

스튜어트가 기어 들어가는 목소리로 대답했다. 선생님이 한쪽 눈썹을 들어 올리자 스튜어트의 얼굴에서 핏기가 사라졌다.

"그러니까 제 말은 23에 0을 두 개 더 붙여 대략 2,300개 정도라는 뜻입니다."

선생님이 고개를 끄덕이고는 달시를 바라보았다.

"달시! 이 유전자 교배로 백색증 아이가 태어날 확률은 얼마나 되지?"

달시의 얼굴은 아래를 향하고 있었다. 휴대전화를 들여다보고 있는 게 틀림없었다. 달시는 압박감을 거의 느끼지 않은 표정으로 긴 금발을 어깨 뒤로 찰랑 쳐 냈다.

"돌연변이가 나올 확률은 4분의 2입니다."

선생님의 얼굴이 일그러졌다.

"땡, 틀렸어. 과학 공부를 좀 더 성의껏 하는 게 좋겠구나. 휴대전화 보는 시간도 좀 줄이고."

달시의 고개가 다시 아래로 떨어졌다. 여기저기서 키득키득 웃는 소리가 들렸다. 퍼즐에서 고개를 막 들어 올리는 순간, 선생님의 회색 눈이 레이저 빔을 쏘듯 나를 보고 있었다.

"자, 우리 신입생은 어떤가? 이 유전자 교배로 백색증 아이가 태어날 확률은 얼마나 되지?"

애나 선생님은 고개를 끄덕인 뒤, 내가 타이핑할 수 있도록 자세를 잡았다. 내가 타이핑하는 동안 과학 선생님은 팔짱을 끼고 기다렸다. 몇몇 아이들은 하품을 했다.

애나 선생님이 목을 가다듬은 뒤 내 답을 읽었다.

"답은 4분의 1입니다."

선생님이 고개를 끄덕였다. 애나가 손가락 하나를 들어 올려 아직 더 남았다는 신호를 보냈다.

"그 아이는 비록 돌연변이지만, 다른 세 아이만큼 존중받아야 합니다."

과학 선생님의 양쪽 눈썹이 위로 올라갔다.

"두 가지 측면에서 모두 맞는 답이야, 채러티. 유전의 인간적인 측면을 상기시켜 줘서 고맙구나."

수업의 마지막 삼십 분은 모둠으로 나뉘어 실험을 진행했다. 그레이스, 달시, 릴리가 우리 옆에서 현미경을 설치했다. 그레이스가 미소를 지으며 다가왔다.

"채러티, 아까 한 말 참 좋았어. 어때, 우리랑 같이할래?"

그 순간 릴리의 눈이 확 커졌다. 그러면서 그레이스에게 '농담하는 거지?' 하는 듯한 표정을 지어 보였다. 나는 곧바로 타이핑을 했다.

"최선을 다할게."

애나 선생님은 릴리와 달시를 빤히 보았다. 영어 시간에 있었던 일이 기억난 모양이었다. 빨간색 립글로스를 바른 달시의 입술에 갑자기 미소가 번졌다.

"아무래도 첫 단추를 잘못 끼운 것 같아. 미안해, 채러티. 우리, 앞으로 친하게 지내자. 넌 정말 똑똑한 것 같아."

릴리가 동의한다는 듯 고개를 끄덕이며 스피어민트 껌을 입안에서 톡톡 터뜨렸다. 음, 내가 저 둘을 믿어도 될까?

그때 그레이스가 실험 방법을 큰 소리로 읽었다.

우리는 살아 있는 초파리로 실험을 했다. 애나 선생님은 내가 관찰할 수 있도록 머리를 현미경 위에 받쳐 주었다. 커다란 눈과 섬세하고 투명한 날개……. 자연의 완벽함이 그 작은 몸에 고스란히 담겨 있었다.

릴리는 초파리한테 물릴까 봐 겁이라도 나는 듯 눈을 내리깔고서 현미경을 들여다보았다.

"으으으윽, 너무 징그러워. 해시태그, 끔찍해!"

그러자 그레이스가 대꾸했다.

"말도 안 돼. 너, 의사 되고 싶다고 하지 않았어?"

"그렇지, 근데 쟤는 사랑 전문 의사를 말한 것이었을걸."

달시가 끼어들었다. 그러고는 셋이서 소리 내어 웃었다.

실험이 끝났을 때, 릴리가 페트리 접시를 손에 들고 코를 찡그리며 말했다.

"깨어나기 전에 짓눌러 버리자."

그러자 달시가 릴리에게서 그 접시를 빼앗았다.

"안 돼, 이 바보야. 병에 다시 넣어야 해. 채러티가 말했잖아, 생명은 모두 소중하다고."

나는 고개를 끄덕이며 동의했다.

"그래, 맞아. 그리고 이 초파리들은 오늘 우리의 선생님들이야."

달시가 손을 내밀어 나와 주먹을 맞댔다.

"옳은 말이야."

그레이스는 이렇게 말한 뒤 실험 장비들을 모아 선반에 다시 갖다 놓았다. 마침내 수업을 마치는 종이 울렸다. 애나 선생님은 과학 선생님에게 내 숙제를 어떻게 하면 좋을지 상의하러 갔다.

달시가 허리에 손을 얹고 나를 향해 돌아섰다.

"오늘 실험 같이해서 좋았어, 채러티."

달시와 릴리가 미소를 활짝 지었다. 나는 믿을 수가 없었다. 며칠 전까지만 해도 나를 쓰레기 취급하던 아이들이 내 앞에 서서, 마치 우리가 이제는 친구인 것처럼 말하고 있었다.

'치어리더에 대한 재즈민의 생각은 틀렸어.'

"우리한테 할 말 없어? 어서 타이핑해 봐."

달시가 키보드를 가리키며 말했다. 하지만 옆에서 도와주는 사람이 없으면 내 손은 아무것도 하지 못했다. 달시가 눈동자를 굴리며 릴리에게 말했다.

"거봐, 내가 말했잖아."

에픽 교실로 돌아와서야, 잠시나마 그 애들과 친구가 되었다고 생각했던 내가 얼마나 어리석었는지 깨달았다. 가방을 여는 순간, 초파리 떼가 와르르 쏟아져 나왔다.

작전명 '이사벨라'

🅜🅢🅑🅡

나한테 뇌가 있다는 사실이 알려지자 많은 사람이 도와주겠다고 나섰다. 학교에서 수업이 끝나고 쉬는 시간이 되면, 몇몇 아이들이 다가와 퍼즐 조각들을 모으는 애나 선생님을 도와주었다.

키키 이모는 우리의 그래픽 아티스트가 되었다. 교과서에 나오는 그래프와 표, 시 등을 포스터로 만들어 내 방이나 화장실 벽에 붙여 주었다. 내가 양치질하거나 옷을 입는 동안에도 공부할 수 있도록. 그 덕분에 나는 밤에 잠들기 전에 에밀리 디킨슨이라는 유명한 작가의 시를 읽곤 했다.

'희망은 날개 달린 것, 영혼에 둥지를 틀고…….'

가장 놀라운 사람은 엘비 이모였다. 어느 일요일 바비큐 파티 때, 이모는 나와 엄마를 할머니의 꽃무늬 소파에 앉게 한 다음 보드게임 크기의 상자 하나를 건넸다.

"너무 늦은 게 아니었으면 좋겠는데."

나는 상자의 뚜껑을 열었다. 그걸 보고는 엄마가 기절이라도 한 듯 고개를 푹 숙였다.

"엘비, 이거 너무 비싼 거 아냐? 너희 형편으로는 힘들었을 텐데."

엄마 말에 이모가 눈물을 글썽였다.

"아냐, 아냐. 우리가 할 수 있는 최소한의 성의야. 필요 없는 결혼 선물 몇 개를 반품하고 나니까 현금이 좀 생기더라고."

엄마가 상자로 손을 뻗어 최신형 아이패드와 블루투스 키보드가 들어 있는 빨간색 가죽 케이스를 꺼냈다.

"한번 해 봐. 충전도 미리 다 했어. 매장 직원이 앱도 다운받아 줬고. 네가 타이핑하는 걸 소리로 재생해 줄 거야."

이모는 은반지를 다섯 개 낀 손으로 내 손을 토닥였다. 엄마가 내 옆에 앉아 팔을 받쳐 주었다. 내 말이 반질반질한 화면에 글씨로 나타났다. '재생' 버튼을 누르자 아이패드에서 내가 쓴 문장이 말로 흘러나왔다.

"**감사한 마음을 다 담을 수 있는 적당한 단어가 떠오르지 않네요.**"

"오, 너는 학교를 잘 다니고 있잖아. 나한테 보내는 감사 인사는 그걸로 충분해."

학교를 잘 다니는 것, 이것은 내 목표이기도 했다. 엄마의 도움을 받아 나는 매일 밤 10시까지 엘비 이모의 아이패드로 책을 읽고 숙제를 했다.

심화반 과학 프로젝트로 다운 증후군에 관한 보고서를 써도 되는지 과학 선생님에게 물어보았다. 내 친구 이사벨라와 스카일러에게 있는 다운 증후군 말이다. 나는 유전자 코드에 생긴 단 하나의 작은 오류가 어떻게 그 사람의 인생 전체를 괴롭힐 수 있는지 알아내고 싶었다. 그리고 무엇보다 두 친구가 앞으로 괜찮아질지 궁금했다.

도서관에서 빌려 온 책을 엄마가 읽어 주었다. 그러면서 '비정상적인 세포 분열'과 '21번 염색체에서 나온 여분의 유전 물질'에 관해 설명해 주었다.

몇 분 후, 나는 엄마를 멈추게 한 뒤 타이핑을 쳤다.

"책은 과학적으로만 설명하고 있어요. 하지만 나는 그 사람들이 실제로 어떤 대우를 받는지 알고 싶어요."

엄마가 한숨을 내쉬며 다른 책을 꺼냈다. 그 책에는 무표정한 얼굴로 철창에 갇혀 있는 아이들이나 교육 기관의 바닥에 공 모양으로 웅크리고 있는 아이들의 사진이 실려 있었다. 엄마는 오래도록 굶주린 채 임상 실험 대상으로 이용되었던 아이들에 대한 이야기를 읽어 주었다.

몇 분 후, 엄마 목소리가 뚝 끊겼다.

"더는 못 읽겠어."

마음속에서 여러 감정이 넘쳐흘렀다.

"교육청에 보낸 편지의 답장은 언제쯤 받아 볼 수 있어요? 벌써 이 주가 지났어요."

엄마가 휴지를 집어 들고 눈가를 가볍게 두드렸다.

"정말 미안해. 실리아 선생님이 어제 전화로 안 좋은 소식을 전해 주셨어. 보든 아카데미에 관한 민원이 우리 것밖에 없다나 봐. 만약의 경우를 대비해 우리가 보낸 파일을 보관해 두겠다고 약속했대."

내가 생각했던 대로다. 그 사람들이 왜 아이가 한 말에 귀를 기울이겠는가? 그것도 나 같은 아이가 한 말에.

"보든 아카데미를 문 닫게 할 수는 없어도, 이사벨라를 구할 수 있을지는 몰라요. 이사벨라 부모님과 이야기 나눌 수 있는 방법이 없을까요?"

"글쎄……, 어쩌면 그분들은 이사벨라가 좋은 곳에 있다고 생각할지도 몰라."

나는 손바닥으로 책을 탁 내리쳤다. 내가 타이핑을 할 수 있도록 엄마가 내 팔을 잡아 주었다.

"아니에요, 이사벨라한테 가장 좋은 곳이 아니라고요. 절대로, 절대로!"

"게다가 이사벨라네 가족에게 연락할 방법도 없어. 보든 아카데미에서 우리한테 그런 정보를 알려 주지는 않을 테니까."

"아침에 등교할 때, 학교 앞에서 이사벨라 엄마를 기다렸다가 이야기해 보는 건 어때요?"

엄마가 미소를 지었다.

"초특급 스파이처럼? 보든 아카데미 관계자들이 우리를 보면 경찰에 신고할지도 몰라."

"그래도 그 기회를 놓칠 순 없어요."

다음 날 아침, 엄마가 나를 쿡쿡 찌르며 깨웠다.

"이제 일어나야지."

엄마는 내가 옷을 입고 차에 타는 걸 도와주었다.

오전 6시 15분, 우리는 보든 아카데미 근처에 차를 세우고 이사벨라가 등교하기를 기다렸다. 이사벨라가 몇 시에 도착하는지는 알 수가 없었다. 그야말로 잠복근무였다.

우리는 엄마가 좋아하는 컨트리 음악을 들으며 지나가는 차를 한 대씩 살펴보았다.

시간이 얼마나 지났을까. 엄마가 노래를 따라 흥얼거릴 때, 백미러로 미니밴을 운전하는 빨간색 머리의 아줌마가 보였다. 이사벨라 엄마가 틀림없었다. 나는 의자를 쿵쿵 쳤다.

"이제 출동할 시각이군."

엄마는 이렇게 말하고는 차를 몰고 도로로 뛰어들더니, 학교 앞 신호등에 멈춰 선 미니밴 옆에 차를 세웠다. 그러고는 경적을 두어 번 가볍게 울렸다. 빨간 머리 아줌마가 창문을 내렸다. 신기할 만큼 이사벨라와 똑같이 생겼다.

"안녕하세요? 채러티 엄마예요. 우리 딸이 이사벨라와 같은 반이었어요."

이사벨라 엄마는 무슨 일인지 모르겠다는 듯 고개를 절레절레 흔들었다. 신호등이 초록색으로 바뀌자, 미니밴은 앞으로 조금 더 나아가더니 학교 앞에서 멈추었다. 그걸 보고 마르시아 선생님이 발을 질질 끌며 다가왔다.

그 모습을 보는 순간, 나는 토하고 싶어졌다. 엄마는 이사벨라네 미니밴 옆으로 가서 차를 세웠다.

"제발, 제발요. 우리 딸이 어머님이랑 이사벨라와 이야기를 나누고 싶어 해요. 제 전화번호예요. 꼭 연락 주세요."

엄마는 전화번호가 적힌 종이를 접어서 미니밴의 열린 차창 안으로 휙 던졌다. 이사벨라 엄마는 마치 엄마가 죽은 쥐의 시체라도 던진 것처럼 몸을 움찔하며 비명을 질렀다.

마르시아 선생님은 우리를 손가락으로 가리키더니, 휴대전화를 꺼내 급히 전화번호를 누르기 시작했다. 엄마와 나는 끼익, 하고 소리를 내며 빠르게 달아났다.

"페퍼로니 피자요. 그냥 치즈 피자 말고요."

화요일은 학교 식당의 '피자데이'였다. 나는 이제 내가 좋아하는 피자를 당당히 요구할 수 있었다. 줄리안도 우리의 점심 모임에 합류했다. 물론 우리와 대화하기 위해 아이패드를 챙겨 들고 왔다.

"나는 환영 식탁에 앉을 거야."

그러자 재즈민이 말했다.

"어, 그거 노래 제목 맞지? 영어 시간에 배운 것 같은데. 아프리카계 미국인들이 평등권을 위해 싸울 때 불렀던 노래잖아."

나는 타이핑을 했다.

"우리 학교 식당도 그렇네."

"그래."

재즈민은 스카일러와 함께 박수를 짝짝 치며 〈환영 식탁(Welcome Table)〉 노래를 개사해서 불렀다.

나는 멋진 아이들 식탁에 앉을 거야

나는 멋진 아이들 식탁에 앉을 거야, 언젠가는

할렐루야!

재즈민이 활짝 웃자 나도 속으로 키득키득 웃었다.

"자리 하나 더 있을까?"

그 순간 모든 시선이 우리 옆에 서 있는 남자아이에게로 쏠렸다. 메이슨이었다. 메이슨은 서퍼 스타일의 앞머리를 쓸어 올리며 나와 스카일러 사이에 끼어 앉았다.

[가설] 키키 이모가 나와 같이 앉으라고 또 강요했다.

"나는 채러티 사촌, 메이슨이야."

재즈민이 대꾸했다.

"누군지 알겠다. 그 재앙 같았던 소방 훈련 때 길 잃은 어린 양을 무리로 데려다준 애 맞지? 내 생각에는 그때 멍청한 여자애들이 우리를 놀라게 하려고 일부러 경보를 울린 것 같아."

"멍청한 여자애들? 그런 멍청한 짓은 보통 남자애들이 하지 않아?"

메이슨은 이렇게 말하며 페퍼로니 피자의 치즈를 입에 물고 쭉 늘어뜨렸다.

"그냥 내 느낌이 그렇다고."

재즈민은 눈썹을 긁적이더니 메이슨을 빤히 보며 물었다.

"네가 스파이인지 아닌지 우리가 어떻게 알지? 나중에 우리를 고문하기 위해서 약점을 캐러 온 걸 수도 있잖아."

줄리안이 주먹으로 식탁을 탕탕 두드린 뒤 타이핑을 했다.

"여긴 환영 식탁이야!"

줄리안이 화면을 가리키자 재즈민이 고개를 끄덕였다.

메이슨이 말했다.

"그건 걱정 안 해도 돼. 운동선수나 치어리더 애들이랑 어울리던 시절은 이제 끝났거든. 전학 오면서 내 이미지를 바꿀 수 있을 거라고 생각했는데, 본모습은 결코 바뀌지 않더라고."

재즈민이 웃으며 물었다.

"멋진 아이들 클럽에서 쫓겨난 거니?"

"그 아이들도 이제 알았을 거야. 내가 컴퓨터나 좋아하는 괴짜라는 걸. 나는 지난 팔 년 동안 밀워키에서 살았어. 이건 채러티도 아는 사실이야. 사실 서프보드를 타 본 적이 없어. 해변에서 노는 것보다는 비디오 게임을 하면서 하루를 보내는 걸 더 좋아하거든."

줄리안이 타이핑을 했다.

"〈마인크래프트〉? 아니면 〈워크래프트〉?"

"당연히 〈워크래프트〉지."

메이슨과 줄리안이 주먹을 부딪쳤다. 그러고는 메이슨이 내 쪽으로 몸을 기울였다.

"아, 저기, 실은 말이야, 너한테 경고를 하나 해 줘야 할 것 같아서. 저 녀석들과 진짜로 끝낸 이유는, 그 애들 휴대 전화에 어떤 앱이 깔려 있었기 때문이야. 우리 학교 학생들이 익명으로 글을 올리는 앱이지. 일종의 채팅방 같은 건데……, 아무튼 오늘 그 앱에 '세시걸72'라는 애가 글을 올렸어. 정말 말도 안 되는 글이라서 보여 주고 싶지는 않지만, 그래도 네가 알고 있어야 할 것 같아서."

메이슨이 휴대 전화를 꺼내 일급 기밀 정보를 전달하는 스파이처럼 내 앞으로 슬쩍 밀었다. 그 글을 읽는 순간, 심장이 가슴에서 빠져나와 식당의 차가운 바닥으로 미끄러져 내리는 느낌이었다.

심화반에 저능아들이라니! 이게 말이 돼? 교장 선생님께 항의하자.

나는 손으로 식탁을 쿵쿵 내리쳤다.

"괜찮니?"

애나 선생님이 우리 쪽으로 고개를 쑥 내밀었다. 나의 문제는 의사소통을 할 때 도와주는 사람이 꼭 있어야 한다는 것이었다. 나는 눈을 감고 내 마음속 세계로 들어갔다. 어떤 아이가 그런 글을 올렸을지 가늠해 보았다. 혹시 교장 선생님이 나에 대한 불만을 모으고 있는 걸까? 이런 걸 얼마나 더 모은 뒤에 나를 쫓아낼 생각인 거지?

초인종이 울리자 엄마와 히어로가 현관으로 서둘러 뛰어나갔다. 나는 숨을 죽이고 있었다. 곧이어 이사벨라가 나한테 달려왔다. 우리는 손을 맞잡고 춤을 추며 쿵쿵 뛰었다.

"엄마, 내가 말했잖아요. 내 친구라고요! 내 친구 채러티라고요!"

이사벨라 엄마는 조심조심 집 안으로 걸어 들어왔다. 그러고는 엄마와 악수를 했다, 아주 엷은 미소를 띠고서.

"안녕하세요, 에밀리 무어예요."

엄마는 우리 집에서 가장 폭신한 안락의자를 권했다.

"지난번에 학교 앞에서 많이 놀라셨지요? 연락할 방법이 없어서 실례를 무릅쓰고……."

"사실은 보든에 이사벨라 친구가 있는 줄 몰랐어요. 보든에 대한 이야기를 거의 하지 않거든요. 이사벨라가 그날 차에 탄 채러티를 보고 어찌나 흥분을 하던지……. 일단 전화를 해 봐야겠다고 생각했지요."

이사벨라가 알록달록한 책을 꺼내 테이블에 내려놓더니, 소파를 두드리며 나한테 옆에 앉으라고 했다. 그러고는 보든 아카데미에서 그랬던 것처럼 책장을 넘기며 사진을 하나하나 가리켰다. 내가 따라올 수 있도록 말이다.

그런데 몇 분이 지나지 않아, 내 몸이 가만히 있지를 못했다. 그래서 내 마음이 간절히 애원했다.

'말하게 해 주세요.'

내 마음이 전해진 걸까? 엄마가 키보드를 들고 내 옆에 앉았다.

"몇 달 전까지만 해도 우리 딸은 의사소통을 할 수가 없었어요. 하지만 타이핑을 시작한 후로, 보든에서 어떤 시간을 보냈는지 우리에게 자세히 알려 주었지요. 이사벨라를 얼마나 좋아했는지도요."

이사벨라 엄마가 미소를 지었다. 이번에는 진짜 미소였다. 엄마가 말을 이었다.

"채러티가 이사벨라 어머님께 전할 메시지가 있다고 했어요."

이사벨라 엄마는 말없이 내가 타이핑하는 모습을 지켜보았다.

'제발, 내 말에 귀를 기울이게 해 주세요.'

이사벨라는 내가 글자를 입력할 때마다 박수를 쳤다.

"이사벨라는 보든에서 고통받고 있어요."

"거기서 고통을 받는다고? 이게 무슨 말이니?"

"보든에선 배울 기회가 전혀 없어요. 이사벨라도 링컨 중학교로 전학 와야 해요."

이사벨라 엄마는 점잖게 미소를 지었다. 그런데 그 내면에서 가시 돋친 분노가 점점 커져 가는 게 고스란히 느껴졌다.

작전명 '이사벨라'

"흐음, 그래. 축하한다, 얘야. 너는 거길 다니고 있구나. 아쉽게도 우리 딸한테는 그런 선택권이 없지 뭐니?"

"아니에요, 있어요. 법적으로 당당히! 이사벨라는 자유로운 환경에서 생활해야 해요. 채러티가 우리한테 해 준 이야기에 따르면, 보든에선 아이들에게 그 어떤 것도 가르치지 않는다고……."

"이런 말씀 드려서 죄송하지만, 채러티 어머님은 지금 스스로 무슨 말을 하고 있는지 잘 모르는 것 같군요."

이사벨라 엄마가 자리에서 일어났다.

"이사벨라, 이제 돌아갈 시각이다."

이사벨라가 내게 매달렸다.

"싫어요, 채러티랑 더 놀고 싶어요."

엄마가 애원하듯 빠른 속도로 말했다.

"채러티는 그곳에서 학대받았다고 했어요. 손바닥으로 맞고, 발에 걷어차이고, 하루에 몇 시간씩 타임아웃 벽장에 갇혀 있었다고 해요. 그 사람들은 아이들을 제대로 돌보고 있지 않아요."

이사벨라 엄마의 얼굴이 머리카락 색과 똑같이 빨갛게 달아올랐다. 곧이어 이사벨라 엄마의 거친 목소리가 거실을 가득 채웠다.

"우리 딸은 절대로 평범한 아이가 될 수 없어요."

그러고는 이사벨라의 손을 확 잡아당겨 내게서 떼어 냈다. 나는 고함을 질렀다. 그으으으으으으! 아아아아아아아!

이사벨라 엄마는 문을 박차고 나갔다. 내 모든 희망은 순식간에 바닥으로 가라앉았다.

응원전의 프린세스

ㅇㄷㅅ

다음 날 에픽 교실은 미술 대회라도 열린 듯했다.

"완전 말도 안 되는 일이야."

재즈민이 미식축구 응원전과 관련해 불평을 늘어놓았다.

"실리아 선생님이 우리한테 포스터를 만들라고 하다니! 정말이지 믿을 수가 없어."

응원전. 언뜻 즐거운 전통인 것처럼 들렸다. 하지만 이사벨라 엄마가 이사벨라를 문밖으로 끌고 나간 뒤로 나는 전혀 즐겁지가 않았다. 커다란 노란색 포스터에 붓으로 무언가를 그리며 몸을 위아래로 움직이는 스카일러를 이사벨라 엄마가 볼 수 있다면 얼마나 좋을까.

실리아 선생님이 눈을 크게 뜨고 다가왔다.

"스카일러, 넌 정말 훌륭한 예술가야. 그런데 네 재능을 이 싸구려 포스터에 낭비하고 있는 것 같아서 마음이 아프구나. 다음 주에 그림을 그릴 수 있는 캔버스 패널을 몇 개 갖다줄게."

스카일러가 실리아 선생님을 꽉 안았다. 그때까지 재즈민의 불평은 계속되었는데, 다행히 줄리안이 재즈민에게 전할 메시지를 가지고 다가왔다.

"응원전에서 제외되어 네 마음이 울고 있구나."

"제외되었다고? 무슨 소리야? 나는 이 미인 대회와 엮이고 싶지 않다고."

재즈민이 휠체어를 내 쪽으로 돌리며 말을 이었다.

"채러티, 너도 곧 알게 될 거야. 미식축구 팀의 프린세스로 여학생 여덟 명을 투표로 뽑아. 그런데 그 투표라는 게, 참 말도 안 돼. 좋은 인성과 학업 성적을 바탕으로 뽑아야 하는데, 언제나 인기투표로 변해 버리거든. 그래서 늘 똥 덩어리 응원전이 되어 버리지."

재즈민이 다시 줄리안을 보며 말했다.

"그래, 치어리더 애들이 미식축구 팀 프린세스로도 뽑히는 건 우연의 일치일 수 있어. 그런데 그 아이들 대부분은 내가 지난여름에 읽은 톨스토이의 《전쟁과 평화》를 고작 열두 페이지도 못 읽었을걸? 천이백 페이지는 고사하고."

줄리안의 아이패드가 대답했다.

"그러면 너의 그 황금빛 목소리로 불의에 맞서 싸워 봐."

재즈민이 속삭였다.

"이미 했지. 교장 선생님께 프린세스 선출 기준에 관한 항의 편지를 썼어. 별 소용은 없었지만."

그때 애나 선생님이 내 과학 프로젝트 보고서의 타이핑 작업을 도와주러 다가왔다.

오후 1시 45분, 모든 반이 응원전을 위해 체육관으로 모였다. 애나 선생님이 나를 관람석 자리로 안내했다. 재즈민이 내 옆에 휠체어를 세웠다.

"귀마개 가져왔어?"

재즈민의 말은 농담이 아니었다. 관람석은 열두 줄로 한 줄에 오십 명씩 앉아 있었는데, 달시와 릴리를 포함해 치어리더 아이들이 뛰어나오자 육백 명의 목소리가 한꺼번에 환호성을 질렀다.

치어리더들이 소리쳤다.

"자, 소리 질러! 말벌이 날아간다! 파-이-널! 말벌이 덤벼든다! 파-이-덤! 말벌이 쏜다! 파-이-쏜!"

"와, 저 감동적인 라임 들었니? 셰익스피어가 지금 울고 있다니까."

재즈민이 투덜거렸다.

조지 코치님이 미식축구 팀 선수들을 한 명씩 호명하자, 모두 제트 엔진 수준의 데시벨로 환호성을 질렀다.

"자, 여러분 모두가 기다리던 순간이 왔습니다."

코치님이 우리 쪽을 바라보며 미소를 짓고는 고개를 끄덕였다.

'우리를 보고 있는 거야?'

스카일러가 활짝 웃으며 코치님에게 손을 흔들어 주었다.

"링컨 중학교 미식축구 말벌 팀, 올해의 프린세스 멤버들을 소개하겠습니다."

프린세스를 한 명씩 호명하던 코치님의 크고 하얀 이가 갑자기 우리를 향해 반짝 빛났다.

'왜 우리를 보는 거지?'

심장이 쿵쾅쿵쾅 뛰었다. 나는 기도했다.

'제발 내 이름이 불리지 않게 해 주세요.'

이름이 불린 프린세스들은 두 팔을 허공에 쭉 올리거나 엉덩이를 좌우로 움직이는 등 귀여운 응원 동작을 취했다.

"이제 프린세스의 마지막 멤버입니다."

나는 숨을 죽이며 열심히 기도했다.

'제발 내 이름이 불리지 않게 해 주세요.'

여덟 명의 여자아이들이 저마다 행복 에너지를 수천 볼트씩 내뿜으며 관중을 향해 미소 띤 얼굴로 손을 흔들었다.

"내가 그랬지?"

재즈민이 말했다. 조지 코치님이 또다시 손을 들어 올렸다. 이미 미식축구 시합에서 이긴 것처럼 활짝 웃으며.

"올해는 프린세스 명예 멤버로 특별히 학생을 한 명 더 뽑기로 했습니다."

'특별한 학생? 오, 제발, 안 돼!'

"이 학생은 우리가 당연하게 여기는 일을 하기 위해서, 지금까지 수많은 장애물을 극복해 왔습니다."

'제발 전교생 앞에서 폭발하지 않게 해 주세요.'

애나 선생님이 내 옆에 무릎을 꿇어 앉았다.

"채러티, 괜찮니?"

그때 코치님이 선언했다.

"우리의 특별한 프린세스를 환영해 주십시오. 재즈민 쿠퍼!"

재즈민은 금방이라도 토할 것 같은 표정이었다. 얼굴이 하얗게 질린 채, 그 작은 몸이 잔뜩 움츠러들었다. 나는 이런 영광이 다른 누군가에게 돌아가길 바라지 않았다. 이것은 동정 어린 상에 불과했다. 재즈민이 얼어붙은 채 꼼짝하지 않자 박수 소리가 잦아들었다.

코치님이 손으로 코를 쓱 문질렀다.

"재즈민 쿠퍼, 앞으로 나와 다른 멤버들과 함께해 주겠습니까?"

그러면서 손을 흔들어 앞으로 나오게 했다. 학생들이 다시 박수를 보냈다, 아까보다는 덜 크게.

"어서 가, 재즈민! 네가 됐어. 코치님이 네 이름을 부르시잖아."

실리아 선생님이 재즈민 옆에 무릎을 꿇었다. 두 사람은 서로에게 속삭였다. 재즈민이 고개를 가로저었다. 나도 다른 사람들처럼 그저 멍하니 바라보기만 했다. 그러다 문득 깨달았다. 재즈민에겐 한 가지 선택지밖에 없었다. 저 안으로 들어가는 것!

나는 일부러 재즈민의 주의를 끌기 위해 껑충껑충 뛰며 박수를 쳤다. 재즈민이 공포에 질린 얼굴로 고개를 돌렸다. 나는 재즈민에게 고개를 끄덕였다.

'나는 너를 믿어.'

그러자 재즈민도 고개를 끄덕였다. 그런 다음 비장한 표정으로 코치님을 바라보았다. 재즈민은 다른 프린세스들과 합류하기 위해 앞으로 조금씩 나아갔다. 그러다가 어느 순간 속도를 높였다.

체육관 한가운데서 멈춰 선 재즈민은 휠체어를 빙글빙글 돌리며 여왕처럼 손을 흔들었다. 그러자 박수가 터져 나왔다.

학생들이 큰 소리로 재즈민의 이름을 외쳤다.

"재즈민! 재즈민! 재즈민!"

재즈민은 프린세스들이 서 있는 줄의 정중앙으로 달려 나갔다. 그러자 달시와 릴리가 재즈민의 휠체어와 부딪치지 않으려고 옆으로 폴짝 뛰었다. 관중석에서 더 많은 웃음과 박수가 터져 나왔다.

이윽고 조지 코치님이 선언했다.

"신사 숙녀 여러분, 올해의 프린세스들을 환영해 주십시오!"

에픽 아이들은 치어리더 한가운데에 있는 재즈민을 보며 껑충껑충 뛰었다. 나도 껑충껑충 뛰었다. 똥 덩어리들을 양귀비로 만드는 일은 이제 재즈민에게 맡겨야겠다.

스튜어트가 연필을 탁자에다 탁탁 두드렸다.

"어떤 실험으로 해야 할까?"

새로운 과학 실험 파트너인 스튜어트와 레이철은 지금까지 나와 별문제 없이 잘 지내고 있었다. 스튜어트는 배우는 것을 좋아했고, 나를 진짜 사람처럼 대해 주었다. 뇌가 있는 사람처럼 말이다.

그 가십 앱에서는 별다른 메시지가 더 나오지 않았다. 이제 내가 링컨 중학교의 학생으로 받아들여진 것일까?

"채러티, 아무래도 네가 실험 주제를 찾아보는 게 좋을 것 같아. 네 뇌는 꽤 오랫동안 갇혀서 공부만 했잖아. 분명 기발한 아이디어로 넘쳐나고 있을 거야."

레이철이 말했다. 헤이즐넛색 머리를 양 갈래로 땋은 레이철은 화려하지 않으면서도 멋스러웠다.

레이철은 손목에 찬 크리스털 팔찌를 손으로 빙빙 돌렸다.

"우리가 엄청나게 똑똑해 보이지만, 최대한 어렵지 않은 걸로."

그러자 스튜어트가 고개를 끄덕였다.

"음, 탄산음료에 박하사탕을 넣어 폭발시키는 것과 폐암을 치료하는 것 사이의 어떤 거네? 음, 네 생각은 어때?"

스튜어트가 나를 바라보았다. 나는 애나 선생님을 슬쩍 찔러 도움을 요청했다.

"토마토의 새로운 종을 유전 공학적으로 만들 수 있을 거야. 새콤한 벌레 모양 젤리의 체리 맛으로."

"아, 그래. 그런 거라면 나도 확실히 채소를 먹게 될 거야."

레이철이 말하자 스튜어트가 나를 찬찬히 살피며 물었다.

"채러티, 자폐증 때문에 냄새에 민감하진 않니? 냄새가 강한 화학 물질은 피하는 게 좋을 것 같아서."

그러자 레이철이 고개를 뒤로 확 젖혔다.

"야, 너무 무례한 거 아냐? 누군가의…… 고통스러운 부분을 그렇게 대놓고 말하다니."

나는 애나 선생님의 도움을 받아 타이핑을 했다.

"대놓고 이야기하는 게 더 나아, 뒤에서 수군거리는 것보다는."

"그래, 그럴 수도 있겠다. 물론 내가 그런 짓을 한다는 건 아니고."

레이철이 실험실을 쭉 훑어보았다.

"내 코는 괜찮을 거야. 물어봐 줘서 고마워."

내가 이렇게 말하며 스튜어트와 주먹을 부딪치려고 손을 내미는 순간, 어떤 소리가 고막을 찢을 듯이 크게 들렸다. 이이이이이이이이이이이이이이이이이이이.

나는 퍼즐 조각 탑을 바닥으로 밀어 버리고 양손으로 귀를 찰싹찰싹 때렸다. 이이이이이이이이이이이이이이이이이이이. 찰싹, 찰싹, 찰싹, 찰싹.

레이철이 한 손으로 입을 가리며 숨을 헉 들이마셨다.

"세상에, 자기 귀를 때리는 거야?"

"채러티, 왜 그러니?"

애나 선생님은 내가 타이핑할 수 있도록 내 한 손을 귀에서 떼어 냈다.

'무슨 일이지? 또 화재 경보인가?'

이이이이이이이이이이이이이이이이이이이. 아니었다. 모든 시선이 나한테로 쏠렸다. 나만 이 소리를 듣고 있었다. 나는 의자에서 미끄러졌다.

"채러티, 나가자."

애나 선생님 목소리가 마치 물속에서 들리는 것 같았다.

'어떻게 아무도 못 듣는 거지?'

이이이이이이이이이이이이이이이이이이이.

"누가 119 좀 불러 줘요."

으아아아아아아아! 그리고, 사라졌다. 소음이 깡그리 사라졌다.

애나 선생님이 손으로 내 머리를 감쌌다.

"채러티, 내 말 들리니?"

과학 선생님이 나를 일으켜 세워 주었다.

"보건실로 가는 게 좋겠어요."

애나 선생님이 고개를 끄덕인 뒤 나를 데리고 나갔다. 그 순간 허리를 굽히고서 키득키득 웃고 있는 여자아이 둘이 얼핏 보였다. 달시와 릴리였다.

엄마는 나를 데리고 응급실로 갔다. 그리고 청력 검사를 받았다. 검사를 받는 동안, 엄마는 내가 대답할 수 있도록 타이핑하는 걸 도와주었다. 그런데 의사 선생님은 청력 문제를 배제했다. 대화가 이상한 방향으로 흘러갔다.

"그 당시 따님이 특별한 스트레스를 받고 있었나요?"

의사소통이 가능해진 지금도, 지식인들은 여전히 나에게 직접 물어보지 않았다. 엄마는 내가 대답할 수 있도록 내 팔을 잡아 주었다.

"언제나 스트레스를 받죠, 이 몸으로 살려면."

"따님이 전에도 이런 소리를 들은 적이 있나요?"

나는 타이핑을 했다.

"네, 사람들이 말할 때마다요."

"채러티, 의사 선생님의 말씀이 무슨 뜻인지 알잖아. 사람들이 말을 하지 않을 때도 목소리가 들리냐는 거지. 그렇죠, 선생님?"

의사 선생님이 엄마 쪽으로 몸을 돌렸다.

"아무래도 환청인 것 같습니다. 실제로 나지 않는 소리를 듣고 있어요. 혹시 따님이 실제로 없는 것을 본 적은 없나요?"

"왜 우리 딸이 환각을 보는 것처럼 말하는 거죠?"

예민해진 나머지, 엄마 목소리가 점점 높아졌다.

"채러티, 혹시 실제로 없는 것을 본 적이 있니?"

엄마는 내게 그렇게 묻고는 고개를 절레절레 저었다. 마치 내가 '아니요'라고 대답하길 기대하는 것처럼. 하지만 나는 어떻게 대답해야 할지 몰랐다.

　엄마가 내 손을 키보드에 올려놓았다. 나는 손을 떼고 두 팔을 가슴 위로 접었다. 두 사람 모두 나를 가만히 지켜보았다. 의사 선생님은 뭉툭한 손가락을 퉁퉁 부은 얼굴에 갖다 대었다. 그러자 복어처럼 보였다.

　"더 많은 검사를 해 봐야 정확히 알겠지만, 증상의 심각성을 고려했을 때……, 환청이나 환각을 조절하기 위해 향정신성 약물을 처방해 줄 수 있습니다. 그리고 원치 않는 행동을 완화하기 위해 전기 자극 장치를 사용하는 시설도 추천해 줄 수 있고요."

　내 발뒤꿈치가 항의의 표시로 금속으로 된 검사 테이블을 걷어찼다. 그 소리가 하얀 벽돌 벽 쪽으로 울려 퍼졌다.

　엄마 목소리가 내가 낸 소음 위로 쩌렁쩌렁 울렸다.

　"전기 자극이라니, 무슨 뜻이지요? 지금 전기 충격 치료를 말하는 건가요?"

　순간 텔레비전에서 본 뉴스가 떠올랐다. 어떤 판에 꽁꽁 묶인 아이들이 전선에 연결되어 전기 충격을 받는……. 손을 펄럭였다는 이유로 말이다. 몸과 마음이 따로따로 움직여서 전기 충격을 받았고, 전기 충격을 받아 소리를 질렀다고 전기 충격을 또 받았다.

　차가운 공포가 내 몸을 휩쓸었다. 의사 선생님이 인상을 찌푸렸다.

　"전기 충격 치료는 1940년대부터 안전하게 시행되어 왔습니다. 그리고……."

　"치료요? 치료라고요? 그건 고문이나 다름없어요! 전쟁 포로들한테도 그렇게는 안 할걸요!"

엄마는 검지로 의사 선생님에게 손가락질을 하고는, 의사가 자신을 변호하기 위해 어떤 문장을 더 만들기 전에 나를 데리고 밖으로 나왔다.

집으로 돌아오자, 엄마는 내게 꿀이 든 녹차를 따라 주었다. 그러면서 실리아 선생님에게 그 의사 선생님의 고문 처방에 관해 털어놓았다.

"의사 앞에서 이성을 잃어 후회되기는 하지만, 채러티가 다르다는 이유로 실험용 쥐처럼 취급하려 드는 사람들을 보면 정말이지 참을 수가 없어요."

엄마는 두 주먹을 불끈 쥐었다. 실리아 선생님은 고개를 끄덕이며 나를 바라보았다.

"채러티, 오늘 왜 그렇게 폭발했는지 너는 알고 있니? 뭔가 속상한 일이 있었어?"

수업 시간에 있었던 그 소음을 나는 똑똑히 들었다. 그런데 내 상상이었을까? 내 안의 여러 감정이 머릿속에서 화재 경보를 울린 것이었을까? 내 마음을 움켜쥐고 있는 걱정들에 관해 말했다.

"보든에 남겨진 아이들 때문에 마음에 아파요. 나는 이렇게 탈출했지만, 다른 아이들은 여전히 그곳에서 고통받고 있으니까요. 그래서 자꾸만 무력하게 느껴져요."

"너는 이제 무력하지 않아. 목소리가 생겼잖아. 그 목소리로 사람들을 이끌어 봐."

"하지만 어떻게요? 교육청에 보낸 편지는 실패했어요. 이사벨라 엄마는 내 말을 들으려 하지 않고요. 이제 어떻게 해야 하죠?"

응원전의 프린세스

실리아 선생님이 내 손을 꼭 잡았다.

"채러티, 너는 리더로 태어났어. 지금까지 하던 대로 하면 돼. 너는 이미 링컨 중학교에서 변화를 일으키고 있잖니?"

"내가 정말 리더라고 생각하세요? 그런데 왜 신은 나를 벌하시는 거죠?"

실리아 선생님이 미소를 지었다.

"우리는 모두 완벽한 신의 아이들이야. 너는 분명히 이유가 있어서 이 세상에 태어난 거고."

메이슨이 갈겨쓴 종이 한 장을 내 책상에 펼쳐 놓으며 말했다.

"정답을 알려 줄 필요는 없어. 내가 제대로 풀고 있는지만 알려 줘."

애나 선생님이 내 팔을 지지해 주었다.

"3단계까지는 맞았어."

"이런, 알았어. 근데 3단계가 어디지?"

애나 선생님의 도움을 받아, 지수가 빠진 숫자를 가리켰다.

"야, 우리 수학 천재를 독차지하면 안 되지."

그레이스가 공책을 손에 들고 메이슨 뒤에 서 있었다. 내가 리더가 될 거라는 실리아 선생님의 가설이 실현되고 있는 듯이 보였다. 이 모든 것은 지난주 수학 선생님이 채점한 시험지를 들고 왔을 때부터 시작되었다. 내가 중학교에 와서 처음 치른 시험이었다.

"여느 때와 마찬가지로 상위 득점자 세 명을 앞으로 불러 인사할 수 있도록 하겠습니다. 이렇게 하는 이유는 여러분들이 모르는 문제가 생겼을 때, 누구에게 물어봐야 하는지 알려 주고 싶어서예요. 우리는 모두 서로에게서 배울 수 있습니다."

그러고는 평소의 괴짜 스타일로 스튜어트의 이름을 부른 뒤, 장난감 광선 검으로 그 아이의 양쪽 어깨를 한 번씩 두드렸다. 그다음에는 달시를 불러 똑같이 기사 작위를 수여했다. 달시가 두 팔을 들어 올리자 릴리와 친구들이 소리를 빽빽 질렀다.

가장 점수가 높은 학생을 발표하기 전에, 수학 선생님은 교실의 불을 끄고서 다스 베이더 테마송(《스타워즈》 시리즈의 등장인물로, 은하 제국의 최고 집행관)을 틀었다.

"젊은 제다이 기사들이여, 이제 새로운 마스터를 만날 시간입니다. 이 제다이 마스터는 최고 점수인 105점을 받았습니다. 내가 낸 문제에서 나도 몰랐던 잘못을 하나 발견했기 때문입니다. 그래서 점수를 더 줄 수밖에 없었지요. 자, 앞으로 나와 주세요, 채러티 우드."

교실 전체가 숨을 헉 들이마셨다. 달시가 나를 매섭게 쏘아보았다. 그날 이후로 아이들이 내게 몰려와 수학 방정식 문제를 물어보기 시작했다.

"채러티가 타이핑하는 걸 옆에서 도와주는 게 많이 어려운 일인가요?"

메이슨이 애나 선생님에게 물었다. 그레이스는 내가 지적한 곱셈 문제를 다시 풀고 있었다. 애나 선생님이 미소를 지으며 대답했다.

"제대로 하려면 훈련과 인내가 필요하지. 지지해 주는 사람을 채러티가 믿어 주는 것도 중요하고."

메이슨이 고개를 끄덕였다.

"그 사람이 가장 좋아하는 사촌이라면 더 좋겠죠?"

내가 타이핑을 했다.

"그래. 내가 가장 좋아하는, 그리고 하나밖에 없는 사촌이라면."

애나 선생님이 동그란 안경을 밑으로 살짝 내리고서 메이슨의 눈을 들여다보았다.

"네가 진심이라면, 그리고 채러티도 원한다면 훈련받을 수 있도록 도와줄 수 있어. 훈련받는 데 몇 시간 걸릴 거야."

메이슨이 어깨를 으쓱했다.

"그렇다면 엠마 왓슨과의 영화 계약을 거절하길 잘했네요. 저, 시간 많아요."

애나 선생님이 초록색 눈으로 내게 윙크했다.

"채러티, 가끔은 나나 부모님 없이 네 또래 친구들과 이야기하는 것도 좋을 것 같아."

"고마워, 메이슨. 몇 년이 지나긴 했지만, 이제라도 너와 이야기할 수 있어서 기뻐."

재즈민이 휠체어로 다가와서 나와 주먹 인사를 나눴다.

"축하해, 친구. 네가 저 치어리더 좀비 달시를 박살 냈다는 게 아직도 믿기지 않아. 이대로 쭉 가면 우등생 명단 제일 앞에 있는 쟤를 밑으로 끌어내릴 수도 있겠는걸?"

"우등생 명단이 뭐야?"

내가 묻자 애나 선생님이 설명했다.

"분기별로 성적이 우수한 학생들의 이름을 쭉 적어 놓은 명단이야. 작년까지만 해도 교장 선생님은 에픽 교실의 학생들을 우등생 명단에 올리는 걸 허락하지 않으셨어. 하지만 실리아 선생님이 맞서 싸운 끝에 이겼지."

달시가 우등생 명단 제일 앞에 있었다니! 나는 깜짝 놀랐다. 나 역시도 다른 사람들이 나를 판단하는 방식으로 달시를 판단하고 있었는 사실을 깨달았다. 그러자 기분이 썩 좋지 않았다.

"이 전통은 불공평해 보여. 왜 성적이 좋은 학생들만 칭찬하는 거지?"

지금까지 몇 년 동안 계속 실패해 왔던 테스트들이 떠올랐다. 그럴 때마다 나는 내가 쓸모없는 인간으로 느껴졌다.

재즈민이 말했다.

"나도 알아, 이게 얼마나 바보 같은 짓인지. 하지만 생각해 봐, 채러티. 우등생 명단의 제일 앞을 장식한 에픽 학생? 어쩌면 너는 신문 기사에 실릴지도 몰라."

애나 선생님에게 타이핑으로 물었다.

"내가 그럴 수 있을까요?"

"당연하지. 하지만 명단에 너무 집착하지는 마. 그냥 최선을 다하는 것에 집중해."

나를 심화반에서 쫓아내려는 '세시걸72'의 욕망에 대해 생각해 보았다. 타이핑을 더 하고 싶어서 애나 선생님을 콕콕 찔렀다.

"나한테도 능력이 있다는 걸 보여 주고 싶어요. 그리고 똑똑함을 알릴 방법이 성적 말고도 아주 많다는 것도 보여 주고요."

'세시걸72'와 나는 둘 다 어떤 임무가 있었다. 나는 내 승리를 확실히 해 두어야 했다.

초대받지 못한 아이

몇 년 동안 나는 초대받지 못한 파티에 잘못 온 사람처럼 살았다.
'나는 여기 함께하고 있어.'

나는 노란색 유니폼을 입고서 아빠와 함께 농구 코트 옆에 앉아 있었다. 자꾸만 머릿속으로 강한 의구심을 떨쳐 버리기 위해 이 말을 반복했다. 치어리더 아이들은 통통 튀는 에너지로 관중의 흥을 돋우기 위해 소리치면서 춤을 추었다.

가운데 앉은 사람들, 가만있지 말고 흔들어 봐요!
뒤에 앉은 사람들, 뒤돌아보지 말고 앞에다 소리쳐요!
앞에 앉은 사람들, 앞다퉈 일어나 박수를 쳐요!

나는 손톱으로 팔을 찌르고 긁었다.
'나는 말벌이야, 나는 말벌이야.'
"체리 걸, 이것 좀 쥐고 있어."

아빠가 내게 행운의 유리 몽돌을 건네주었다.

재즈민은 휠체어를 타고 빙글빙글 돌며 체육관을 질주했다. 응원전의 프린세스로 지명된 후, 치어리더로서 여러 응원전과 경기에 참여하며 응원용 수술을 손에 들고 신나게 흔들었다. 많은 관중이 재즈민에게 박수를 쳐 주며 환호했다.

스튜어트는 밴드와 함께 튜바를 연주하며 행진했다. 내 옆을 지나갈 때 고개를 살짝 끄덕였다.

'나한테?'

"다람쥐, 파이팅!"

할아버지가 관중석에서 소리쳤다. 할머니, 엄마, 키키 이모도 크게 소리쳤지만, 그중에서도 가장 큰 소리를 낸 사람은 엘비 이모였다.

"넌 할 수 있어! 우-우-우-우-후-후-후!"

메이슨은 그 뒤에 앉아 팝콘 한 봉지와 핫도그 두 개를 먹어 치우고 있었다. 여기까지 나를 응원해 주러 온 사람들 때문에 약간은 당혹스럽기도 했다. 아무래도 이번 경기에서 내 운동화가 코트에 닿을 일은 없을 것 같은데.

아빠가 나를 일으켜 세웠다.

"이제 슬슬 응원을 해 보자."

그러고는 두 주먹을 허공에 대고 흔들었다.

"파이팅! 말벌! 파이팅!"

나도 아빠처럼 두 팔을 허공에 흔들며 껑충껑충 뛰었다.

"12번, 멋지다!"

할머니가 소리쳤다. 12는 내 유니폼에 적힌 번호였다.

코치 선생님은 처음 몇 경기 동안은 팀을 응원하는 게 어떻겠느냐고 제안했다. 나도 기꺼이 동의했다. 슛을 쏠 수는 있었지만, 고집 센 다리가 나를 골대 대신 복도로 데려갈까 봐 두려웠다. 비록 벤치에 앉아 있기는 했지만, 그래도 말벌 팀의 일원이 되어서 기뻤다.

"우리 예쁜 아기들, 여기 있었구나. 이거 먹고 힘내야지."

달시 엄마가 스포츠 음료를 여자아이들에게 나눠 주었다. 나를 제외하고 모든 여자아이에게.

'나는 또다시 안 보이나 보다.'

달시 엄마는 고급스러운 검은색 운동복에 진주 목걸이를 하고 있었다. 손에도 커다란 반지를 여러 개 끼고 있었다. 땀을 흘리고도 어쩌면 저렇게 멋있을 수 있을까? 그래서인지 여자아이들은 달시 엄마를 샤랄라 아줌마라고 불렀다. 물론 대놓고 하는 말은 아니었다.

경기 시작 전, 샤랄라 아줌마는 달시를 자기 쪽으로 끌어당기더니 달시의 금발을 쓰다듬으며 말했다.

"얘야, 이번 경기에서 꼭 이겨야지. 엄마와 아빠를 위해서! 연습 때 보니까 쉬운 슛을 몇 개 놓치더라. 너도 시즌이 끝날 때 MVP 트로피를 받고 싶잖아. 그치?"

달시는 금세 얼굴을 찡그렸다.

'달시, 너를 이제 조금은 알 수 있을 것 같다.'

달시와 나는 '열정적인 부모님'을 두었다는 공통점이 있었다. 달시는 부모를 기쁘게 해 주기 위해 항상 똑똑하고 예쁘고 운동도 잘해야 했다. 나는 몇 년 동안 연필을 잡지 못하거나 글씨를 쓰지 못하거나 양말을 신지 못했다. 그럴 때마다 엄마를 실망하게 만들었다. 달시도 공을 놓칠 때마다 그런 슬픔을 느꼈을까?

경기 시작 전, 선수들이 둥글게 모였을 때 그레이스가 나를 보며 오라고 손을 흔들었다. 내가 그쪽으로 가자 한쪽 팔로 내 어깨를 감싸며 속삭였다.

"걱정하지 마, 채러티. 잘할 거야."

그레이스 말이 맞았다. 나는 지금까지 잘했다. 아빠 옆 벤치에 잘 앉아 있었을 뿐만 아니라 각 선수의 경기 성적을 계산하는 일도 잘하고 있었다. 하지만 그들은 내 도움이 필요하지 않았다. 4쿼터에서 6점 차로 이기고 있었고, 최다 득점 선수는 달시였다. 달시가 득점할 때마다 샤랄라 아줌마가 소리쳤다.

"역시 우리의 슈퍼스타!"

코치님이 휴식을 위해 그레이스를 벤치로 불러들였다. 그레이스는 내 옆에 앉더니 수건으로 얼굴의 땀을 닦으며 물었다.

"아직 경기 안 뛰었지?"

그러고는 코치님에게 소리쳤다.

"코치님, 몇 분만이라도 채러티를 투입하면 어떨까요?"

그레이스 옆에 앉아 있던 릴리가 그레이스에게 '자꾸 그런 소리 하지 마.' 하는 듯한 눈빛을 보냈다. 코치님은 그 말을 듣지 못했는지, 선수들에게 이렇게 소리쳤다.

"공을 살려야지! 골대에 넣어!"

달시가 공을 휘익 던졌다. 이제 8점 차로 앞섰다. 그레이스가 나지막이 외쳤다.

"채, 러, 티! 채, 러, 티!"

아빠가 활짝 웃었다. 다른 여자아이 둘도 동참했다.

"채, 러, 티! 채, 러, 티!"

마침내 코치님이 돌아서서 물어보았다.

"네 생각은 어때? 몇 분만 뛰어 볼래? 시험 삼아?"

내 머리는 '아니이이이요!'를 외쳤다. 하지만 내 멍청한 다리가 나를 바로 일으켜 세웠다.

"슈퍼 체리, 힘내!"

아빠가 소리쳤다. 내가 코트로 걸어가자 내 응원단은 완전 제정신이 아니었다. 관중석에서 키키 이모가 하이힐 신은 다리로 깡충깡충 뛰며 박수를 쳤다.

심판이 호루라기를 부는 순간, 내 몸에서 혼란이 일어났다. 제자리에……, 준비……, 당황, 폭발.

주황색 공이 선수들 사이로 날아다녔다. 내 머리는 다리에게 얼른 쫓아가라고 명령했다. 공을 따라가, 공을 따라가라고! 하지만 그 방향으로 뛰어가자마자 공이 반대 방향으로 훅 날아갔다.

내 머리는 눈이 따라가는 것만큼 빨리 돌지 못했다. 그리고 내 다리는……, 더 말해 뭐하겠는가.

발이 바닥에 얼어붙었다. 손은 좌절감에 맥없이 펄럭였다. 마치 공포 영화를 보는 것처럼 두 손으로 눈을 가린 엄마가 얼핏 보였다. 관중석 앞쪽에 앉은 몇몇 아이들의 웃음소리가 내 귀에 바로 들렸다.

'이걸 노린 거야, 그레이스?'

그때 누군가 내 손을 움켜잡았다. 그러고는 나를 코트 쪽으로 이끌었다가 다시 공을 따라 반대쪽으로 이끌었다. 내 얼굴 앞에서 흔들리는 노란 벌꿀색 머리카락, 바로 그레이스였다. 연습할 때마다 아빠가 그랬던 것처럼 그레이스는 나를 이끌어 주었다.

그러다 우리는 골대에서 이삼 미터 떨어진 곳에서 멈춰 섰다. 그레이스가 갑자기 내 손을 놓더니 달시에게 소리쳤다.

"나, 비었어!"

달시가 공을 패스하자 그레이스는 그 공을 받아 내게 건넸다. 순간 달시의 얼굴이 일그러졌다.

"너, 지금 뭐 하는……."

"채러티, 슛해!"

그레이스가 소리쳤다. 내 손은 자동으로 골대를 향해 공을 던졌다. 공이 백보드에 맞고 골대로 들어갔다. 관중은 박수를 치며 소리를 질렀다.

"잘했어, 다람쥐!"

할아버지 목소리였다. 할머니는 그 작은 몸을 일으켜 세우고서 두 팔을 허공에 들고 있었다. 엄마와 키키 이모, 엘비 이모는 서로 얼싸안은 채 껑충껑충 뛰었다.

'채러티가 슛을 쏘아 득점했습니다. 실제 상황입니다!'

조지 코치님이 하얀 이를 드러내며 활짝 웃었다.

"그렇지, 바로 그거야."

벤치로 돌아가는 동안, 내 폐는 안도감으로 가득 찼다.

"야, 어디 가?"

그레이스가 또 내 손을 잡았다. 우리는 골대 앞에 멈춰 섰고, 내 손이 어떤 선수의 공을 잡았다. 파란색 셔츠를 입은 선수였다. 그레이스가 소리쳤다.

"안 돼, 슛 쏘지 마!"

하지만 내 팔은 자동으로 공을 던지고 있었다.

'내가 무슨 짓을 한 걸까?'

이번에는 백보드에 맞지 않았다. 그대로 골대로 들어갔다.

'채러티가 슛을 쏘아 득점했습니다, 상대 팀을 위해.'

관중석에서 "우-우-우-우-우-우." 야유가 쏟아졌다. 나는 차마 내 응원단을 볼 수 없었다.

"이런 멍청이!"

달시가 내게 나직이 내뱉었다. 그러고는 이렇게 소리쳤다.

"코치님, 애 좀 내보내요!"

코치님의 뺨이 부풀어 올랐다.

"달시, 네가 내 명령에 따라야지. 그리고 채러티는 여기 그대로 있을 거야."

심판이 다시 호루라기를 불었다. 그레이스가 내 손을 잡았다.

골대 앞에서 그레이스가 공을 잡아 내게 건네주었다.

"채러티, 슛해!"

'이번에는 망치지 말아야지.'

공을 던졌지만 빗나갔다. 달시가 리바운드 공을 잡아 낸 뒤 슛을 노렸다. 그리고 골대를 향해 던졌다. 이유는 설명할 수 없지만, 그 순간 아빠가 가르쳐 준 레이업 슛이 갑자기 머릿속에 떠올랐다.

내가 골대 앞에 가서 껑충 뛰면서 손을 뻗었을 때, 달시의 공이 내 손 위로 떨어지고 있었다. 완벽한 타이밍에 달시의 슛을 밖으로 쳐

냈다. 상대 팀이 그 공을 잡고 오 초도 안 되어 3점을 득점했다.

달시 엄마가 바락바락 소리쳤다.

"저 애를 끌어내라고요!"

다행히 코치님이 나를 벤치로 돌려보냈다. 코트에서 뛴 삼 분이 세 시간처럼 느껴졌다. 경기 마지막의 몇 분 동안, 나는 아빠 옆에 앉아 손가락 마디를 잘근잘근 씹었다. 나를 집어삼킬 듯 노려보는 샤랄라 아줌마의 눈빛을 애써 피해 가면서. 우리는 결국 2점 차로 졌다.

'가장 쓸모없는 선수, 채러티 케이스 우드.'

달시가 땀에 젖은 얼굴을 닦은 수건을 바닥으로 휙 내던졌다.

"쟤가 나와서 경기를 망치기 전까지 우리가 이기고 있었다고요."

그러자 코치님이 소리쳤다.

"달시! 스포츠 정신이 있어야지. 그렇지 않으면 경기 내내 벤치 신세를 면치 못할 거야."

그때 재즈민이 내게 다가왔다.

"채러티, 신경 쓰지 마. 그래도 첫 경기에서 2점이나 얻었잖아."

그레이스도 맞장구를 쳤다.

"그래, 이제 겨우 한 경기 치렀을 뿐인걸. 앞으로 시즌 내내 뛰면서 우리의 호흡을 찾을 수 있을 거야."

아빠가 타이핑을 할 수 있게 도와주었다.

"다음에는 상대 팀에 점수를 주지 않도록 노력할게."

검은 양복을 입은 대머리 남자가 조지 코치님에게 달려갔다. 그 남자의 얼굴은 분노로 잔뜩 부풀어 있었다. 달시 엄마는 팔짱을 끼고 그 옆에 버티고 서서 남자가 하는 말에 연방 고개를 끄덕였다.

그레이스가 속삭였다.

"달시네 부모님은 엄청 극성맞아. 이 학교에 돈을 어마어마하게 쏟아붓고는 가끔씩 주인처럼 행세하려 든다니까."

농구 경기 하나로 저렇게 폭발하는 부모를 보니 달시가 문득 안쓰럽게 느껴졌다. 코치님은 우리 집에서 히어로가 엄마 신발을 씹고 있다가 엄마한테 딱 걸렸을 때와 비슷한 표정을 지었다. 코치님이 그 논쟁에서 밀리고 있다는 걸 단박에 알 수 있었다.

다음 경기에서 내가 과연 뛸 수 있을까?

이번 퀴즈의 주제는 프레더릭 더글러스였고, 나는 일주일 내내 준비를 했다. 우등생 명단에 올라가고 싶다는 얘기를 굳이 엄마에게 하지는 않았다. 그냥 나만의 비밀스런 소망으로 간직하고 있었다.

'누군가에게서 교육받을 권리를 뺏는 것은 인간의 본성에 반하는 큰 범죄이다.'

프레더릭 더글러스가 한 이 말은 주간 독서 퀴즈를 기다리는 내게 큰 용기를 불어넣어 주었다. 프레더릭 더글러스는 이제 나의 새로운 영웅이었다.

메이슨이 내 옆에 미끄러지듯 앉더니, 휴대전화를 무릎에 올려놓고 손가락으로 가리켰다.

"또 그 바보 같은 가십 앱이야. 뭔가가 일어나고 있는 것 같으니까 항상 뒤를 조심해."

그러고는 내가 볼 수 있게 휴대전화를 살짝 기울였다. '세시걸72'가 올린 〈농구 경기장의 저능아들이라니〉라는 게시글이 보였다. 그리고 또 다른 게시물에는 "오전 11시, 페치 로버."라고 댓글을 달았다.

"두 번째는 무슨 뜻인지 모르겠지만, 곧 11시야."

메이슨은 이렇게 말하고는 서둘러 자기 자리로 돌아갔다. 시계를 올려다보았다. 10시 50분이었다. 11시에 무슨 일이 일어난다는 걸까? 나는 퍼즐 조각을 내려다보았지만, 손이 떨려서 하나도 집을 수가 없었다.

그때 애나 선생님이 내 옆에 앉았다.

"채러티, 괜찮니?"

애나 선생님이 키보드를 들었지만 나는 얼어붙은 채 꼼짝도 하지 못했다.

"퀴즈 때문에 너무 긴장하지 마. 이 사람에 대해서 잘 알잖아."

분명 '세시걸72'는 달시일 것이다. 달시를 흘끗 쳐다보았다. 책상에 앉아 교과서를 읽고 있었다.

11시에 무슨 일이 일어날까? 교실을 쭉 훑어보았다. 나를 보고 있는 사람도 없었고, 속삭이는 사람도 없었다. 마침내 영어 선생님이 퀴즈 문제를 나눠 주었다. 간단한 객관식 문제 다섯 개였다. 아빠 말대로 아주 쉬웠다.

애나 선생님이 타이핑할 수 있도록 내 팔을 지지해 주었다. 시계가 11시를 가리켰고, 나는 바짝 긴장한 채 숨을 죽였다. 하지만 아무 일도 일어나지 않았다. 아무 일도 일어나지 않아서 더 불안했다.

그리고 '그게' 들렸다. 이이이이이이이이이이이이이이이이이이.

말벌이 내 머리에 침을 쏘는 것 같았다. 전에 들었던 그 날카로운 소리였다. 이번에는 두 배 더 커졌다! 나는 내 귀를 찰싹찰싹 때리며 비명을 질렀다. 으아아아아아아아아아!

영어 선생님이 내게로 달려왔다. 애나 선생님이 내 옆에 무릎을 꿇고 앉았다. 나는 이마를 책상에 쾅쾅 내리치기 시작했고, 곧이어 누군가가 내 어깨를 꽉 잡았다. 나는 몸을 비틀었다. 으아아아아아아아아!······.

소리가 순식간에 사라졌다. 눈을 뜨니 애나 선생님의 걱정스러운 얼굴이 보였다. 애나 선생님 목소리는 들리지 않았다. 입 모양으로 겨우 말뜻을 알아들었다.

"채러티, 괜찮니?"

반 아이들이 내 주위로 몰려와 있었다. 애나 선생님은 내가 자리에서 일어날 수 있도록 도와주었다.

"채러티, 보건실로 가자."

'또 시작되었구나.'

"잠깐만요."

메이슨이 자리에서 일어났다. 고통스러운 듯 잔뜩 일그러진 얼굴이 벌겋게 달아올라 있었다. 나는 그때 깨달았다. 메이슨이 수업 시간에 처음으로 친구들 앞에 나서서 말했다는 것을.

"누군가가 휴대전화에 개 호루라기 앱을 갖고 있는 듯해요. 그 앱에서 나는 소리는 엄청난 고음이라서 우리는 듣지 못하지만 채러티는 들을 수 있는 것 같아요. 누군가가 일부러 채러티한테 이런 짓을 하고 있어요."

메이슨은 평생 따돌림을 당할 위험을 감수하고서 용기 있게 말했다. 나 때문에?

영어 선생님이 미간을 찡그렸다.

"그런 게 있다고?"

"네, 방금 제가 찾아봤어요. '페치 로버'라는 개 호루라기 앱이 있더라고요."

메이슨이 휴대전화를 꺼내 영어 선생님에게 보여 주었다.

"메이슨, 어떻게 이런 생각을 하게 되었니?"

영어 선생님이 물었다. 메이슨은 바닥을 내려다보며 어깨를 으쓱해 보였다. 영어 선생님은 결심한 듯 고개를 끄덕였다.

"여러분, 퀴즈는 내일 보도록 하겠습니다. 지금 모두 휴대전화를 책상에 올려놓도록 해요. 그리고 메이슨, 그 앱이 있는지 네가 직접 확인해 줄래?"

"그러려면 수색 허가증 같은 게 필요하지 않나요?"

레이철이 물었다.

"아니, 필요 없어. 나는 이런 식의 괴롭힘은 절대 용납하지 않을 거야. 이건 등교 중지로 이어질 수 있을 만큼 심각한 범죄 행위라고."

휴대전화가 하나씩 책상에 올려졌다. 메이슨은 교실을 돌아다니며 휴대전화를 일일이 확인했다. 그동안 영어 선생님은 프레더릭 더글러스와 수정 헌법 제13조에 대한 수업을 진행했다.

메이슨이 다가가기도 전에, 레이철은 이 상황을 견디지 못하고 먼저 인정했다. 눈물을 잔뜩 머금은 채 영어 선생님에게 다가가 뭐라고 빠르게 속삭였다. 그리고 내가 알지 못하는 남자아이 두 명도 휴대전화에 그 앱을 깔고 있었다. 뜻밖에도 달시의 휴대전화에는 그 앱이 없었다.

'어떻게 그럴 수 있지?'

수업이 끝나자마자 영어 선생님이 내게 다가왔다.

"채러티, 정말 미안하구나. 그 학생들은 네가 그 소리를 듣고 괴로워할 줄은 몰랐다고 주장하고 있어. 그냥 단순히 장난을 쳤던 거래. 그 소음으로 교실 창문이 깨질 수도 있다는 얘기를 어디선가 들었다는 거야."

내가 대답할 수 있도록 애나 선생님이 도와주었다.

"그 말을 믿어요. 내 머릿속에서 나는 소리가 아니어서 다행이에요."

메이슨에게도 타이핑을 해서 보여 주었다. 메이슨은 학교에서 창피를 당할 수도 있었는데, 나를 보호하기 위해 기꺼이 나서 주었다.

"네 심장은 용기로 가득 차 있구나."

메이슨이 어깨를 으쓱했다.

"이렇게 말도 안 되는 소문을 누가 퍼뜨린 걸까?"

애나 선생님이 물었다. 메이슨은 또 어깨를 으쓱했다.

"우리가 공을 잡았다. 모두모두 길을 비켜라. 채러티, 채러티, 파이팅. 오늘의 득점왕 채러티!"

준비 운동을 하는 동안, 내 응원단이 나를 위해 외쳤다. 그레이스와 나는 정말로 팀워크가 좋아졌다. 그레이스는 내게 공을 건네며 "슛!" 하고 소리쳤다. 나는 바로 슛을 쏘았다. 마침내 이번 경기에서 지난번의 실수를 만회할 수 있을까?

샤랄라 아줌마는 휴대전화를 뺨에 붙이고서 사이드라인을 왔다 갔다 했다. 그러다 코치님에게 뚜벅뚜벅 걸어가더니 활짝 웃으며 휴대전화를 건넸다. 뭔가 불길한 기분이 들었다.

코치님이 호루라기를 불며 우리를 둥글게 모이도록 손짓했다. 초록색 유니폼을 입은 상대 팀은 우리보다 키가 15센티미터는 더 커 보였다.

"저 초록 거인들은 배가 몹시 고파 보이는군."

그레이스가 말했다.

우리가 "말벌 파이팅!"을 외친 뒤 흩어지자, 코치님이 각 포지션을 맡은 선수들의 이름을 불렀다. 그런 다음 목을 가다듬고 한 손을 내 어깨에 올리며 말을 이었다.

"채러티, 미안하지만 오늘 밤은 그냥 네가 우리를 응원해 줘야 할 것 같아."

그 얘기를 듣고 아빠가 항의했다.

"이봐, 조지. 저기서 봤잖아. 준비 운동만 했는데도 공을 여덟 개나 넣었다고."

"미안해, 스티브. 지금은 내가 어떻게 할 수가 없어."

'샤랄라 아줌마가 언제 감독으로 승진한 거지?'

나는 벤치에 앉아 발을 이리저리 움직이며 공을 독차지하고 있는 달시를 바라보았다. 아빠는 옆에서 연방 화를 내며 투덜거렸다.

'인생은 파티야. 그리고 나는 초대받지 못했지.'

나는 경기에 집중하려 애썼다. 초록 거인들은 우리를 감자 으깨듯 마구 짓밟고 있었다. 달시의 슛은 대부분 빗나갔다. 오늘 달시는 평소 같지 않았다.

우리 팀 아이들의 움직임을 유심히 살폈다. 팔의 미는 힘, 골대를 향해 날아가는 공의 궤적, 던지는 속도 등을 하나하나 관찰했다. 그런 다음 아이패드를 쓰기 위해 아빠의 팔을 잡아당겼다. 관찰하고 타이핑하고, 관찰하고 타이핑하고…….

3쿼터가 끝났을 때 말벌 팀은 12점 차로 지고 있었다. 아빠가 코치님을 불러 내가 쓴 것을 보여 주었다.

"채러티, 정말로 이게 다 보인 거야?"

"다 보였으니까 타이핑했겠지."

아빠가 대신 대답했다.

코치님은 곧 선수들을 불러 모았다.

"자, 잘 들어. 엘라, 네가 파울을 두 번이나 받은 건 팔꿈치를 내밀었기 때문이야. 시에라, 너는 단거리 슛을 놓치는 경향이 있어. 우리 모두 거리 조절을 잘해야 해. 그리고 달시, 너는 높이 점프했을 때 바로 슛을 해야 해. 슛이 조금 늦어. 슛을 할 때 몸을 비틀기도 하니까, 발을 가지런히 한 뒤에 슛을 넣도록 해. 그리고 이건 너희 모두에게 해당하는 이야기인데, 슛을 쏠 때 각도를 45도까지 올려 봐. 그러면 훨씬 더 정확해질 거야. 자, 이제 나가서 싸우자!"

"훌륭한 조언 감사해요, 코치님. 아주 정확하게 짚어 주시는군요."

그레이스가 말했다.

"내가 한 게 아니야. 채러티가 저 벤치에서 예리하게 관찰하고 분석해 주었지."

아이들이 고개를 끄덕이며 박수를 쳤다. 그리고 이렇게 외쳤다.

"잘했어, 채러티 코치!"

아빠가 내 대답을 도와주었다.

"드디어 우리 팀과 함께할 방법을 찾아냈지. 상대 팀에 점수를 주지 않고서도 말이야."

아이들은 코트로 돌아가면서 내 등을 두드리거나 주먹 인사를 나누었다. 4쿼터에서는 확실히 슛이 더 나아졌다. 달시의 슛도 그랬다. 이번에도 패배하긴 했지만, 12점 차가 아니라 겨우 2점 차였다.

내 활약이 달시의 부모님을 설득할 수 있을까? 그러니까 내가 이 팀에서 꽤 쓸모 있는 선수라고 여기는 것 말이다. 가능성 제로.

다시 나무로 돌아간 피노키오

커다랗고 노란 버스가 학교 앞에 멈춰 서자 우리는 순서대로 올라탔다. 내 첫 번째 현장 학습이었다. 우리는 '흑인 역사의 달'을 기념하는 전시회를 보기 위해 미술관으로 갈 예정이었다.

"채러티의 예측할 수 없는 행동은 본인뿐만 아니라 다른 학생들도 위험에 빠뜨립니다."

나는 교장 선생님의 말이 틀렸다는 걸 증명하고 싶었다. 물론 내 몸이 잘 협조만 해 준다면.

애나 선생님이 나를 버스 계단으로 안내한 뒤 앞자리에 앉혔다.

"네 친구가 옆에 앉고 싶다고 했어. 나는 바로 뒤에 앉아 있을게."

'친구?'

바로 그 순간, 그레이스가 버스에 올라타더니 내 옆에 미끄러지듯 앉았다. 그레이스가 나랑 같이 앉고 싶다고 한 걸까?

나는 애나 선생님의 말을 믿으려 애썼다. '세시걸72'의 말은 일부러 신경 쓰지 않았다.

그레이스가 말했다.

"안녕, 채러티. 오늘 재미있게 놀 준비 됐지? 전시회도 멋지겠지만, 그 후 공원에서의 소풍이 더 재미있을 거야. 자, 치즈 해 봐!"

그러면서 휴대전화로 내 사진을 찍었다.

우리는 미술관에서 희망으로 가득 찬 사진을 많이 보았다. 내가 가장 좋아하는 사진은 식당 카운터를 배경으로 한 연좌 농성 사진이었다. 그레이스는 그 옆에 서 있는 나를 사진으로 남겼다.

가이드가 그 장면을 설명해 주었다. 1960년 2월 1일, 정장에 넥타이까지 맨 아프리카계 미국인 대학생 네 명이 노스캐롤라이나주 그린즈버러의 한 식당 카운터에서 정중하게 커피를 주문했다. 그런데 여기서 문제가 발생했다. 그곳에선 백인만 무언가를 마시거나 먹을 수 있다는 대답을 들었기 때문이다.

나는 보든 아카데미의 운동장에 버려져 있던 일이 떠올랐다. 그때 내 다리는 움직이기를 거부했다.

가이드의 진중한 목소리가 참 듣기 좋았다.

"그들은 자신들의 주문이 거절당하자 식당 문을 닫을 때까지 그곳에 계속 앉아 있었습니다. 그 후 며칠 동안 수십 명의 사람들이 그 학생들과 함께 연좌 농성을 벌였지요. 시민들이 그들에게 욕을 퍼붓고 협박을 하고 음식을 던졌지만, 그들은 개의치 않고 평화롭게 앉아 있었습니다."

나는 그 흑백 사진을 들여다보았다. 네 명 중 세 명이 나를 쳐다보고 있었는데, 그들의 표정이 자못 진지했다.

스튜어트가 손을 들었다.

"그래서 그 학생들은 주문을 할 수 있게 되었나요?"

가이드가 미소를 지었다.

"네, 약 다섯 달의 시위 끝에요."

그러자 릴리가 중얼거렸다.

"고작 커피 한잔을 마시려고 다섯 달이나? 대체 왜? 해시태그, 의미 없음."

애나 선생님이 내가 타이핑하는 걸 도와주었다. 영어 선생님은 가이드에게 내가 할 말이 있다는 신호를 보냈다.

"그들은 당당하게 사회의 일원이 되고 싶었던 거야. 나 같은 사람들은 아직도 그것을 위해 싸우고 있지."

내 말에 릴리가 눈동자를 굴렸다. 가이드가 말했다.

"맞는 말이에요. 음식점 테이블에는 누구나 앉을 수 있어야 하죠."

나는 속으로 미소를 지으며, 학교 식당에 있는 우리의 환영 식탁을 떠올렸다.

현장 학습은 그렇게 끝이 났다. 우리는 분수가 뿜어져 나오는 아름다운 공원을 거닐었다. 공원에는 활짝 핀 수련과 거대한 비단잉어로 가득한 연못이 있었다. 나는 샌드위치 가장자리의 빵 조각을 떼어 비단잉어들에게 주려고 무릎을 꿇었다.

애나 선생님이 말했다,

"채러티, 너무 가까이 가지 마. 수영하기엔 좀 쌀쌀하니까."

"내가 도울게요."

고개를 돌려 보니, 스튜어트가 서 있었다. 과학실에서 파트너가 된 후로, 스튜어트는 나와 실험 과제를 함께하느라 어마어마한 인내심을 발휘하고 있었다. 내 의견을 타이핑하는 데 시간이 꽤 오래 걸렸기 때문이다. 그런데도 다른 아이들처럼 실험 과제를 어떻게든 빨리 끝내려 안달복달하지도 않았다.

스튜어트는 진심으로 관찰하고 배우는 것을 즐겼다, 나처럼. 우리는 흰색 바탕에 붉은색 무늬가 있는 비단잉어를 지켜보았다. 그 비단잉어는 물 밖으로 입을 쭉 내민 채 내가 준 빵 부스러기를 힘껏 빨아들이고 있었다.

스튜어트가 내 옆에 무릎을 꿇고 앉으면서 이렇게 말했다.

"비단잉어는 90센티미터까지 자랄 수 있다는데, 알고 있었어?"

"일본에서는 비단잉어가 행운과 부를 가져다준다고 믿는대."

스튜어트도 나처럼 동물에 대해 많이 알고 있는 듯했다. 나는 풀밭에 앉아 행복감을 들이마셨다. 스튜어트가 주머니에서 새콤한 물고기 모양 젤리 한 봉지를 꺼내 내게 내밀었다.

"이거 먹어. 너, 이런 거 좋아하잖아."

그러고는 싱긋 웃었다.

"이번이 처음이구나. 보조 선생님 없이 너와 둘이서만 이야기하는 거 말이야."

우리는 몇 초 동안 조용히 앉아 연못 앞에서 셀카를 찍는 아이들을 지켜보았다.

"아무튼…… 너한테 말해 주고 싶었어. 나는 너랑 있는 거 정말 좋다고, 여기서든 학교에서든. 네가 말하는 것들, 그러니까 네 생각은 보통의 사람들과 다르게 느껴져."

스튜어트가 고개를 절레절레 흔들고는 텁수룩한 머리를 한 손으로 훑은 뒤 말을 이었다.

"아니, 미안해. 네가 보통의 사람이 아니라고 말하려던 건 아니었어. 아니, 어쩌면 너는 진짜로 보통의 사람이 아닐 수도 있지. 좋은 의미로 말이야."

나는 일 분에 백 번 정도 눈을 깜빡이며 연못을 바라보았다.

"그냥……, 네가 알고 있었으면 해서."

나는 스튜어트를 흘끗 보고는 손을 꽉 잡았다.

'스튜어트가 손을 뺄 가능성은…….'

그런데 빼지 않았다. 우리는 시원한 풀밭에 앉아 손을 잡은 채 비단잉어를 지켜보았다. 커다란 노란색 버스가 경적을 울리며 떠날 시각이 되었음을 알릴 때까지.

버스에서 그레이스가 또 옆자리에 앉았다.

"채러티, 잘하고 있어. 스튜어트는 다정한 아이야. 너희 둘이 같이 있는 모습을 사진으로 찍었는데, 네가 원한다면 뽑아서 줄게."

나는 속으로 미소 지었다. 이 느낌이 바로 소속감이었다. 나는 이 감정을 계속 느끼고 싶었다.

그 후 집으로 돌아갔을 때, 엄마는 내 하루가 어땠는지 듣고 싶은 나머지 얼른 아이패드를 가져왔다.

"현장 학습은 재미있었니? 뭐가 제일 좋았어?"

엄마는 내가 타이핑할 수 있도록 팔을 받쳐 주었다.

"오늘은 동정 어린 시선을 느끼지 않았어요."

엄마는 고개를 끄덕였다. 거의 울 것 같은 표정이었다. 그때 엄마의 휴대전화에서 벨소리가 울려 우리 둘 다 깜짝 놀랐다. 메이슨이었다. 엄마는 스피커폰으로 전화를 받았다.

"안녕, 메이슨. 잘 지냈니? 엄마도 잘 지내시고?"

"아……, 네. 안녕하세요……? 그런데 채러티도 같이 있나요?"

"응, 바로 옆에 있어."

메이슨의 목소리가 좋지 않았다. 그 가십 앱이 또 시끌시끌해지고 있었기 때문이다. 메이슨은 우리가 볼 수 있도록 내 아이패드에서 그 앱에 어떻게 들어가는지 엄마에게 설명해 주었다.

'세시걸72'가 내 현장 학습 사진을 몇 장 올렸다. 버스에서 침을 흘리고 있는 사진도 있었고, 미술관의 그 식당 카운터 사진 옆에 서 있는 사진도 있었다. 내 입술이 오리 주둥이처럼 일그러져 있었다. 옆에는 이런 글이 적혀 있었다.

세상에서 제일 낯뜨거운 행태!!!
여러분은 진정 링컨 중학교의 이미지가 이렇게 망가지기를 바라는가?

등 뒤로 칼이 꽂히는 듯한 느낌이었다.

'그레이스가 세시걸72였어?'

보든 아카데미에서 겪었던 그 어떤 일보다 더 고통스럽게 느껴졌다. 그레이스를 진짜 친구로 여기다니, 어쩜 이렇게 어리석었을까?

엄마 목소리가 날카롭게 갈라졌다.

"이해가 안 돼. 누가 널 이렇게 괴롭히는 거지?"

동정심이 다시 내 안으로 쏟아져 들어왔다. 그러면서 절망감과 함께 심장을 가득 채웠다.

"체리 걸, 달걀이랑 오렌지주스 좀 줄까?"

아빠는 슬픈 목소리를 숨기지 못했다.

그 사진들은 그레이스가 올린 게 분명했다. 아마도 그동안 달시와 함께 계획을 세웠을 것이다.

"오늘 교장 선생님이랑 만나기로 했어."

엄마가 선언하듯 말했다. 나는 눈을 동그랗게 뜨고 엄마를 바라보았다. 마음 같아선 소리를 지르고 싶었다.

'그러지 말라고 했잖아요.'

"네가 SNS에서 괴롭힘을 당하고 있다고 말할 거야. 메이슨이 우리와 함께 가기로 했어."

엄마는 냅킨으로 눈가를 닦았다.

'무의미한 짓이에요. 교장 선생님은 그런 데 관심이 전혀 없으실 테니까요.'

"체리, 지금까지 네가 이루어 낸 모든 것을 잊지 마."

아빠가 내 땋은 머리를 쓰다듬은 뒤 머리끝으로 귀를 간지럽혔다. 하지만 나는 웃을 기분이 아니었다.

한 시간 후, 우리는 교장실에 앉아 있었다. 안절부절못하고 있는 사람은 나뿐만이 아니었다. 엄마와 메이슨도 교장 선생님이 도착하길 기다리며 손가락과 발을 초조하게 떨었다. 심지어 메이슨의 이마는 땀으로 흥건히 젖어 있었다. 마치 여기까지 2킬로미터를 뛰어서 온 사람처럼. 나는 엄마를 살짝 찔러서 메이슨에게 메시지를 보냈다.

"교장실까지 오게 해서 미안해."

메이슨이 어깨를 으쓱해 보였다.

"이미 목까지 물에 빠져 있어. 차라리 잠수를 하는 게 낫겠어."

순간 머릿속에서 어떤 기억이 떠올랐다. 메이슨과 내가 네 살 때 우리 집 뒷마당에 있는 수영장에서 튜브를 끼고 신나게 놀았던 기억이었다.

"더는 고개를 낮추고 조용히 행동하지 않는구나?"

메이슨이 빙긋 웃었다.

"응, 이제 새로운 좌우명이 생겼거든. 옳은 일을 하라. 그걸 가르쳐 준 건 바로 너야."

그러고는 엄마를 보며 말을 이었다.

"그런데 그 사진들 누가 찍었는지 아세요?"

"채러티 말로는 그레이스가 찍은 것 같다던데? 다른 사람도 아니고, 그 애가 어떻게 그럴 수 있는지 난 정말 이해가 안 돼."

"잠깐만요, 그레이스가 아닐 수도 있어요."

"그게 무슨 소리야?"

엄마가 되물었다.

"그레이스는 SNS에 사진을 그냥 올렸는데, 세시걸72가 그 사진을 가져가서 그런 식으로 올렸을 수도 있잖아요."

'세상에, 그 생각을 왜 못 했을까?'

나는 메이슨의 말이 맞기를 기도했다.

"혹시 무슨 문제라도 생긴 거야?"

그때 그레이스가 교장실 문 앞에 나타났다. 엄마가 그레이스에게 인사를 건넸다.

"그레이스, 안녕? 여기 앉아. 메이슨이 지금 어떤 상황인지 설명해 줄 거야."

메이슨이 입을 열었다.

"어, 우선은……, 네가 현장 학습에서 찍은 사진들을 SNS에 올렸는지 궁금해."

"으윽, 아니. 나는 그런 거 별로 안 좋아해."

엄마와 메이슨은 서로를 쳐다보았다. 메이슨이 물었다.

"그러면 네 휴대전화 속 사진에 접근할 수 있는 사람은 없는 거지?"

"그렇지."

그레이스가 잠시 말을 멈췄다가 이어 말했다.

"그런데…… 내 휴대전화는 저장 공간이 크지 않아서 사진들을 온라인 졸업 앨범 클라우드에 많이 올려 두었어. 나는 졸업 앨범 준비 위원회에 속해 있거든. 그중 몇 장은 올해 졸업 앨범에 실을 수도 있을 것 같아서."

나는 안도의 한숨을 내쉬었다.

"이제라도 알게 되어서 다행이다."

메이슨이 나를 보며 고개를 끄덕인 후 말을 이었다.

"그리고…… 궁금해서 그러는데, 달시도 졸업 앨범 준비 위원회에 속해 있니?"

"응, 그런데 왜?"

메이슨이 그레이스에게 그 게시물들을 보여 주는 동안, 나는 그레이스의 표정을 지켜보았다. 그 애의 얼굴에 혐오감이 점점 차올랐다.

"정말 역겹다! 그런데 설마하니, 달시가 세시걸72라고 생각하는 건 아니겠지?"

엄마는 내가 말할 수 있도록 도와주었다.

"그 애는 나를 좋아하지 않아."

"흐음……, 부정하진 않을게. 하지만 이건 그 애가 할 만한 짓이 아니야. 아니야, 그럴 리가 없어."

그레이스가 고개를 흔들었다. 그 순간 교장 선생님이 스트레스를 잔뜩 받은 듯한 얼굴로 들어왔다.

"기다리게 해서 죄송합니다. 그럼 우선 사이버 폭력의 증거를 보여 주시겠습니까?"

교장 선생님은 메이슨의 휴대전화로 그 게시물들을 꼼꼼히 살펴보았다.

"정말 충격적인 일이군요. 그래서 이 글을 올린 사람이 누구인지 찾아냈습니까?"

엄마가 말했다.

"그건 몰라요. 메이슨 말로는, 그 앱의 이용자들은 다 익명으로 글을 올린다고 하더군요. 그래서 추적이 쉽지 않아요."

교장 선생님이 의자에서 자세를 가다듬더니 내 눈을 보며 말했다.

"이런 대우를 받게 해서 유감이구나. 우리 학생 중의 누군가가 이렇게 비열한 짓을 했다니, 진짜로 충격적이야. 그런데 슬프게도 이 폭력이 교내에서 벌어졌다는 증거가 없으면 우리 관할권 밖의 일이 돼."

그 말을 듣고 엄마 목소리가 높아졌다.

"진심이세요? 교장 선생님이 아무것도 하실 수 없다고요?"

교장 선생님이 고개를 끄덕였다.

"뚜렷한 증거가 있지 않은 한 어쩔 수가 없습니다."

그러고는 "안녕히 가십시오." 하고 우리를 교장실에서 내보냈다.

결국 나는 별 소득을 얻지 못한 채 에픽 교실로 향했다. 실리아 선생님이 나를 상담실로 데려갔다.

"너희 어머니께 소식 들었어. 정말 유감이구나."

내가 키보드 없이 어떻게 대답을 할 수 있을까? 애나 선생님이 교실에 있는지 보려고 상담실 창문을 쳐다보았다.

"애나 선생님은 오늘 여기 없어."

실리아 선생님은 잠시 말을 멈추고 두 손으로 내 손을 감싸 쥐었다.

"애나 선생님은 몇 주 동안, 아니 어쩌면 더 오랫동안 못 돌아올 수도 있어. 할머니가 편찮으셔서 프랑스로 갔거든. 어릴 때 할머니가 애나 선생님을 키우셨다나 봐. 이제는 애나 선생님이 할머니를 돌봐 드려야 해."

갑자기 팔이 떨리기 시작하더니 몸이 앞뒤로 흔들흔들했다.

"채러티, 애나 선생님도 너를 두고 이렇게 갑자기 떠나야 해서 무척 속상해했어. 너는 강한 아이니까 믿는다고 꼭 전해 달랬어."

실리아 선생님은 의자를 가까이로 옮긴 뒤 내 어깨를 다정하게 다독였다. 애나 선생님이 그랬던 것처럼.

"채러티, 걱정할 필요 없어. 너와 함께할 보조 교사를 다시 보내 준다고 했어. 네가 타이핑하는 걸 도와줄 수 있도록 훈련된 사람을 요청했지. 곧 도착할 거야."

실리아 선생님이 시계를 확인했다.

"조금 늦나 보다. 모든 수업에 함께 들어가 너를 도와줄 거란다. 다 괜찮을 거야."

'괜찮을 거라고요? 어떻게 이게 괜찮을 수 있지요? 하나도 괜찮지 않아요!'

실리아 선생님은 그새 잊은 걸까? 내 보조 교사는 내 팔만 잡아 주는 게 아니라 내 정신과 감정까지도 지지해 줘야 한다는 걸. 무엇보다도 내가 그 사람을 신뢰할 수 있어야 했다.

내 주먹이 실리아 선생님의 책상을 내리쳤다. 쾅, 쾅, 쾅, 쾅, 쾅.

"애나 선생님이 지금 여기 있다면 뭐라고 했을까? 자, 심호흡을 하자. 평화를 들이마시고, 나쁜 감정은 내보내도록 해."

'그건 애나 선생님이 말할 때만 효과가 있다고요.'

"똑똑, 방해해서 죄송합니다."

긴 금발에다 코에 피어싱을 한 여자가 문 앞에 나타났다. 배가 훤히 드러나는 보라색 윗도리와 색이 바랜 청바지를 입고 있었는데, 일부러 찢어 놓은 듯한 그 바지는 딱 봐도 꽤 비싸 보였다.

"저는 아이비예요. 애가 채러티인가요?"

그러니까 아이비 선생님이었다. 다짜고짜 내게 손을 내밀었다. 엄지손가락에 반지 두어 개가 끼워져 있었다. 그러더니…… 황급히 손을 뒤로 뺐다.

"오, 죄송해요. 자폐아는 악수를 못 하죠? 제가 채러티를 도와주면 되는 건가요?"

실리아 선생님은 내게 자리를 좀 비켜 달라고 부탁했다. 아이비 선생님에게 내 일정을 알려 줘야 한다나. 아마도 실리아 선생님은 아이비 선생님에게 다른 것도 몇 가지 알려 줄 것이다. 학교의 복장 규정이나 내 앞에서 자폐라고 부르지 말라는 것 등⋯⋯.

얼마 뒤 아이비 선생님은 상담실에서 나와 내 옆에 앉더니 타이핑 연습을 했다. 그 기술을 조금 알고 있기는 했지만, 내 손가락을 내가 원하는 자판으로 제때 안내하지는 못했다. 그리고 애나 선생님이 그랬던 것처럼, "네가 원하는 글자가 맞니?" 하고 묻지도 않았다.

잠시 후, 실리아 선생님이 말했다.

"곧 수학 수업이 시작될 거예요. 얼른 가 봐요."

교실에 들어갔을 때, 아이들은 모둠을 나누어 문제를 풀고 있었다. 그러다 약속이라도 한 듯이 풀던 걸 멈추고 모두 아이비 선생님을 쳐다보았다.

"얘들아, 안녕?"

아이비 선생님이 반 아이들에게 손을 흔들었다. 재즈민의 눈이 밖으로 튀어나올 것처럼 휘둥그레졌다. 점심시간에 재즈민이 어떤 멘트를 날릴지 상상이 갔다. 아이비 선생님은 몇몇 여자아이들과 하이 파이브를 했는데, 그 여자아이들은 아이비 선생님의 화려한 청바지가 무척 마음에 드는 눈치였다.

수학 선생님이 우리가 들어갈 모둠을 알려 주었다.

"채러티, 우리의 젊은 제다이 기사여! 네가 친구들에게 도움을 줄 수 있을 것 같구나."

스튜어트가 미소를 지으며 내게 인쇄물을 보여 주었다.

"안녕, 채러티. 이 문제를 풀고 있었어."
레이철과 릴리도 우리 모둠이었다.

　에이미는 스웨터 A를 원래 가격에서 30퍼센트 할인된 가격에 샀습니다. 그리고 스웨터 B는 스웨터 A의 할인된 가격보다 25퍼센트 싸게 샀습니다. 에이미는 전체 구매 금액의 5퍼센트를 추가로 할인해 주는 신용카드를 사용했습니다. 스웨터 A의 원래 가격이 93달러였다면, 에이미가 최종적으로 낸 금액은 얼마일까요?

"우아, 스웨터가 엄청 비싸네. 고급 백화점에서 샀나 봐?"
아이비 선생님이 말하자 릴리와 레이철이 웃음을 터뜨렸다. 스튜어트는 그 말을 무시하고 연습장에다 숫자를 적어 나갔다.
"어, 나 이거 어떻게 푸는지 알 것 같아. 93에서 30을 빼면 되지 않나?"
아이비 선생님이 말했다. 스튜어트가 한쪽 눈썹을 들어 올리더니 나를 보며 고개를 절레절레 흔들었다. 그래도 여자아이들은 아이비 선생님을 좋아했다. 레이철이 아이비 선생님에게 어디서 쇼핑하냐고 물었고, 그들은 곧 스키니진이 한물갔다는 둥 아니라는 둥 하면서 격렬하게 토론을 벌였다.
나는 무력함을 느끼며 멍하니 앉아 있었다. 스튜어트는 방정식을 풀다가 아이비 선생님에게 말했다.
"채러티가 이 문제를 풀 수 있도록 도와주시겠어요?"
"아, 그래. 이런! 타이핑하는 거 도와줘야지?"

아이비 선생님은 이상한 각도로 앉아 내 손목을 잡았다. 그래서 자꾸만 엉뚱한 자판을 누르게 되었다.

"ㄴㅁㅓㅓㄴㄴㅈ ㅇㅝㄴㄹㅐ 가켸ㄸㅔ .330 ㄱ고ㅂ헤야 ㅎㅎㅐ."

나는 '먼저, 원래 가격에 0.3을 곱해야 해.'라고 말하려 했다. 그런데 이것과 너무 다르게 타이핑이 되어서, 내가 하려던 말을 알아차리는 사람이 아무도 없었다. 레이철이 키득키득 웃었다.

"미안해, 채러티. 우린 중국어를 몰라."

릴리는 눈동자를 마구 굴렸다.

"해시태그, 혼란."

아이비 선생님도 키득키득 웃었다.

"채러티, 다시 해 볼까? 나도 무슨 말인지 하나도 모르겠어."

'이게 다 무슨 소용이 있을까?'

나는 몸을 돌려 퍼즐을 가리켰다. 아이비 선생님이 모둠 아이들에게 말했다.

"미안해, 얘들아. 채러티가 잠깐 쉬고 싶대. 퍼즐 맞추면서 놀고 싶은가 봐."

'쉬고 싶다고? 퍼즐 맞추면서 놀아? 내가 유치원생인 줄 아나?'

나는 퍼즐을 맞추는 데 집중하면서 몸을 통제하려 애썼다. 아이비 선생님이 이십 분 동안 레이철과 릴리랑 연예인 가십에 관해 떠드는 걸 들으면서.

"아기야, 이제 점심 먹으러 갈까?"

학교 식당에 가서도 역시 가관이었다. 아이비 선생님은 이렇게 말하고는 내 가방을 들고 밖으로 나갔다. 나를 교실에 내버려둔 채.

잠시 후 아이비 선생님이 다시 돌아왔다.

"이런, 내 짝을 두고 갈 뻔했네."

아이비 선생님은 내게 무엇을 먹을 건지 묻지도 않고서 쟁반에 음식을 담았다. 그런 다음 비어 있는 테이블에 쟁반을 툭 내려놓고는 휴대전화를 꺼냈다. 그걸 보고 재즈민이 고개를 절레절레 흔들었다. 줄리안은 내게 환영 식탁으로 오라고 손짓했다.

몇 분 후 실리아 선생님이 우리를 발견하고는 옆으로 와서 앉았다.

"오늘 어떻게 지냈나요?"

흠, 타이핑을 도와줄 사람이 없는데 어떻게 대답을 할 수 있을까? 아이비 선생님이 휴대전화를 내려놓으며 말했다.

"아주 잘 지냈어요. 서로 호흡을 맞추려면 시간이 좀 걸리겠지만, 곧 절친이 될 거예요. 걱정하지 마세요."

아이비 선생님이 다시 휴대전화를 들자 실리아 선생님이 지적했다.

"위급한 상황이 아니라면 학교에서는 휴대전화를 쓰면 안 돼요. 다른 학생들에게도 나쁜 본보기가 되니까요. 그리고 무엇보다 채러티에게 집중해야지요."

"아!"

아이비 선생님은 놀란 것처럼 곧바로 휴대전화를 뒷주머니에 넣었다.

"네, 알겠습니다."

그러고는 내 쟁반을 흘끗 보았다.

"바파로니는 더 안 먹어? 그래, 아기야, 그럴 수도 있지."

아이비 선생님이 내 쟁반을 들어 올리는 순간, 실리아 선생님이 팔을 가볍게 잡았다.

"채러티한테 물어봐야지요. 그래서 키보드가 있는 거잖아요."

"아, 네. 아기야, 여기. 점심 다 먹었니?"

아이비 선생님은 내가 타이핑할 수 있도록 자세를 잡았다.

나는 'Y'를 눌렀다.

"Y? '왜(Why)'냐는 뜻의 Y? 과학 시간이 다 됐잖아. 얼른 먹고 가야지, 아기야."

"여기서 'Y'는 '예(Yes)'의 'Y'예요."

실리아 선생님의 입술에서 큰 한숨이 새어 나왔다.

"아, 그렇군요. 하지만 서로 금방 익숙해질 거예요. 자, 쟁반 치우고 수업 들어가자."

아이비 선생님이 쟁반을 들고 나가자, 실리아 선생님이 몸을 숙이며 속삭였다.

"다른 사람을 알아볼게, 채러티. 최대한 빨리!"

다음 날, 실리아 선생님은 새로운 보조 교사가 다음 주에 올 수 있다고 말했다.

"어머니께 부탁할 수도 있어. 새 보조 교사가 올 때까지 학교에서 네 의사소통을 도와 달라고 말이야."

그건 내가 선택할 수 있는 최후의 방법이었다. 엄마는 이미 최근에 문제를 충분히 일으켰다. 나는 일부러 아이비 선생님에 대해 불평을 하지 않았다. 아예 없는 것보단 나을 테니까.

한 가지 좋은 점은, 인기 있다는 게 어떤 느낌인지 조금은 맛볼 수 있다는 거였다. 교실에 들어갈 때마다 아이들이 우리에게 다가왔다. 그러고는 학교 가십이나 패션, 음악에 대해 아이비 선생님과 수다를 떨었다. 아이비 선생님은 어른 치고 중학생들과 꽤 잘 어울렸다.

그날 오후에도 아이비 선생님은 과학실에서 여자아이들과 한참 동안 수다를 떨었다. 그동안 나는 뱀의 피부에 드러난 무늬를 보면서 어떤 종인지 알아내려 애썼다.

그때 달시가 다가와 잠시 나를 노려보더니 아이비 선생님에게 이렇게 물었다.

"애나 선생님이 떠난 후로 얘는 왜 자꾸 말도 안 되는 이상한 소리를 하는 거죠?"

"응?"

아이비 선생님은 그게 무슨 뜻인지 전혀 알아듣지 못했다. 하지만 나는 달시가 무엇을 노리고 있는지 단박에 알아차렸다. 순간 등줄기로 공포가 짜르르 흘렀다.

"흐음, 몇몇은 이미 눈치챘어요. 보조 선생님이 없으면 채러티는 그다지 똑똑하지 않다는걸요. 얘는 다시 예전 모습으로 돌아가고 있잖아요. 다시 말해…… 멍, 청, 이, 로."

달시는 마지막 말을 아주 천천히 했다. 마치 잘 듣지 못하는 사람에게 말하는 것처럼. 나는 호흡이 빨라졌다. 몸이 바르르 떨렸다.

스튜어트가 얼른 끼어들어 도와주었다.

"달시, 저리 가. 얘가 너보다 성적이 좋아서 질투하는 거잖아."

그러자 달시가 손가락으로 스튜어트의 얼굴을 가리키며 말했다.

"잘 생각해 봐, 스튜어트. 얘는 애나 선생님이 떠난 후로 똑똑한 말을 한 적이 없어. 얘를 똑똑한 애로 보이게 한 건 전부 애나 선생님의 말이었던 거야. 어쩌면 이건 다 저 사람들의 계략이었을지도 몰라. 저 저능아들에게 많은 돈을 들여서, 우리가 누려야 할 특권까지 주려는……. 사람들이 '정말 대단하지 않아요? 여기서는 멍청한 아이들까지도 똑똑해진다니까요!'라고 말하게 하려고."

스튜어트는 혼란스러운 듯, 나와 아이비 선생님을 번갈아 보았다.

아이비 선생님이 말했다.

"이봐, 학생. 우리 아기한테 허튼소리하지 마. 우리는 아직 호흡을 맞추는 중이라고. 점점 나아지고 있단 말이야. 아기야, 우리도 보여 주자. 뭐, 할 말 없어?"

아이비 선생님이 키보드를 꺼냈지만, 나는 너무 흥분해서 타이핑을 할 수가 없었다. 내 손은 허공에서 버둥거렸고, 발은 바닥을 쿵쿵 찧었다.

아이비 선생님이 내 손목을 잡았다. 나는 휙 빼냈다. 소리를 지르고 싶었다. 아이비 선생님이 내 손목을 꽉 쥐었다.

'그만! 이러지 말라고!'

아이비 선생님은 내 손가락으로 자신의 메시지를 치고 있었다. 나는 손을 빼내려 애썼다. 화면의 글도 보고 싶지 않았다.

어쩔 수 없이 과학 선생님 쪽으로 고개를 돌렸다. 내 눈의 공포를 읽어 주길 바라면서.

'도와주세요!'

마침내 아이비 선생님이 손을 놓아주었다.

"우리 아기가 너한테 할 말이 있대. '지옥에나 가 버려라. 싸구려 청바지의 패배자야.'"

아이비 선생님은 과학 선생님을 포함해 반 아이들 전부가 들을 수 있을 정도로 크게 말했다. 모두들 조용히 나를 쳐다보았다.

과학 선생님이 말했다.

"채러티! 당장 교장실로 가서 이 부적절한 단어의 사용에 대해 어떤 조처가 필요한지 교장 선생님과 논의하도록 해. 앞으로는 이런 일이 없기를 바란다."

아이비 선생님은 눈동자를 굴리더니 내 손을 잡고 밖으로 이끌었다. 달시는 웃음 띤 얼굴로 소리를 지르면서 아주 난리를 쳤다.

"다들 봤지? 쟤는 키보드를 보지도 않았어. 저건 쟤가 한 말이 아니야. 쟤는 아무것도 입력하지 않았다고. 전부 다 가짜야!"

잠시 후 나는 교장실에 앉아 있었다. 실리아 선생님과 아이비 선생님은 옥신각신하며 말싸움을 벌였다. 교장 선생님이 두 손을 들어 올리며 말했다.

"한 번에 한 사람씩 말합시다. 자, 무슨 일인지 말해 보세요."

아이비 선생님이 먼저 말을 꺼냈다.

"우리 아기 채러티가 사람들 앞에서 자신을 비하한 아주 못되고 건방진 여자애한테 몇 마디 좀 했어요. 우리 아기도 자기 생각을 말할 권리가 있다고요."

교장 선생님이 물었다.

"뭐라고 했지요?"

아이비 선생님은 망설이다가 아이패드의 재생 버튼을 눌렀다. 그

모욕적인 말을 AI의 목소리로 들으니 더 거칠게 느껴졌다.

실리아 선생님이 끼어들었다.

"이건 채러티의 말투가 아니에요. 채러티는 이런 식으로 말하지 않아요."

교장 선생님이 얼굴을 찌푸렸다.

"실리아 선생님, 담당 학생을 위해 변명하지 마세요. 채러티도 자신의 실수에 대한 책임을 져야 합니다."

"먼저 채러티가 우리에게 말할 수 있게 해 주세요. 스스로 변호할 수 있는 시간은 줘야지요."

실리아 선생님이 말하자 아이비 선생님이 내 옆에 앉았다.

"그럼요, 당연하죠."

내 팔이 또 떨리기 시작했다. 아이비 선생님은 내가 무슨 말을 하게끔 만들까? 그것도 교장 선생님 앞에서?

"잠깐만요, 이 분만 기다려 주세요."

실리아 선생님이 문밖으로 뛰어나가더니, 곧 메이슨과 함께 돌아왔다.

"메이슨은 채러티의 타이핑을 돕기 위해 애나 선생님에게서 훈련을 받고 있었어요. 메이슨이 채러티를 지지해 주는 편이 좋을 것 같아요."

실리아 선생님이 메이슨을 돌아보았다.

"할 수 있겠지?"

메이슨이 숨을 크게 들이마셨다.

"채러티만 괜찮다면 제가 해 볼게요."

메이슨이 내 옆에 앉아 팔꿈치를 잡으며 물었다.

"준비됐어?"

나는 고개를 끄덕였다. 우리는 오 분 동안 천천히 타이핑을 했다. 애나 선생님이 가르쳐 준 대로 메이슨은 이렇게 물어보았다.

"네가 원하는 글자가 맞아? …… 자, 계속해. …… 키보드에 집중하고……. 지금까지 입력한 내용은 다음과 같아……. 그래서, 그다음은?"

이제 메이슨이 내 글을 읽었다.

"아이비 선생님이 내 목소리를 훔쳤어요. 나는 불친절한 사람들에게 허튼소리나 하려고 내 귀중한 말을 낭비하지 않아요."

아이비 선생님이 팔짱을 끼며 대꾸했다.

"제가 말을 좀 심하게 했을 수는 있지만, 우리 아기가 무슨 말을 하고 싶은지 정도는 안다고요. 자폐아가 자기를 욕하는 놈들에게 이 정도로 맞서지 못한다면 학교생활을 어떻게 하겠어요?"

내가 천천히 손을 들자, 메이슨이 타이핑할 수 있도록 도와주었다.

"나를 우리 아기라고 부르지 마세요. 그리고 나 같은 아이들한테서 최대한 멀리 떨어져 있으세요. 당신은 우리 목소리를 훔쳐서 오히려 괴롭히고 있으니까요."

교장 선생님이 말했다.

"채러티는 스스로 잘 맞서고 있는 것 같군요."

아이비 선생님은 결국 해고되었다.

그날 오후 나는 농구할 기분이 영 아니었지만, 아빠는 계속 고집을 부렸다.

"자, 가자, 체리. 다들 너를 기다리고 있어. 실망시키면 안 되지."

얼마나 비참하고 불행한 하루였던지…….

코트에서 몸풀기 운동을 하고 있는데, 코치님이 나를 불러 아이들이 자유투하는 모습을 지켜보게 했다. 아빠가 타이핑하는 걸 도와줘서 그레이스와 엘리에게 약간의 조언을 해 주었다. 샤랄라 아줌마는 사이드라인을 왔다 갔다 하면서, 달려들 준비를 마친 호랑이처럼 내 쪽을 보며 연방 비웃었다.

"네 차례다, 달시."

'흐음, 글쎄요.'

달시가 께름칙한 표정으로 중얼거렸다. 다른 아이들도 수다를 멈추고 코치님을 바라보았다. 코치님은 말대답을 굳이 참지 않았다.

"자, 얘들아. 채러티 아버님께서 오늘 학교에서 무슨 일이 있었는지 알려 주셨어. 그 보조 교사가 자기 맘대로 글을 입력했다고 말이야. 이제 그 사건은 다 해결되었어."

"네, 하지만 채러티가 지금도 실제로 타이핑을 하는지 어떻게 알아요?"

달시가 삐죽거리자 그레이스가 말했다.

"이제 그만해, 달시."

"채러티는 스스로 말할 수 있어."

아빠는 이렇게 말한 뒤, 내가 타이핑할 수 있도록 키보드를 꺼냈다. 하지만 내 팔이 바들바들 떨렸다. 나는 아빠에게서 멀찍이 떨어졌.

달시가 아빠를 노려보며 비아냥거렸다.

"아저씨, 기분 나쁘게 듣지 마세요. 코치님 말로는 전에 농구 스타였다면서요. 채러티를 이용해 얼마든지 마음대로 타이핑할 수 있는 거잖아요. 딸을 프로 선수처럼 보이게 하려고 뒤에서 교묘히 조작하시다니! 정말 이렇게까지 말하고 싶진 않았지만 참으로 안쓰럽네요."

달시는 이제 겁나는 게 없는 듯했다. 코치님도 가만있지 않았다.

"달시, 경기 내내 벤치에 앉아 있고 싶니?"

"왜요? 너무 당연한 말을 해서요? 다른 아이들도 내 말에 동의한다고요. 그렇지 않니?"

달시가 팀원들을 돌아보며 지지를 요청했다. 아이들은 대부분 바닥을 내려다보고 있었다. 어쩌면 아이비 선생님에게서 입은 피해는 영원히 되돌릴 수 없는 건지도 몰랐다.

코치님이 이를 악물며 소리쳤다.

"달시, 벤치로."

그러자 샤랄라 아줌마가 달려들었다.

"감히 우리 딸한테 그런 식으로 말하다니! 당신은 코치 일에나 신경 쓰도록 해요. 저런 문제 학생을 변호하는 일보다는."

샤랄라 아줌마는 마지막 문장을 말하면서 나를 째려보았다.

"가자, 교장 선생님과 이 문제를 의논해 봐야겠어."

두 사람은 한껏 거들먹거리며 체육관 밖으로 나갔다. 아빠는 내게 경기를 위해 남아 있으라고 했지만, 나는 코트에서 뛰거나 선수들을 코치하는 일을 할 수 없다고 이야기했다. 내 머릿속은 의심의 씨앗을 퍼뜨리는 달시의 모습으로 꽉 차 있었다. 다시 나무로 돌아간 피노키오가 된 기분이었다.

엄마는 애나 선생님이 돌아올 때까지 학교에서 내 타이핑을 도와주겠다고 했다. 나는 한편으로는 안심이 되면서도, 또 한편으로는 엄마가 모든 수업에 따라 들어오는 것이 약간 불안했다.

영어 시간에 베킷 선생님은 도서관 데이터베이스에서 신문 기사와 논문 찾는 법을 설명해 주었다. 컴퓨터에 익숙하지 않은 엄마는 질문을 정말 많이 했다.

"채러티는 이것을 이해하고 있다고 확신합니다만, 제가 확실히 알고 있어야 할 것 같아서요……."

엄마가 이렇게 말할 때마다 뒤에서 키득거리는 소리가 들렸다. 영어 선생님이 표절에 관해 말할 때는 상황이 더 나빠졌다.

"표절이 뭔지 말해 볼 사람?"

"채러티한테 물어보세요. 해시태그, 사기꾼."

릴리가 속삭였다, 내 귀에 들릴 만큼 큰 소리로.

"표절이란 다른 사람의 말이나 아이디어를 자기 것처럼 사용하는 행동을 말합니다."

그레이스가 대답했다. 그러고는 짜증 섞인 얼굴로 릴리를 쳐다보았다.

"우리 학교 교칙에 표절을 하면 어떤 처벌을 받는다고 적혀 있는지 다들 알고 있나요?"

영어 선생님이 묻자 달시가 손을 번쩍 들었다.

"퇴학당한다고 적혀 있었어요."

달시가 사악한 미소를 지으며 나를 돌아보았다.

내가 키보드를 향해 손을 내밀자 엄마가 재빨리 도와주었다. 내가 글을 다 쓴 걸 확인한 후 엄마가 손을 들었다.

"채러티가 할 말이 있대요."

"말할 기회는 누구에게나 소중합니다. 나는 목소리가 없는 사람들에 관해 연구해 보고 싶어요."

"아주 훌륭한 주제구나. 우리 역사에는 자신의 목소리를 내기 위해 싸워야 했던 수많은 이들이 있었단다. 투표권을 얻으려 했던 여성들도 있고, 아프리카계 미국인도 있고……. 그래, 너는 어떤 사람을 마음에 두고 있니?"

영어 선생님이 물었다.

"아이들이요. 아이들은 아무런 힘이 없어요. 특히 다른 사람들과 다르거나 소통하기 어려운 경우에는요."

"맞아, 채러티. 아이들은 우리 사회에서 가장 약한 구성원이지. 그들에겐 강력한 옹호자가 필요해. 네 과제 연구를 기대해 볼게."

영어 선생님은 교실을 돌아다니며 학생들의 과제 연구 주제를 하나씩 살펴보았다. 그러다 내 과제 연구의 개요를 쓱 훑어보더니 휘파람을 불었다.

"채러티, 매우 진지한 과제 연구를 계획하고 있구나. 정말로 할 수 있겠니?"

내가 타이핑하는 동안, 엄마가 옆에서 팔을 지지해 주었다.

"네, 이제 때가 되었지요."

"그래, 그러면 진행 상황을 중간중간에 알려 줘."

링컨 중학교에서의 생활이 곧 끝날지도 모른다는 불쾌한 느낌이 계속 들었다. 이건 이사벨라를 도울 수 있는 마지막 기회였다.

수업이 끝난 후 엄마는 영어 선생님에게 질문을 더 쏟아 냈고, 그동안 나는 퍼즐을 완성해 나갔다.

그때 달시가 내 옆으로 지나가며 속삭였다.

"만약 네가 타이핑을 정말로 하는 거라면 이건 어때? 다음 수업 시간에 '보라색 코끼리'라고 타이핑해 봐. 그러면 내가 알 수 있겠지. 네가 진짜로 말하는 거라고."

나는 달시의 명령대로 하고 싶지 않았다. 하지만 내가 말하고 있다는 것을 보여 주면 달시가 물러날지도 모른다는 생각이 들었다.

다음 수업은 과학이었다. 하딩 선생님은 식물 세포에 관해 설명했고, 엄마는 분속 1킬로미터의 속도로 필기를 했다. 내 심장도 같은 속도로 뛰었다. 달시가 말한 대로 할까 말까 망설이면서.

'꼭 해야 하나?'

발이 바닥을 두드렸다.

'내가 달시한테 뭔가를 증명할 필요는 없어.'

"질문 있는 사람?"

그때 과학 선생님이 물었다. 그러고는 내 쪽으로 몸을 돌렸다.

"채러티, 오늘 수업과 관련해 덧붙이고 싶은 게 있니?"

나는 숨을 크게 들이마셨다. 내가 타이핑하는 동안, 엄마가 옆에서 도와주었다. 달시가 알려 준 멍청한 글자들을 하나씩 하나씩 고통스럽게 타이핑했다. 교실 반대편에서 희망에 찬 눈빛으로 내게 미소 짓고 있는 달시가 보였다.

마침내 이것으로 달시에게 내가 진짜라는 것을 확신시키려는 찰나, 엄마가 화면을 보며 고개를 갸웃거렸다.

"이렇게 말하려는 거 맞아?"

엄마가 속삭였다. 나는 타이핑했다.

"Y."

"반 아이들한테 진짜 이렇게 말하고 싶어?"

"Y."

"자, 읽어 보세요."

"보라색 코끼리."

반 아이들이 웃음을 터뜨렸다, 스튜어트까지도.

"채러티 어머님, 지금 농담하시는 건가요?"

과학 선생님이 매우 진지한 목소리로 물었다. 엄마는 내가 타이핑할 수 있도록 팔을 받쳐 주었지만, 나는 팔을 빼고서 교실을 가로질러 달시를 노려보았다. 달시가 숨도 못 쉴 정도로 신나게 웃고 있었다.

'달시가 나를 속였어. 나한테 창피를 주고 싶었던 것뿐이야.'

🍒 진짜 사람으로 산다는 것

ㅁㅂㅁㄴ

이사벨라를 구하려면 보든 아카데미의 실상을 폭로해야 했다. 나는 영어 선생님에게 보든 아카데미에서 학대당한 아이들의 증거를 수집하고, 그 부모들의 인터뷰를 진행하겠다고 이야기했다.

교육청에 접수된 보든 아카데미 관련 민원은 내 것밖에 없다지만, 분명 학대와 관련된 다른 증거가 더 있을 것이다. 그런데 그걸 어떻게 찾을 수 있을까?

방과 후 엄마와 나는 SNS에 올라온 보든 아카데미의 불만들을 검색했다. 하지만 하나도 없었다. 단서가 될 만한 빵부스러기들은 배고픈 비둘기들이 전부 먹어치웠기 때문이다. 그러다 마침내 빵부스러기 하나가 어느 웹 사이트 후기에 나타났다. 엄마가 읽어 주었다.

우리 딸은 이 년 동안 보든 아카데미에 다녔습니다. 그런데 마지막 무렵, 몹시 의기소침하고 우울해했지요. 우리 딸은 말을 할 수 없어서 학대를 언급하지 못했지만, 팔에 멍이 든 채 집으로 오는 날이 많았어요. 우리의 소중한 딸이 보든에서 고통받고 있었던 거예요.

글을 쓴 사람은 '베로니카 C'였다.
"이 년 전에 쓴 글이야. 채러티, 누구일 것 같니?"
나는 기억을 더듬었다. 그 순간 '애비 콜린스'라는 여자아이가 떠올랐다. 나보다 두 살이 많았는데, 내가 보든 아카데미에 들어가고 얼마 안 되어서 그곳을 떠났다.
"애비 언니는 조용하고 침착했어요. 하지만 일주일에 두세 번 정도 분노를 터뜨렸지요. 마르시아 선생님은 애비 언니의 팔을 잡고 타임아웃 벽장으로 끌고 가곤 했어요."
나는 더 이상 타이핑을 할 수가 없었다. 엄마가 키보드를 내려놓고 나를 안아 주었다.
"얘야, 정말 미안해. 그런데 이 프로젝트를 계속하고 싶니?"
"그 아이들을 구해야 해요."
"그래, 알았어. 그럼 이제 남은 일은 전화번호부에 있는 모든 콜린스에게 전화를 돌리는 거지."
엄마는 내가 들을 수 있도록 휴대전화를 스피커폰으로 해서 전화를 걸기 시작했다.
"죄송하지만, 혹시 보든 아카데미에 다녔던 딸이 있나요?"
"잘못 거셨습니다."
딸깍.
"신호음이 울린 후 메시지를 남겨 주세요."
딸깍.

진짜 사람으로 산다는 것

여덟 명이 엄마의 전화를 끊었는데, 다행히 마지막 한 명은 그러지 않았다. 어떤 여자가 되물었다.

"누구시죠?"

"콜린스 부인, 우리 딸 채러티가 애비와 함께 보든 아카데미에 다녔어요. 채러티는 지금 보든 아카데미를 조사하고 있어요. 그곳에서 더는 학대가 일어나지 않게 하려고요. 그래서 애비 어머님을 인터뷰하고 싶어 해요."

딸깍. 그쪽에서 전화를 끊었다.

'단 하나의 단서마저도 사라졌구나.'

"콜린스 부인은 그 기억을 되살리는 것조차 무척 힘들 수 있어."

부르르르르르르! 그때 갑자기 울린 휴대전화 진동음에 우리 둘 다 놀라서 껑충 뛰었다. 엄마가 전화를 받자 작은 목소리가 들렸다.

"아깐 미안했어요. 도와 드릴게요. 어디서 만날까요?"

다음 날 수업이 끝나고 우리는 콜린스 부인의 집으로 갔다. 콜린스 부인의 얼굴에는 거북처럼 주름이 자글자글했다.

엄마가 나를 소개했다.

"여기는 우리 딸, 채러티예요."

콜린스 부인이 나를 꽉 안아 주어서 나는 깜짝 놀랐다.

"그동안 애비의 학교 친구를 한 명도 보지 못했어. 채러티, 만나서 반갑구나."

내가 응답을 하지 않자 콜린스 부인이 엄마를 보며 말했다.

"우리 애비도 말을 못 해요. 저는 이 아이들이 세상에서 제일 힘이 없다고 생각해요. 이 아이들에게 무슨 짓을 해도 표현할 수가 없으니까요. 애비는 그곳에서 상처를 참 많이 입었어요."

콜린스 부인이 내 손을 잡고 식탁으로 안내했다. 엄마가 키보드를 꺼냈다. 내가 타이핑하는 걸 보면서, 콜린스 부인의 얼굴이 점점 일그러졌다.

"애비 언니의 어려움을 느낄 수 있었어요. 언니를 옆에서 도와주지 못해 죄송해요. 이제는 다른 아이들을 구하는 것으로 돕고 싶어요."

"놀랍구나. 애비와 함께 타이핑하는 걸 여러 번 시도해 봤는데, 그 애는 결국 이렇게 하지 못했어."

콜린스 부인이 두 손을 눈두덩에 얹었다.

"애비는 지금 어떻게 지내나요?"

엄마가 희망에 부푼 미소를 지으며 물었다. 콜린스 부인은 두 손으로 얼굴을 감쌌다. 그러고는 갈라진 목소리로 대답했다.

"얼마나 힘들었는지 모르실 거예요. 애비는 자신을 통제하지 못했어요. 서로 소통할 수 없었기에 어떻게 도와줘야 할지도 몰랐지요. 애비가 자신을 다치게 하거나 다른 사람을 다치게 할까 봐 늘 두려웠답니다."

콜린스 부인이 엄마를 보며 말을 이었다.

"애비는 지금 파인밸리 발달 센터에 있어요. 애비가 그곳에서 잘 지내기를 바라며 날마다 열심히 기도하지요. 그런데 막상 가 보면 애비는 나를 알아보지도 못하는 것 같아요."

엄마는 콜린스 부인을 오랫동안 안아 주었다. 이윽고 콜린스 부인은 내가 준비해 간 질문들에 하나하나 대답을 했다. 우리는 그 대답을 전부 녹음해 두었다. 보든 아카데미에서 지낸 이 년 동안, 온화한 성품이었던 애비 언니가 분노로 가득 찬 아이로 변하고 말았다고 했다.

콜린스 부인이 말했다.

"아무래도 애비는 우울증에 걸렸던 것 같아요. 의사들은 절대 아니라고 했지만요."

"저도 그곳에 있었을 때 똑같이 느꼈어요. 지식인들은 우리가 진짜 사람이라는 것을, 우리에게도 감정이 있다는 것을 믿으려 하지 않아요."

"내가 용기를 내서 애비를 그곳에서 좀 더 빨리 꺼내 주었다면 지금과는 상황이 많이 달라지지 않았을까, 하는 생각이 계속 드네요."

우리가 떠나기 전에 콜린스 부인은 학부모 두 명의 이름을 알려 주었다. 그 아이들도 손목이나 등, 얼굴에 멍이 든 채로 집에 돌아오곤 했다는 것이다.

그다음 일주일 동안, 나는 엄마의 도움을 받아 그 사람들을 몇 시간씩 인터뷰했다. 과제 연구 보고서 마감일이 일주일 앞으로 다가왔을 때는 매일같이 자정까지 깨어 있었다.

나는 한 글자 한 글자 타이핑을 했다. 한 번에 한 글자씩. 엄마는 내 팔뿐만 아니라 내 예민한 마음까지도 지지해 주었다.

"네가 원하는 글자가 이게 맞니?"

한 번에 한 글자씩 타이핑하자니 굉장히 느, 렸, 다. 내가 힘겹게 몸을 가누면서 자판에 집중하기 위해 얼마나 많은 에너지를 쓰는지 아무도 예상하지 못할 것이다.

"여기에 마침표를 찍고 싶니? 자, 키보드에 집중해야지."

엄마는 산꼭대기의 수도승처럼 인내심을 갖고 내가 키보드를 누를 때마다 격려해 주었다. 내가 헛소리하는 것처럼 들리지 않게 하려면 어떻게 말해야 할까?

사흘 동안 연이어 타이핑한 후, 엄마에게 이렇게 말했다.

"전부 다 지울래요. 다시 시작해야겠어요."

엄마는 더 묻지 않고 그렇게 해 주었다. 나는 단어 하나하나를 정확하고 충실하게 쓰려고 노력했다. 여러 사람의 인생이 달린 문제였기 때문이다.

그리고 월요일이 되자, 영어 선생님에게 과제 연구 보고서를 제출했다. 영어 선생님은 그날 오후 수학 시간에 나를 찾아 교실로 왔다.

"채러티, 〈베이 트리뷴〉에서 기자로 일하는 친구가 있는데, 교육 관련 기사를 다루고 있어. 네 과제 연구 보고서를 그 친구에게 보내도 괜찮을까? 이 문제를 더 조사하고 싶어 할지도 몰라."

나는 너무 흥분해서 타이핑을 할 수가 없었다. 몸이 저절로 껑충껑충 뛰면서 박수를 쳤다.

"괜찮다는 뜻인 것 같네요."

엄마가 웃으며 말했다.

"피자 더 먹을래?"

메이슨이 내 팔을 잡아 주자, 나는 타이핑을 했다.

"아니, 너 먹어."

메이슨은 내 피자 조각을 두 개째 가져갔다. 나는 요즘 배가 고프지 않았다. 세시걸72는 그 가십 앱에서 내가 시험이나 과제를 부정하게 하고 있다며 계속 비난했다. 이제는 아이들도 수업 시간에 나를 그 전과 다르게 보았다. 더는 내게 수학 문제를 물어보지 않았다.

하루 중 유일하게 즐거운 시간은 점심시간이었는데, 요즘은 환영 식탁에 그레이스와 스튜어트까지 와서 같이 앉았다.

학교 식당은 〈부기 피버〉(1975년에 미국에서 유행했던 디스코 음악) 봄 댄스파티를 위해 온통 청록색과 보라색의 끈과 리본으로 장식되어 있었다. 재즈민은 이미 불평 모드에 들어가 있었다.

"이런 멍청한 댄스파티에 돈을 낭비하다니, 믿을 수가 없다니까?"

그레이스가 냅킨을 들어 재즈민의 뺨에 묻은 소스를 닦아 주었다.

"기운 내, 재즈민. 네 터보 엔진 의자에 앉아서도 얼마든지 디스코를 출 수 있을 거야. 내가 장담해."

그레이스는 왜 이렇게 모두한테 친절한 걸까? 그래서 애한테는 짜증을 낼 수가 없었다. 그레이스가 물었다.

"다들 가는 거지, 그렇지?"

모두 침묵으로 대답했다. 피터는 그레이스가 제정신이 아니라는 듯 실눈을 뜨며 바라보았다. 줄리안은 그 가능성을 곰곰이 따져 보는 것 같았다. 그레이스가 두 손을 허리에 얹으며 말했다.

"가자, 애들아. 재미있을 거야. 재미가 뭔지 알잖아, 그렇지 않아?"

"응, 나 알아!"

스카일러가 손을 위로 올리며 말했다. 재즈민이 눈동자를 굴렸다.

"그레이스, 너는 지금 엉뚱한 사람들한테 말하고 있는 거야. 우리는 중학교 사격 연습용 과녁이 될 거라고."

그러자 그레이스가 손에 묻은 피자 소스를 혀로 핥으며 대꾸했다.

"우리가 하나로 뭉치면 그렇지 않아. 우리끼리 서로 짝을 지으면 되지. 피터, 나랑 짝 할래?"

그레이스가 묻자 피터는 고개를 가로저었다.

"안 돼! 금요일이잖아. 〈마인크래프트〉를 해야 한다고. 멍청한 춤 때문에 게임 시간을 줄일 수는 없어."

"알았어."

그레이스는 재빨리 식탁을 훑어보았다.

'제발 스튜어트라고 말하지 말아 줘.'

"줄리안, 네가 할래?"

줄리안은 짧고 달콤한 대답을 타이핑한 뒤 재생 버튼을 눌렀다.

"할게."

그레이스가 활짝 웃었다.

"스카일러, 너는?"

"엄마, 아빠한테 물어볼게. 아마도 허락하실 거야."

스카일러는 신이 나서 의자에 앉은 채로 폴짝폴짝 뛰었다. 다음으로 모두를 놀라게 한 사람은 메이슨이었다.

"재즈민, 아무래도 우리 둘이 짝을 해야 할 것 같아. 저 치어리더들로부터 나를 보호해 줄 사람이 필요한데, 네가 그 분야의 전문가라고 들었거든."

테이블 전체가 웃음을 터뜨렸다. 그 후 몇 초의 침묵이 몇 시간처럼 길게 느껴졌다. 스튜어트는 그레이스의 이글거리는 눈빛을 눈치채지 못한 채 피자를 씹으며 테이블만 내려다보았다.

마침내 누군가가 팔꿈치로 스튜어트의 팔을 툭 쳤다. 스튜어트는 피자를 꿀꺽 삼킨 뒤 나를 보며 물었다.

"채러티, 우리 둘이 짝 할까?"

스튜어트의 표정이 그다지 좋지 않았다. 스튜어트가 나한테 1나노그램만큼쯤 관심이 있다고 생각했던 건 내 망상이었나 보다.

"자, 채러티, 네 목소리가 여기 있어."

메이슨은 내가 타이핑할 수 있도록 키보드를 꺼냈다.

"그래, 재미있을 것 같아."

"재미? 이게 네가 원하는 단어가 맞아? '고문'을 말하려던 게 아니고? 고문처럼 들리는데?"

메이슨이 말하자 모두들 하하하 웃었다.

"제대로 된 짝을 만난 것 같네."

재즈민이 말하자 그레이스가 맞장구를 쳤다.

"맞아, 우리는 다 같이 뭉쳐 있을 거야. 수가 많으면 안전하잖아. 그런 다음 신나게 춤추면서 즐겁게 노는 거지. 진짜 재미있겠지?"

이번에는 재즈민의 두 번째 피자 조각까지 다 먹어 치운 메이슨이 웅얼거렸다.

"난 먹을 것만 있으면 어떤 고문도 견딜 준비가 되어 있지."

메이슨이 주먹 인사를 하려고 손을 들자 재즈민이 응답해 주었다.

그레이스는 우리를 대체 어디로 끌고 가려는 걸까?

"〈부기 피버〉에 푹 빠진 것 같아."

아빠가 학교 복도에서 손가락으로 허공을 찌르더니 엉덩이를 흔들기 시작했다.

"자, 체리 걸, 안으로 들어가자. 우리 음악을 연주하고 있잖아."

나는 아직 움직일 계획이 없었다. 우리는 모두 식당 입구에서 만나기로 했고, 나는 재즈민의 표현처럼 나머지 과녁들 없이는 아무 데도 가지 않을 참이었다. 이윽고 티아라에 파란색 반짝이 셔츠를 입은 재즈민이 복도로 내려왔다.

"〈부기 피버〉에 푹 빠진 사람이 여기 또 있구나."

아빠가 말했다.

"흠, 응원전의 프린세스이기도 하니까 이 정도는 입어 줘야지요."

아빠와 재즈민은 하이 파이브를 했다. 그다음으로 반짝이는 은색 드레스에 무릎까지 오는 흰색 부츠를 신은 그레이스가 도착했다.

"얘들아, 정말 멋지다. 재즈민은 완전 록 스타일이구나. 그리고 채러티도 참 예쁘다."

나는 옷을 과하게 입어 평소보다 더 눈에 띄고 싶지 않았다. 그래서 다리 아래까지 제비꽃이 그려진 새 청바지를 골랐다.

"들어갈 준비를 하자."

그레이스는 이렇게 말하며, 식당에서 울려 퍼지는 음악에 맞춰 무릎을 구부리고 엉덩이를 실룩였다. 몇 분 안 되어 우리 그룹은 거의 다 모였다. 예쁜 귤색 드레스를 입은 스카일러는 흰색의 해군 유니폼을 입은 아빠와 함께 복도를 사뿐사뿐 걸어왔다.

그레이스가 말했다.

"여기서 가장 깜찍한 커플은 여기 둘이네요."

스카일러가 깡충깡충 뛰자 레이스 드레스가 해파리처럼 나풀거렸다. 우리는 그곳에 서서 아직 오지 않은 한 사람을 기다렸다. 바로 스튜어트였다! 마침내 메이슨이 참지 못하고 이렇게 내뱉었다.

"팝콘 냄새가 나. 재즈민, 가서 확인해 보자."

진짜 사람으로 산다는 것

그레이스도 거들었다.

"그래, 좋은 생각이야. 우리, 모두 들어가자. 스튜어트는 우리를 잘 찾아올 수 있을 거야. 재즈민의 이 반짝이 셔츠를 어떻게 못 보겠어?"

식당 안으로 들어가자 〈댄싱 퀸〉이 울려 퍼지고 있었다. 빙글빙글 돌아가는 미러볼은 마치 다이아몬드 조명처럼 식당 곳곳을 반짝반짝 빛나게 했다. 나는 그만 집에 가고 싶어졌다.

그레이스가 나를 끌고 무대로 가려 애썼다. 나는 팔을 빼며 벽 옆에 있는 금속 접이식 의자에 앉았다. 멍하니 바닥을 내려다보고 있는데, 갑자기 초콜릿 쿠키 한 접시가 내 코 밑으로 쑥 들어왔다. 메이슨이 내 옆에 앉았다.

"하나 먹어. 하루 동안 필요한 당분을 섭취해야지."

재즈민도 내 옆으로 왔다.

"모두가 함께 어울려 살아야 한다고 맨날 말한 사람이 바로 너잖아. 그런데 여기서 이러고 있으면 어떡해? 대체 왜 그러는 거야?"

"스튜어트를 기다리고 있는 것 같아."

그레이스가 숨을 몰아쉬며 다가왔다. 그레이스는 줄리안과 연속으로 춤을 세 곡이나 추고 온 참이었다. 모두가 나를 쳐다보고 있는 게 느껴졌다.

"스튜어트가 몸이 좀 안 좋은가 봐."

그레이스가 말했다.

[번역] 스튜어트는 나하고 같이 있는 게 부끄럽다.

아빠가 키보드를 가져왔다.

"체리, 친구들한테 할 말이 있는 것 같구나. 내가 도와줄게."

나는 짧게 입력했다.

"집에 가고 싶어요."

"방금 왔는데? 몇 분이라도 놀아 보는 게 어때?"

내 의견을 확실히 전달하기 위해 메이슨이 가져온 쿠키 접시를 바닥에 내리치고 싶었다. 하지만 어떤 목소리가 나를 막았다.

"얘들아, 무슨 일이야? 안녕, 채러티!"

그리고 거기에 그 애가 있었다, 스튜어트. 셔츠에 넥타이를 매고서. 심지어는 머리까지 단정하게 빗고 왔다. 그레이스가 말했다.

"자, 여러분. 이제 모두 무대로 나갑시다."

스튜어트가 침을 꿀꺽 삼켰다.

"잠시 채러티 옆에 앉아 있을게. 아직은 댄스 모드가 아니어서 말이야."

우리만 남겨 두고 모두 춤을 추러 갔다. 스튜어트가 손으로 자기 머리를 헝클어뜨렸다. 그러자 좀 더 평소의 모습처럼 보였다.

"늦어서 미안해, 채러티. 솔직히 댄스파티는 한 번도 와 본 적이 없어. 춤을 세상에서 제일 못 추거든. 놀림거리를 굳이 하나 더 늘릴 필요는 없잖아. 그런데 오늘 너, 참 멋지다."

스튜어트가 바닥을 내려다보며 중얼거렸다. 어디서 이런 용기가 생겼는지, 나는 스튜어트를 끌어올려 무대로 데려갔다. 마침 〈부기 피버〉가 흘러나왔고, 내 몸은 리듬에 맞춰 껑충껑충 뛰었다.

스튜어트는 잠시 얼어붙은 듯 서 있었다. 누구나 가끔은 그렇게 몸이 굳을 때가 있는 법이다. 스카일러가 스튜어트의 손을 잡고서 나와 함께 박자에 맞춰 껑충껑충 뛰었다. 우리는 작게 무리지어 무대 한가운데서 껑충껑충 뛰고 빙글빙글 돌았다.

그 순간 나는 사람들이 우리를 응원하는지, 조롱하는지 전혀 신경 쓰지 않았다. 마침내 그게 하나도 중요하지 않다는 것을 깨달았다.

음악이 잠시 멈추었을 때, 그레이스가 냅킨으로 내 얼굴의 땀을 닦아 주며 말했다.

"여자 화장실에 가서 머리 좀 정리하자."

나는 기꺼이 따라 나섰다. 재즈민이 뒤에서 휠체어를 밀며 따라왔다. 그때 우리 뒤쪽에 있는 달시가 보였다. 달시는 할리우드에서 가장 흥미로운 가십을 알고 있다는 듯 팔짱을 낀 채 미소를 짓고 있었다. 재즈민은 휠체어를 휙 돌리며 싸울 태세를 취했다.

그레이스가 거울에 비친 달시를 보며 물었다.

"안녕, 잘 지냈니?"

그러자 달시가 달콤한 목소리로 말했다.

"오늘 밤 다들 예쁘네. 채러티가 쫓겨나기 전에 마지막 축하 파티를 해 주다니! 참 멋진 친구들이구나."

그레이스가 쏘아붙였다.

"달시, 연기 그만해. 너, 채러티 안 좋아하잖아. 솔직히 이렇게 가식 떠는 거, 꽤 역겨운 일이라고 생각해."

달시가 한 손을 들어 올렸다.

"그래, 알았어."

그러고는 곧 비난하는 목소리로 바뀌었다.

"쟤는 모든 과제에서 부정을 저지르고 있어. 우등생 명단의 제일 앞자리를 차지하려고 지금도 뭔가 부정한 방법을 생각하고 있겠지."

달시가 가늘게 뜬 눈으로 나를 노려보며 말을 이었다.

"그런데 이건 모르고 있을걸. 우리 엄마가 쟤 영어 과제 연구 보고서를 복사해서 표절 여부를 확인하는 웹 사이트에 올렸거든. 흠, 그대로 베낀 문장들로 가득하다더군."

그런 다음 손가락으로 그레이스의 얼굴을 가리켰다.

"우리 아빠는 진술서도 받아 놨어. 그 보조 교사 말이야. 채러티를 위해 자신이 타이핑을 한 거라고 인정했지. 채러티는 이 일로 퇴학당할 거야."

"그만해. 이 못된 치어리더 같으니라고! 너는 우리 치어리더의 이름에 먹칠을 하고 있어."

재즈민이 소리쳤다.

"홍! 아주 웃겨. 머리에 그 허접한 티아라를 쓰고 방울솔 좀 흔들면 다 치어리더가 되는 줄 아나 보지?"

재즈민이 컵 홀더에서 컵을 들어 올리더니, 달시의 반짝이는 미니드레스에 펀치를 획 뿌렸다.

"으윽!"

달시는 비명을 지르며 휴지로 허겁지겁 끈적끈적한 얼룩을 닦아냈다. 그러고는 찡그린 얼굴로 나를 보며 소리쳤다.

"저리 가, 이 패배자야!"

달시는 곧 〈부기우기〉 노래에 맞춰 춤을 추며 문밖으로 나갔다.

영어 과제 연구 보고서 표절 사건

실리아 선생님의 얼굴을 보니, 우리에게 뭔가 심각한 문제가 생겼다는 것을 알 수 있었다.

"채러티, 이게 대체 어떻게 된 일인지 모르겠어. 무슨 일인지 알려 줄래?"

표절한 문장을 노란색으로 강조한 내 영어 과제 연구 보고서 사본을 실리아 선생님이 엄마와 아빠에게 건네주었다. 지나가는 학생들과 선생님들의 얼굴이 상담실 창문 너머에서 쏙 올라왔다. 그때 엄마가 지은 당혹스러운 표정은 달시가 퍼뜨린 소문과 함께 그날의 가십 거리가 되었다.

"채러티, 네가 워낙에 기억력이 좋잖니? 혹시 다른 곳에서 본 것을 뜻하지 않게 인용했을 가능성은 없을까?"

나는 그 과제 연구 보고서를 가만히 들여다보았다. 내 것처럼 보였다. 제목도 같았고, 구조도 같았다. 같은 문장이 꽤 많았다. 나는 재빨리 읽고는 한숨을 푹 내쉬었다. 엄마가 내 대답을 도와주었다.

"아니요. 그리고 이건 내가 제출한 과제 연구 보고서가 아니에요. 누군가가 단어들을 추가했어요."

"문제가 또 있어. 베킷 선생님이 네가 작성한 과제 연구 보고서의 원본을 기자에게 보냈는데, 정작 기자는 받지 못했다고 하지 뭐야. 배송 중에 분실되었나 봐."

아빠가 영어 과제 연구 보고서를 집어 들고 자리에서 일어났다.

"분실된 겁니까, 아니면 도둑맞은 겁니까? 누군가가 채러티의 문장을 엉망으로 만들었어요. 채러티가 부정행위를 했다고 비난하기 위해서 말이지요."

아빠가 손등으로 영어 과제를 툭 치며 말을 이었다.

"그리고 이 사본은 어디서 구했답니까?"

스카일러가 복도에 서서 상담실 창문에 얼굴을 갖다 대었다. 눌린 코에서 나온 콧김으로 유리창이 뿌옇게 흐려졌다. 재즈민이 스카일러를 끌어냈다.

실리아 선생님이 얼굴을 찌푸리며 말했다.

"교장 선생님은 이것을 누구한테 받았는지 말씀하지 않으실 거예요. 영어 선생님은 과제 연구 보고서를 우편으로 보냈다고 하셨어요. 학교 근처 우체국에서 근무하는 누군가가 중간에 가로챈 게 아닌가 싶어요."

"그럼 채러티, 컴퓨터에 저장되어 있는 걸 보여 주자."

엄마가 찢어질 듯 높은 목소리로 소리쳤다. 나는 잠시 생각에 잠겼다. 그 고발인들은 내가 사본을 보고 표절한 문장들을 지웠다고 주장할 게 뻔했다. 엄마가 키보드를 들었지만, 나는 글자에 대한 통제력을 잃었다.

"내 말, 불리한, 그들의 말. 이것은 ㅁ……."

나는 엄마의 팔을 밀어냈다. 우리는 잠시 침묵 속에 앉아 있었다.

"이제 어떻게 되는 건가요?"

"다음 주에 학교 운영 위원회가 열릴 거예요. 교육청에서 사람이 나와 증인의 이야기를 듣거나 증거를 보고 결정을 내릴 거예요."

그러자 아빠 목소리가 낮아졌다.

"이런 말도 안 되는 일로 채러티를 퇴학시키지는 않겠지요?"

"학교 운영 위원회에서 이것이 채러티의 장애와 관련이 없는 일이라고 판단하면, 채러티는 다른 학생들과 똑같은 징계 조치를 받게 될 거예요. 우리는 우리의 상황을 보여 주고 하나하나 증명해야 해요."

'나는 왜 항상 싸워야 하지? 처음에는 링컨 중학교에 들어오기 위해 싸웠는데, 지금은 여기 남으려고 또 그래야 해? 이건 너무 불공평해. 왜 이렇게 나를 괴롭히는 사람들이 많은 거야? 불공평해, 불공평해, 너무 불공평해.'

내 몸이 앞뒤로 흔들흔들했다. 동정이란 독이 온몸으로 퍼지고 있었다. 의식이 몽롱해졌다. 나는 불공평한 세상에 홀로 남겨져 있었다.

엄마가 내 팔을 잡아당겼다.

"수학 교실로 가는 게 좋겠어. 오늘 퀴즈가 있잖아. 아침 먹으면서 복습했던 공식들, 기억나지?"

나는 비명을 지르고 싶었다. 팔을 슬그머니 빼내자 엄마가 다시 시도했다. 두 손으로 얼굴을 감쌌다.

"네 좌절감이 얼마나 큰지 알아."

아빠가 한쪽 팔로 나를 감쌌다.

"우리의 싸움은 끝나지 않았어. 그리고 우리가 할 수 있는 최고의 방법은 평소처럼 지내는 거지. 체리 걸, 이런 일로 무너지지 마."

엄마는 내가 타이핑할 수 있도록 키보드를 들었다.

내 마음은 어두웠다.

내 심장은 힘겨워했다.

내 영혼은 산산조각이 났다.

아무것도 느끼지 못했다. 절망적이었다. 나는…… 사람이 아니었다. 모두가 그렇게 생각했던 것처럼. 나는 더 이상 존재하지 않았다. 가슴속 북소리는 점점 커졌고, 어른들은 계속 내게 뭐라고 말했다.

목이 천천히 조이기 시작했다. 처음에는 목구멍이 가볍게 쥐어지는 느낌이었지만, 목의 압력이 점점 높아졌다. 숨이 가빠지면서 공포가 폭풍처럼 몰려와 배에서 무섭게 휘몰아쳤다. 숨쉬기가 점점 더 힘들어졌다.

공포에 질린 눈 세 쌍이 내 얼굴 주위로 몰려들었다. 그러고는 알아들을 수 없는 말로 나를 재촉했다. 카운트다운도 없이, 내 몸은 완전한 분노로 폭발했다. 주전자 폭발보다 더 안 좋았다. 목구멍에서 비명이 터져 나왔다. 팔이 이리저리 마구 내둘러졌다.

첫 번째 목표는 키보드였다. 나는 엄마 손에 있는 키보드를 세게 쳤다. 퍽! 벽에 부딪히면서 박살이 난 키보드가 카펫으로 흩어졌다. 더 많은 얼굴이 유리창에 나타났다. 나는 구경꾼들을 위해 전시된 동물원의 동물이었다. 책상을 발로 걸어찼다. 빙글빙글 돌면서 내 앞을 막는 건 사람이건 물건이건 닥치는 대로 내리쳤다.

창문에 더 많은 얼굴이 보였다. 피터, 줄리안, 메이슨.

'내 안의 허리케인은 너희를 전부 파괴할 수 있어.'

스카일러는 이제 눈물을 흘렸다.

"채러티, 자신을 통제하려고 노력해야지! 그러다 다칠 수 있어!"

'나를 통제하라고요? 나를 통제하라고요!'

'나랑 십삼 년 동안 살았으니, 누구보다 잘 아실 거 아니에요? 나는 나를 통제할 수 없어요!'

팔을 내둘렀다. 내리치고, 휘둘렀다. 몸에 굴복하는 것도 나쁘지 않았다. 더는 생각을 하지 않았다. 열심히 애쓰지도 않았다. 더 많은 외침과 손이 내 팔을 못 움직이게 하려고 했다.

나는 강했다. 나를 막을 수 있는 건 아무것도 없었다.

눈을 뜨고 있는데도 엄마 얼굴에 드러난 공포가 보이지 않았다. 엄마 말도 들리지 않았다. 그저 짓밟고 파괴하며, 분노를 우주로 날려 보내고 싶을 뿐이었다. 이리저리 내두를 때마다 팔과 다리에 멍이 들었다. 하지만 정작 나는 아무 느낌이 없었다.

그 순간 문이 벌컥 열렸다. 교장 선생님이었다. 나를 보더니 혐오감을 고스란히 드러내며 코를 잔뜩 찡그렸다. 마치 내가 방사능에 오염된 늪지 괴물인 것처럼.

그때 내 손이 아무 생각 없이 반응했다. 실리아 선생님의 스노 글로브를 움켜쥐었다. 그러고는 메이저 리그의 투수처럼 교장 선생님을 향해 휙 던졌다. 퍽! 교장 선생님 머리에서 이삼 센티미터 떨어진 벽에 부딪혔다. 노란색 콘크리트 벽에 물 자국이 생겼다. 이어서 스노 글로브 안에 있던 플라스틱 눈송이들이 카펫으로 흘러내렸다.

내 팔이 옆으로 툭 떨어지는 순간, 아빠가 나를 꽉 안았다. 내 몸은 땀과 피로 얼룩져 있었다. 온몸이 화끈거렸다.

한참이 지나도록 아무도 말을 하지 않았다. 상담실은 난장판이 되었다. 실리아 선생님의 얼굴은 발갛고 축축했다. 교장 선생님 얼굴은 하얗게 질려 있었다. 내 모든 근육이 떨렸다. 아빠가 나를 더 세게 안았다. 또 다른 폭발을 예상한 모양이었다.

나는 바닥에 주저앉아 울었다. 눈에서 눈물이 하염없이 흘러나왔다. 거기에 얼마나 오랫동안 그렇게 있었는지 모르겠다.

눈을 떠 보니 내 침대였다. 어쩌면 그건 끔찍한 악몽이었는지도 모르겠다. 문밖에서 속삭이는 소리가 들렸다. 누군지는 모르겠다. 나는 눈을 감으면서 도로 무의식의 수면 세계로 빠져들기를 바랐다.

"채러티……, 채러티……! 우리 여기 있어. 모두 다 괜찮을 거야."

다시 눈을 떠 보니, 엄마가 내 머리를 쓰다듬고 있었다. 나는 잠을 떨쳐 내려 애썼지만, 모든 게 안개처럼 뿌옇게 보였다.

"채러티, 걱정이 되어서 그래."

이번에는 아빠 목소리였다. 아빠는 나를 조금 일으켜 세워서 앉을 수 있도록 등을 받쳐 주었다.

"침대에 너무 오랫동안 누워 있었어. 이제는 일어나서 뭐라도 좀 먹어야지. 두부 스크램블을 만들어 뒀는데……. 아니면 딸기 셰이크로 바로 갈까?"

아빠가 미소를 지었다. 하지만 음식 생각을 하자 토하고 싶은 생각이 들었다. 엄마가 내 입에 빨대를 집어넣었다.

"한 모금이라도 마셔 봐. 이러다 탈수증이 오겠어."

빨대로 음료를 쭉 빨아들였다. 달콤한 과일 맛이 났다.

"그렇지, 계속 마셔."

눈을 깜빡이며 방 안을 둘러보았다. 창밖은 이미 어두웠다. 할머니가 침대 옆 의자에 앉아 책을 읽고 있었다.

"음, 잠자는 숲속의 공주는 아니었나 보네."

할머니가 미소를 지으며 말했다. 엄마는 내 옆에 앉아 키보드를 들었다. 학교에서 내가 무슨 짓을 했는지 하나하나 기억이 났다.

'내 영혼은 산산조각이 났어. 더는 싸우지 않을 거야. 왜 그렇게 오랫동안 발버둥을 쳤을까?'

나는 엄마의 팔을 밀어내고 공처럼 몸을 둥글게 말았다. 세상이 다시 어두워졌다. 그러다가 엄마 목소리를 듣고 고개를 들었다. 엄마는 필사적인 눈빛으로 내 입술에 빨대를 집어넣었다. 나는 음료를 쭉 빨아 마셨다. 아빠가 미소를 지으며 고개를 끄덕였다.

그런데 엄마랑 아빠의 말을 알아들을 수가 없었다. 우리가 같은 언어를 사용하긴 했던 걸까?

'나는 이 세상의 그림자야. 나는 여기에 속해 있지 않아.'

모든 사람이 똑같이 존중받는 세상으로 가고 싶었다. 내가 괴물이 아닌 곳으로, 나의 모습이 그냥 그대로 받아들여지는 세상으로 말이다. 그런 세상이 존재하기는 할까?

아빠가 나를 들어 올리더니 거실의 소파로 데려갔다. 엘비 이모와 키키 이모가 부엌에서 수프를 만들고 있었다. 누군가 아프면 사람들은 늘 이렇게 했다.

"안녕?"

엘비 이모가 소파 옆에 무릎을 꿇고 말을 이었다.

"조금만 더 버텨. 알았지? 그러니까 내 말은, 우리 모두 화창한 날을 맞이하기 위해서는 힘든 날들을 헤쳐 나가야 한다는 거야. 내가 직접 경험해 봐서 잘 알아."

그러고는 내 뺨에 뽀뽀를 했다. 키키 이모는 엘비 이모 옆을 맴돌며 이렇게 말했다.

"얘야, 괜찮을 거야. 정말 괜찮을 거야."

밝은 햇빛에 눈을 가늘게 떴다. 눈이 부셨다. 쿠션 밑으로 파고들어 가 머리를 묻었다.

세상이 또 어두워졌다. 잠에서 깨어났을 때 어슴푸레한 빛이 창문으로 들어왔다. 해가 뜨는 걸까, 지는 걸까? 나도 모르겠다. 나는 자리에서 일어났다.

엄마가 잠을 떨쳐 내며 두 팔로 나를 안았다. 그런 다음 키보드로 손을 뻗었다. 나는 엄마의 팔을 밀어냈다. 히어로가 내 팔 아래로 잿빛 주둥이를 슬쩍 밀어 넣었다. 히어로의 통통한 목에 뺨을 갖다 댔다. 엄마와 아빠는 또 뭔가를 마시게 했다. 이번에는 진한 초콜릿 셰이크였다.

"이걸 마시면 다시 일어설 수 있는 에너지가 생길 거야."

엄마와 아빠는 내게 옷을 입힌 뒤 걷게 하려 애썼다. 하지만 내 다리가 전혀 협조해 주지 않았다. 나는 침대에 누워만 있고 싶었다. 몇 번의 시도 뒤, 엄마와 아빠는 결국 나를 가만히 놔두었다.

시설에 갇혀 있는 내 모습을 상상해 보았다.

'우리는 모두 버려진 아이들이야. 다 함께 인생을 낭비하고 있지.'

복도에서 엄마가 속삭이는 소리가 들렸다.

"사흘 동안 거의 아무것도 먹지 않았어. 타이핑도 거부하고……, 다 포기한 것 같아."

나는 눈을 감고 내 다리 위에 누워 있는 히어로의 머리에 손을 얹었다. 녀석이 뭉툭한 꼬리를 흔들면서 내 무릎을 간지럽혔다. 엄마와 아빠가 사라질 때까지 일부러 잠든 척했다.

문이 삐걱거리며 열리더니 엄마가 들어왔다.

"채러티, 널 보러 반가운 사람들이 왔어."

엄마가 내 손을 들어 올렸지만 나는 계속 축 늘어져 있었다. 엄마가 내 손을 내려놓았다.

'하느님, 감사합니다.'

그러자 다른 손이 내 손을 잡았다. 길고 가느다란 손가락에 시원한 느낌. 누구 손인지 바로 알아차렸다. 나는 부스스 눈을 떴다.

"채러티, 최대한 빨리 온다고 했는데, 너도 알다시피 프랑스가 꽤 멀리 떨어져 있잖니?"

애나 선생님의 아름다운 초록색 눈동자를 바라보았다. 애나 선생님은 내 가슴에 손을 얹은 뒤 숨을 길게 들이마시고 내쉬었다. 우리는 조용히 앉아 오랫동안 심호흡을 했다. 숨을 내쉴 때마다 어두운 기운이 조금씩 사라지는 것 같았다.

"채러티, 지금 기분이 어떤지 말해 줘."

실리아 선생님이었다. 실리아 선생님이 내 머리를 쓰다듬었다. 애나 선생님이 키보드를 잡고 내 팔을 지지해 주었다. 내 손은 축 늘어져 있었다. 타이핑을 할 에너지가 없었다. 애나 선생님이 말했다.

"네 말을 전하기 위해 굉장히 오랫동안 힘들게 노력해서 여기까지 왔어. 이렇게 포기할 수는 없잖니?"

"제발, 체리 걸."

아빠는 울 것 같은 표정이었다. 나는 고개를 돌렸다. 애나 선생님이 내 어깨를 꽉 쥐었다.

"나는 네가 우리와 처음 소통하던 날을 절대로 잊지 못해. 네 안에 갇혀 있는 영혼을 느낄 수 있었거든. 모든 고통 속에서도 너는 희망과 결의로 가득 차 있었지. 나는 네가 너의 목소리로 너를 가로막는 모든 장애물을 뚫고 나가기를 기도했어. 네가 처음으로 타이핑했을 때, 내 머릿속에는 수많은 아이들의 환희에 찬 영혼이 떠올랐단다. 그래, 가끔은 너도 견딜 수 없이 힘들 거야. 하지만 채러티, 너는 운이 굉장히 좋은 편이란다. 네 목소리는 수백만 명의 목소리를 대변하고 있어."

애나 선생님이 키보드를 들고 내 팔을 지지해 주었다. 실리아 선생님도 옆에서 거들었다.

"채러티, 우리에게 말 좀 해 줘. 우리는 들을 준비가 되어 있어."

내 손가락이 앞으로 뻗어 나가 'ㄴ'을 쳤다. 애나 선생님이 고개를 끄덕였다.

"그래, 계속해."

"나는 괴물이에요. 학교에서 나를 쫓아내는 건 당연해요."

실리아 선생님이 한 손을 들어 올렸다.

"네 몸이 곧 네가 아니라는 사실을 받아들여야 해. 네 영혼은 너를 배신하는 몸과 싸울 수밖에 없어. 채러티, 네가 분노로 폭발한 일은 사실 전혀 놀랍지 않아. 오히려 매일 매시간 그렇게 폭발하지 않은 게 더 놀라운 일이지."

애나 선생님이 고개를 끄덕였다.

"그리고 네가 링컨 중학교에 다니는 게 거기 있는 아이들에게도 더 좋은 일이야."

"나는 전투에서 졌어요. 너무 약해져서 계속 싸울 수가 없어요."

실리아 선생님이 고개를 저었다.

"전투에서 졌을지는 몰라도 전쟁에서 진 건 아니야."

그리고는 나를 향해 손가락을 흔들며 말을 이었다.

"채러티, 그거 아니? 인생은 어차피 공평하지 않아. 너는 그렇게 잘 따라 주지 않는 몸을 갖고 태어났어. 하지만 네가 가진 수많은 축복을 생각해 봐. 명석한 두뇌와 용감하고 유연한 영혼, 헌신적인 부모님, 그리고 네 뒤에는 너를 응원하는 치어리더 팀이 있지. 그리고 나와 애나 선생님, 학교에 있는 여러 선생님들도 있잖아. 너는 많은 아이들의 모범이 되고 있단다. 너의 임무는 세상을 바꾸는 것이고, 나는 네가 잘해 낼 수 있을 거라고 믿어."

"내가 문제아인데, 어떻게 다른 사람을 도울 수 있죠?"

엄마가 이 말을 듣고 몸을 바르르 떨었다.

"채러티, 지금 너는 너 자신을 문제아라고 생각하니?"

나는 고개를 숙였다. 엄마가 내 턱을 잡고 살며시 들어 올려 눈을 마주 보게 했다.

"네 이름 채러티는 '인류에 대한 자비로운 사랑'을 뜻해. 네가 태어난 순간부터 너의 아름답고 열린 마음을 느낄 수 있었지. 너는 세상을 향해 마음을 여는 사람이야."

엄마가 내 가슴에 손을 얹더니 꼭 안아 주었다.

아빠가 말했다.

"좌절에 굴복해서는 안 돼, 체리 걸. 그건 내가 아는 우리 딸이 아니야."

"실망하게 해서 미안해요."

엄마가 내 뺨에 뽀뽀를 했다.

"채러티, 네가 충분히 분통을 터뜨릴 만했어. 후회하며 뒤돌아보지 마. 앞만 바라보며 나아가자. 그리고 실리아 선생님이 그러는데, 학교 선생님과 친구들이 너에 대해 계속 물어본대. 네가 괜찮은지 걱정되는가 봐."

"내가 쫓겨난 거, 다 알고 있나요?"

"채러티, 너는 아직 쫓겨나지 않았어. 내일 오후에 학교 운영 위원회가 열리는데, 우리가 대신 가서 너의 상황을 설명할 거야. 너는 안 가도 돼."

나는 숨을 내쉬면서 내 삶이 어떻게 바뀌었는지 생각해 보았다. 부두에서 수호천사가 나를 가치 있는 사람으로 보고 구해 주었을 때 이후로 말이다.

'과연 나는 구할 가치가 있는 사람이었을까?'

머릿속에서 여러 가지 기억이 고화질 아이맥스 영화처럼 재생되었다. 용기를 찾은 메이슨, 줄리안과 환영 식탁, 응원전에서 열심히 응원하는 재즈민, 댄스파티에서 빙글빙글 돌던 스카일러. 이 작은 기적에 내가 조금이라도 보탬이 되었을까? 어쩌면 내가 변화를 일으킬 수 있을지도 모르겠다.

[진실] 내게는 임무가 있다.

엄마의 팔을 잡아당겼다. 타이핑을 해야 했다.
"**학교 운영 위원회에 참석할게요.**"
"아니야, 너는 지금 그럴 상태가……."
나는 손으로 내 다리를 쿵쿵 두드렸다.
"**그들은 나를 봐야 해요. 그래서 내 몸부림을 이해해야 해요.**"
애나 선생님이 고개를 끄덕였다.
"네 의견에 동의해."
엄마가 한숨을 크게 내쉬었다.
"그렇다면 우리가 할 일이 좀 있겠구나."

오즈의 마법사를 찾아가는 도로시

🄼🄳🅂

엄마와 아빠가 나를 데리고 실리아 선생님과 애나 선생님이 기다리는 곳으로 가는 동안, 내 머릿속에서는 여러 생각이 스쳤다.

아무리 잘 차려입어도, 흔들리고 비틀거리고 떨리는 내 몸은 내가 다른 사람들과 확연히 다르다는 사실을 적나라하게 보여 줄 것이다.

실리아 선생님은 교장 선생님처럼 정장을 차려입었다. 그 모습을 보고 나는 깜짝 놀랐다.

"학교 운영 위원회에서 권위 있는 모습을 보여 주고 싶어서요."

실리아 선생님이 배시시 웃자 엄마가 고개를 끄덕이며 물었다.

"어떤 계획이 있으신가요?"

"그들이 채러티를 어떤 식으로 몰아붙일지 전혀 모르겠어요. 하지만 그들이 내세우는 과제 연구 보고서가 채러티가 제출한 게 아니란 건 증명할 수 있을 거예요."

그러자 아빠가 말했다.

"결국은 우리의 논리와 저들의 논리가 맞붙게 되겠군요. 학교의 돈

줄을 쥐고 있는 달시 아빠 말이 우리보다 두 배는 더 가치가 있을 테고요."

아빠의 긍정적인 시각도 점점 어두워지고 있었다. 하지만 아빠 말이 맞다는 걸 나도 알고 있었다. 실리아 선생님이 대답했다.

"학교 운영 위원회는 서로 다른 부류의 사람들로 구성되어 있어요. 그들은 채러티를 만난 적이 없으니, 중립적인 판단을 내릴 수 있기를 바랄 뿐이에요."

엄마와 아빠가 내 손을 꽉 쥐었다. 나는 비틀거리며 앞으로 나아갔다. 오즈의 마법사에게로 다가가는 도로시의 심정이 이랬을까?

강당에서 여러 목소리가 울려 퍼졌다. 문 앞에서 내 발이 우뚝 멈춰 섰다. 애나 선생님이 나를 돌아보았다.

"채러티, 이따가 내가 도와줘도 되겠니?"

나는 엄마의 도움을 받아 타이핑을 했다.

"네, 그렇게 해 주세요."

애나 선생님이 내 양쪽 어깨를 꽉 쥐고서 한참 동안 내 눈을 들여다보았다. 그러고는 차분한 목소리로 말했다.

"채러티, 너는 이미 준비가 되어 있어."

나는 애나 선생님에서 뿜어져 나오는 평온의 에너지를 느꼈다. 엄마가 시계를 확인했다.

"자, 지금이야. 채러티, 다 잘될 거야."

실리아 선생님이 내게 엄지손가락을 들어 올렸다. 그런 다음 문을 활짝 열었다. 백여 명의 사람들이 객석에 앉아 있었고, 그 맞은편 무대에는 학교 운영 위원회 위원들이 앉아 있었다.

순간 가슴속에서 끓어오르는 분노가 느껴졌다. 미간을 잔뜩 찌푸린 어른 세 명 옆에는 교장 선생님이 앉아 있었다. 문득 교장 선생님의 머리를 박살 낼 뻔한 스노 글로브가 떠올랐다.

'오, 이런!'

우리가 앞으로 걸어가자 여기저기서 수군대는 소리가 들렸다.

"조용히 해 주세요."

교장 선생님이 한 손을 들어 올리며 말했다. 그러고는 우리에게 맨 앞줄을 가리켰다.

"저기 앉으세요."

나는 아빠의 손을 잡고 통로를 걸어가면서 주위의 성난 시선을 피하기 위해 청회색 카펫만 바라보았다. 애나 선생님이 만들어 준 평온의 보호막을 저들이 깨게 할 수는 없었다. 나는 차가운 플라스틱 의자에 앉았다. 아빠는 여전히 내 손을 잡고 있었고, 애나 선생님은 내 옆에 나란히 앉았다.

객석에 앉아 있는 달시와 그 애의 부모님은 우리 쪽을 쳐다보지도 않았다. 달시 아빠는 평소의 그 심술궂은 얼굴이었고, 샤랄라 아줌마는 썩은 시체를 이빨로 물어뜯을 준비를 마친 하이에나처럼 보였다.

애나 선생님은 내가 들을 수 있을 정도로 크게 심호흡을 했다. 나는 두 눈을 감고 애나 선생님과 비슷한 리듬으로 숨을 쉬었다.

'희망을 들이마시고, 두려움은 내보내고.'

내 이름이 들려서 한쪽 눈을 떠 보니, 실리아 선생님이 학교 운영 위원회 위원과 이야기를 나누고 있었다. 실리아 선생님의 손에는 내 진행 보고서와 영어 과제 연구 보고서, 그리고 선생님들의 진술서가 들려 있었다.

 몇 분 뒤 불안정한 내 몸이 흔들리기 시작했다. 맞춰야 할 퍼즐도 없었고, 비틀 수 있는 피젯도 없었다. 나는 자리에서 움찔움찔 움직였다. 어깨가 으쓱으쓱하기 시작했다. 학교 운영 위원회 앞에서 주전자 폭발이라도 일어나면, 그것으로 모든 게 끝장날 터였다. 발이 바닥에서 달달거렸다.

 애나 선생님이 내 손을 일정한 리듬으로 쥐었다가 놓았다. 교장 선생님이 실리아 선생님을 보며 고개를 저은 뒤 객석의 의자를 가리켰다. 그런 다음 연단에 올라가 마이크에 대고 말문을 열었다.

 "조용히 해 주십시오. 학교 운영 위원회 회의를 시작하겠습니다."

 이윽고 강당이 조용해졌다. 교장 선생님이 민트색 재킷 차림의 나이 든 여자를 보며 미소를 지었다. 그 여자는 돋보기안경을 쓰고 노란색 메모장에 뭔가를 적었다.

 "저분이 교육감이야. 이런 데 참석을 잘 안 하시는데 오늘은 특별히 오셨다고 해."

 애나 선생님이 속삭였다. 나는 교육감님의 기분을 가늠해 보려 했지만 전혀 읽을 수가 없었다. 교장 선생님이 연단에 서서 말했다.

 "채러티 우드와 보조 교사가 부정 행위를 저질렀다는 민원이 접수되었고, 그에 대한 사실관계를 파악하기 위해 오늘 이렇게 학교 운영 위원회가 소집되었습니다. 게다가 채러티 우드는 다른 학생들을 위험에 빠뜨리는 파괴적인 행동도 일삼고 있습니다. 그래서 오늘 우리는 채러티 우드를 링컨 중학교가 아니라, 채러티의 특별한 요구를 더 잘 다룰 수 있는 학교로 보내는 것이 합당한지의 여부도 함께 결정해야 합니다."

교장 선생님이 달시 엄마 쪽으로 몸을 돌렸다.

"우선 첫 번째 증인입니다. 미치 워너 부인, 앞으로 나와 주세요."

샤랄라 아줌마는 플라밍고 같은 분홍색 치마를 매만진 뒤 연단으로 올라갔다. 그런 다음 학교 운영 위원회의 위원들을 향해 미소를 날렸다.

"채러티 우드는 이번 학기 동안 수업을 방해했을 뿐만 아니라, 여러 학생들에게 폭력을 행사했습니다. 거기에는 제 딸과 채러티의 사촌도 포함되지요."

"무슨 이야기를 하려는 걸까요?"

실리아 선생님이 엄마와 아빠에게 속삭였다. 샤랄라 아줌마는 리모컨을 들고 뒤에 있는 스크린을 가리켰다.

"증거물 A를 보여 드리겠습니다."

오 초 분량의 CCTV 영상이 반복 재생되었다. 메이슨이 내 재킷을 잡자 내가 메이슨의 얼굴을 후려쳤다. 메이슨의 코에서 피가 흘러나왔다. 사람들은 숨을 헉 들이마셨다.

"정말로 충격적이지 않나요?"

샤랄라 아줌마가 말했다. 그때 내 뒷줄에 앉아 있던 메이슨이 용감하게 의자에서 일어났다.

"채러티는 어쩔 수 없었어요. 그건 채러티의 잘못이 아니라고요."

그러자 샤랄라 아줌마가 호되게 나무랐다.

"조용히 앉아 있어. 어디 예의 없이! 넌 집에서 그렇게 배웠니?"

키키 이모가 메이슨을 자리에 앉혔다.

샤랄라 아줌마가 학교 운영 위원회 위원들을 향해 미소를 지었다.

"또한, 채러티 우드의 보조 교사들이 과제와 시험을 대신해 온 데다, 채러티 우드가 제출한 영어 과제 연구 보고서 같은 경우에는 표절된 구절이 여러 군데 있는 것으로 밝혀져 충격을 안겨 주고 있습니다. 그런데도 채러티는 학교의 우등생 명단과 농구팀에 이름을 올렸지요. 여러분은 진정 채러티의 낯뜨거운 행태로 링컨 중학교의 이미지가 이렇게 망가지기를 바랍니까?"

"저건 사실이 아니에요!"

고개를 돌려 보니, 스튜어트가 샤랄라 아줌마를 손가락으로 가리키고 있었다. 강당 곳곳에서 웅성거리는 소리가 터져 나왔다. 하지만 내 머리는 오직 샤랄라 아줌마의 말에만 집중했다.

'여러분은 진정 채러티의 낯뜨거운 행태로 링컨 중학교의 이미지가 이렇게 망가지기를 바랍니까? 혹시 세시걸72가 달시 엄마인가?'

나는 달시를 쳐다보았다. 달시는 얼굴을 잔뜩 찡그린 채 자기 엄마의 가방에서 휴대전화를 꺼냈다. 그러고는 연거푸 스크롤하고 두드리고, 스크롤하고 두드렸다.

메이슨이 뒤에서 나를 쿡 찔렀다.

"똑같아. 그 가십 앱에 있는 글이랑 내용이 똑같아!"

두려움으로 온몸의 모공에서 땀이 새어 나왔다. 달시 엄마가 '세시걸72'라고 해도 내가 그것을 증명할 수 있는 방법은 없었다. 몸이 앞뒤로 심하게 흔들렸다. 나는 신음을 냈다. 으아아아아아…….

하지만 내 소리는 금세 묻혀 버렸다.

"우우우우우. 우우우우우우."

강당 뒤쪽에서 나는 소리 때문이었다. 나는 고개를 돌려 뒤를 돌아보았다. 수십 명의 학생과 선생님들이 포스터를 들고 있었다. 그들은 모두 '채러티를 그냥 둬라!'라고 외치고 있었다. 그레이스와 스튜어트, 스카일러, 재즈민, 줄리안이 보였다. 하딩 선생님과 베킷 선생님, 조지 코치님도 있었다.

다른 쪽에는 내 원조 응원단이 있었다. 할머니와 할아버지, 키키 이모, 엘비 이모도 머리 위로 포스터를 들고 서 있었다.

부끄러움을 모르는 링컨 중학교!

나는 숨이 멎을 것만 같았다. 교장 선생님이 서둘러 연단으로 올라갔다.

"예의를 지키지 않는 사람은 즉시 쫓아내도록 하겠습니다."

교장 선생님이 고개를 끄덕이자 경비 아저씨가 앞으로 한 발짝 나왔다. 그때 그레이스가 의자 위로 올라가 소리쳤다.

"우리는 채러티와 함께할 겁니다. 그렇지, 얘들아!"

그러고는 두 손을 들고 구호를 외치기 시작했다.

우리가 공을 잡았다. [짝]

모두모두 길을 비켜라. [쿵]

채러티, 채러티, 파이팅! [짝]

오늘의 득점왕 채러티! [쿵]

이윽고 다른 학생들도 동참했다. 선생님들도 함께했다. 교장 선생님은 경비 아저씨에게 손짓했고, 경비 아저씨가 그레이스의 팔을 잡아당겨 자리에서 끌어내렸다. 여기저기서 야유가 쏟아졌다.

"조용! 얘들아, 조용히 해!"

교장 선생님이 소리쳤다. 떠들썩하던 소리가 차츰 잦아들었다. 교장 선생님이 말을 이었다.

"채러티 우드 편에 서 있는 사람들은 지금 뭘 잘 몰라서 그러는 겁니다. 워너 부인의 진술을 계속해서 듣도록 하겠습니다."

"아니요!"

그때 어떤 목소리가 소리쳤다. 달시였다. 달시는 엄마의 휴대전화를 손에 들고 있었다.

"이미 다 말한 것 같은데요, 세시걸72."

그러고는 휴대전화를 무대 위로 휙 던지고는 밖으로 뛰쳐나갔다. 샤랄라 아줌마의 얼굴이 창백해졌다.

"아니야, 우리 아기. 너는 이해 못 할 거야……."

아이들이 수군거리며 손가락으로 무대를 가리켰다.

"아니야, 아니야, 아니야……. 너희가 생각하는 그런 게 아니야."

샤랄라 아줌마는 고개를 가로저으며 딸을 쫓아 밖으로 뛰어 나갔다. 교장 선생님이 다시 연단으로 돌아왔다. 마치 해파리에 쏘인 표정을 짓고 있었다.

"에헴, 워너 부인이 진술을 마친 것 같군요."

교육감님이 손을 들자, 교장 선생님이 발언권을 주었다.

"오늘 밤 채러티 우드 학생에 대한 지지를 보고 깊은 감명을 받았습니다. 하지만 이 사건과 관련한 여러 가지 일은 사실 좀 우려가 됩니다. 표절한 과제 연구 보고서를 제출했다는 의혹도 있고, 전 보조 교사였던 아이비 손턴 선생의 증언도 있지 않습니까? 채러티 우드 학생은 이런 문제 제기에 대해 어떻게 답변을 했나요?"

교장 선생님의 강렬한 파란 눈이 나를 향했다, 미소를 머금은 채. 행복해 보였다. 마침내 소원을 이루게 되었다고 생각하는 모양이었다.

"좋은 지적이십니다, 교육감님. 채러티 우드에게 직접 말할 기회를 주어야겠군요."

교장 선생님이 고개를 끄덕이자, 애나 선생님이 내 손을 잡고 앞으로 이끌었다.

'이게 무슨 일이지?'

교장 선생님이 학교 운영 위원회 위원들을 향해 말했다.

"여러분들은 채러티 우드 학생을 한 번도 보지 못했지요? 그래서 직접 보고 이야기를 듣는 게 무척 중요하다고 생각했습니다. 채러티가 말하는 것을 처음으로 목격했을 때, 저는 저 자신이 얼마나 무지했는지 깨달았지요. 채러티 우드는 오늘 밤 여기 모인 많은 사람에게도 깨달음을 줄 거라고 믿습니다."

"자, 가자, 채러티. 이제는 네가 목소리를 낼 때야."

애나 선생님이 말했다. 나는 거부하고 싶었지만, 내 몸이 애나 선생님을 따라 밝은 무대로 나아갔다. 그 순간 달시 아빠가 우리를 앞질러 연단으로 달려 나갔다. 그러고는 손으로 마이크를 감싼 채 교장 선생님과 목소리를 낮춰 싸우기 시작했다.

"말하게 둬라! 말하게 둬라!"

재즈민이 응원용 수술을 흔들며 소리쳤다. 다른 사람들도 동참했다. 교육감님이 자리에서 일어나 연단으로 가더니 그들의 대화에 끼어들었다. 몇 분 뒤, 모두가 자리에 앉자 교육감님이 우리에게 고개를 끄덕였다. 애나 선생님이 나를 연단으로 안내했다.

"채러티가 준비해 온 글이 있습니다. 그것을 읽도록 하겠습니다."

애나 선생님이 내 어깨에 한 손을 얹었다. 나는 두 눈을 감고서 내 몸이 몇 분 동안이나마 가만히 있기를 간절히 기도했다. 애나 선생님이 목청을 가다듬은 뒤 내 말을 한 마디 한 마디 조심스럽게 옮겼다.

"십삼 년 동안 저는 목소리가 없었습니다. 그래서 사랑한다거나 배가 고프다거나 딸기 셰이크가 먹고 싶다고 말할 방법이 없었지요."

몇몇 사람이 웃었다.

"도와 달라고 소리를 지를 방법도 없었어요. 저는 학교가 아닌 감옥에서 몇 년을 보냈습니다. 그곳에서는 아무도 제가 뇌를 가진 진짜 사람이라고 생각하지 않았어요. 배움에 굶주렸던 저는 이곳에서 배려심 많은 선생님과 친구들로부터 환영을 받았지요. 제게 함께할 기회를 주었거든요.

사람은 누구나 더불어 살아갈 권리가 있습니다. 프레더릭 더글러스는 '가장 비천한 사람들의 권리라도 가장 고귀한 사람들의 권리만큼 보호받을 가치가 있다'고 말했습니다. 네, 이것은 인용문이에요. 저는 인용과 표절의 차이를 분명히 알고 있습니다."

몇몇 사람이 또 웃었다.

"저는 마음대로 따라 주지 않았던 이 몸으로 일으켰던 모든 문제를 후회하고 있습니다. 그리고 모든 사람들이 있는 그대로 받아들여진다면, 인생에서 두려울 게 아무것도 없을 거예요."

사람들이 박수를 치기 시작했다. 하지만 애나 선생님이 손을 들어 올려 모두 조용히 시켰다.

"채러티한테 덧붙이고 싶은 말이 있는 것 같아요."

애나 선생님이 내게 고개를 끄덕이더니, 아이패드와 키보드를 연단에 올려놓았다. 그런 다음 나를 가까이 끌어당겨 속삭였다.

"내가 떠나기 전에 우리 같이 연습했던 거 기억나지? 너는 할 수 있어. 채러티, 이제 진실을 말해 줘."

강당은 쥐 죽은 듯 고요했다. 내가 임무를 완수해야 할 시간이 다가왔다. 강당을 둘러보았다. 내 앞에 있는 메이슨을 포함해 수백 개의 눈이 나를 쳐다보고 있었다. 하지만 나는 그 어떤 시선에도 주눅 들지 않았다. 내 앞에 지지자들이 앉아 있었기 때문이다.

애나 선생님은 키보드를 들고 있었지만, 내 팔꿈치를 잡지는 않았다. 대신 그 손을 내 어깨에 올려 두었다. 나는 애나 선생님의 숨소리를 들었고, 내 폐는 가능한 한 많은 희망을 들이마셨다.

손가락이 키보드에 닿는 게 느껴졌다. 항상 그랬던 것처럼, 《어린이를 위한 놀라운 동물 백과사전》의 모든 동물이 나와 함께 그 무대를 꽉 채웠다. 땅돼지에서부터 얼룩말까지.

[210쪽] 아마존앵무

[23쪽] 아메리카흑곰

[311쪽] 혹멧돼지

나는 키를 하나하나 눌렀다.

애나 선생님이 물었다.
"계속해. 네가 원하는 글자가 그게 맞아? 그다음은?"

   [30쪽] 카멜레온
   [89쪽] 염소
   [212쪽] 펠리컨

시간이 얼마나 흘렀는지 모르겠다. 강당이 시끄러웠는지 조용했는지도 모르겠다.

   [301쪽] 왈라비
   [29쪽] 붉은스라소니
   [176쪽] 말코손바닥사슴

세상이 점점 사라져 갔다. 나는 한 글자 한 글자씩 쳐 내려갔다. 마침내 내 팔이 밑으로 툭 떨어졌다.
"다 끝났니?"
애나 선생님이 물었다. 나는 키를 하나 더 누르려고 손을 뻗었다.
"Y."
애나 선생님이 내 글을 읽었다. 완벽하진 않았지만, 뜻은 분명하게 전달되었을 것이다.
"제대로 된 ㄱ교육을 받고 싶습니다. 그래서 저처럼 상처받은 아이들을 구하고 싶어요. 제 목소리는, 한 번도 들어 본 적 없는 아이들의 ㅁㅁ목소리입니다."

 아무도 움직이거나 말하지 않았다. 교장 선생님이 일어나 박수를 치기 시작했다. 이어서 학교 운영 위원회 위원들도, 강당에 모인 사람들도 동참하기 시작했다. 곧 강당 전체가 환호와 박수로 진동했다.

 실리아 선생님이 올라와 내 뺨에 뽀뽀했다. 그레이스도, 스카일러도, 스튜어트도 우리에게 달려왔다. 맨 앞줄에 앉은 엄마와 아빠는 그 자리에 얼어붙은 채 눈물을 흘리며 미소를 지었다.

 교육감님이 연단으로 다가왔다.

 "감명 깊은 이야기를 들려준 채러티 우드 학생에게 감사의 마음을 전합니다."

 그런 다음 달시 아빠를 향해 말했다.

 "제가 받은 채러티 우드 학생 관련 자료는 잘못된 것 같습니다. 채러티 우드의 진술과 여기 모인 사람들의 어마어마한 지지를 고려했을 때, 이 민원은 기각하는 게 좋을 것 같습니다."

 더 많은 환호와 박수가 강당을 가득 채웠다. 내 입술은 미소 짓고 있었다. 적어도 내 생각에는 그랬다.

 피노키오처럼, 내게 쏟아진 사랑이 나를 진짜 사람으로 만들었다.

 엄마는 내 발표를 위해 서둘러 옷을 준비해 주었다. 주립대 방문은 이번이 두 번째였는데, 피터만 박사님이 나한테 교사들의 회의에 와서 내가 어떻게 중학교 정규 과정에 들어갈 수 있게 되었는지 이야기해 달라고 요청했기 때문이다.

 분홍색 드레스는 안 입을 것이다. 이건 내 규칙이었다. 대신 진한 청록색 스웨터에 검은색 바지, 그리고 멋진 가죽 부츠를 선택했다. 심지어 오늘은 엄마의 도움을 거의 받지 않고 옷을 입었다.
"자, 채러티, 네 모습을 한번 봐."
엄마가 나한테 전신 거울 앞으로 가 보라고 권유했다. 나는 거울 속 내 모습을 가만히 들여다보았다. 십 년이 조금 넘는 시간 동안, 나는 내 모습에서 항상 슬픔을 느꼈다. 세상이 나를 보는 방식으로 보았기 때문이다, 무가치한 존재로.
나는 이제 나 자신이 좋아지기 시작했다. 내 본모습 그대로, 있는 그대로의 나를.
강당으로 들어가자 피터만 박사님이 나를 따뜻하게 안아 주었다.
"다시 보니 반갑다, 채러티. 과학 경시 대회에서 2등을 했다고 들었어. 브라보! 그건 그렇고, 지난주에 파인밸리에 다시 가서 애비를 만났는데, 이제는 몇 단어를 타이핑하기 시작했단다. 애비 엄마가 너한테 정말 고마워하고 있어."
'최고의 소식이군.'
내 발표는 인터넷을 통해 실시간으로 방송되기 때문에 짐짓 카메라를 향해 손을 흔들었다. 실리아 선생님의 교실에 있는 커다란 컴퓨터 주위로 스카일러와 재즈민, 줄리안이 모여 있을 것이다. 그리고…… 이사벨라도. 내가 우등생 명단의 제일 앞자리를 차지했다는 소식이 지역 신문에 실리자, 그것을 본 이사벨라 엄마가 이사벨라를 위해 전학을 요청했다.
그래서 매일 아침 나는 교실에서 이사벨라의 통통 튀는 빨간색 곱슬머리를 볼 수 있게 되었다. 불과 두 달 만에 이사벨라가 얼마나 많이 성장했는지 믿을 수 없을 지경이었다. 스카일러가 파스텔로 그림 그리는 방법을 알려 주고 있는데, 이사벨라는 그야말로 타고난 예술가가 틀림없었다.

재즈민은 아마도 오늘 치어리더 유니폼을 입고 있을 것이다. 달시가 떠난 후, 응원단원들이 재즈민에게 함께하자고 졸랐다. 재즈민은 거기에는 바로 동의했지만, 레이철이 멋진 아이들 식탁으로 초대했을 때는 선을 그었다.

"이봐, 나에겐 기준이라는 게 있다고."

재즈민이 농담을 던졌다. 이제 달시가 우리를 놀릴까 봐 걱정할 필요는 없었다. 달시는 바다가 내려다보이는 사립 학교로 전학 갔다. 나는 달시가 잘 지내기를 바랐다. 진심으로 그랬다.

보든 아카데미와 관련해서는, 엄마가 내 과제 사본을 그때 그 기자에게 이메일로 보냈다. 그 기자는 그들에게 불리한 증거를 더 많이 찾아냈다. 기사가 나간 뒤 보든 아카데미의 학생 수가 급감했다. 그리고 얼마 안 있어 교육청에서 보든 아카데미의 면허를 정지했다.

발표 시간이 되자 엄마가 나를 연단으로 이끌었다. 그런 다음 내 손을 꽉 잡고서 내가 준비해 온 글을 읽었다. 후에는 질문을 받았다. 노란 카나리아색 재킷을 입은 여자가 손을 들었다.

"채러티, 오늘 이야기에 큰 감동을 받았습니다. 사람들은 수년 동안 당신이 배우지 못할 거라고 생각했지요. 하지만 학교 시험에서 아주 높은 점수를 받았더군요. 당신처럼 기대치가 낮게 낙인찍힌 후 사람들의 관심에서 멀어진 아이들이 더 있을까요?"

엄마는 내가 타이핑할 수 있도록 아이패드를 들고 있었다. 한 글자

한 단어마다 나를 격려해 주었지만, 다른 날과 마찬가지로 오늘도 내 팔을 지지해 줄 필요는 없었다. 엄마가 내가 쓴 대답을 읽어 주었다.

"시험에서 높은 점수를 받느냐 못 받느냐는 그다지 중요하지 않아요. 중요한 건 그들이 인간이라는 거죠. 우리 안에는 전부 보물이 들어 있다고 믿어요. 아이들은 누구나 배울 수 있는 능력이 있지요. 그리고 누구나 더불어 살아갈 자격이 있답니다."

"맞아요, 채러티. 그 사실을 알려 줘서 고마워요."

나는 채러티다. 내일이면 열네 번째 생일을 맞이하게 된다. 나는 여전히 새콤한 벌레 모양 젤리와 페퍼로니 피자를 좋아한다. 그리고 내 이름처럼, 내 마음은 온 세상을 향해 열려 있다.

| 작가의 말 |

나도 지능이 있어요

 이 책은 매우 현명하고 용감한 제 친구 페이턴 고다드에게서 영감을 받았습니다. 페이턴은 어렸을 때 말을 하지 못했고, 자신의 몸을 완전히 통제할 수 없었어요. 그래서 (페이턴이 지식인이라고 부르는) 전문가들은 페이턴에게 '심각한 정신 장애'라는 꼬리표를 붙여 주었지요. 그들은 몸 안에 갇혀 있는 명석한 두뇌를 볼 수 없었던 거예요.
 페이턴은 이렇게 말했어요.
 "저는 인간으로서 도저히 받아들일 수 없는 삶을 보았어요. 깎아내리기 좋아하는 사람들은 제가 아무것도 아니라고 말했지요. 저는 고장 나고, 무가치하며, 곰팡이 핀 빵이자 버려진 쓰레기였어요."
 공립 학교에 다니던 페이턴은 보든 아카데미 같은 학교로 보내졌어요. 그래서 종종 운동장에 홀로 남겨지거나 격리실에 갇혀 있었지요.
 "매일같이 학교가 아닌 다양한 시설로 갔어요. 제가 볼 때 시설은 이 세상에 속하지 않는 사람들이 모여 있는 곳이에요. 분리는 이빨을 숨긴 야수와 같아요. 격리는 여러분과 저를 서로 낯설게 만들지요. 하지만 현실에서는 여러분이 곧 저이고, 제가 곧 여러분이에요. 우리는 모두 다 조금씩 달라요. 우리에게 두려움 따위는 필요하지 않아요."

페이턴은 심한 우울증에 걸렸어요. 그러다 페이턴이 학대받는 걸 눈치챈 부모님이 공립 학교로 보내기 위해 싸운 끝에, 학교에서 정식으로 필요한 도움을 받을 수 있도록 했지요. 그 후 페이턴은 신체 조절 능력이 점점 좋아졌어요.

페이턴이 스물두 살이 되었을 때, 페이턴 엄마는 타이핑 지지법에 대해 알게 되었어요. 처음에는 크게 기대하지는 않았어요. 집에서 페이턴과 함께 타이핑을 여러 번 시도해 보았지만 성공한 적이 거의 없었거든요.

첫 번째 타이핑 수업 시간에 페이턴은 모두를 놀라게 했어요. 자신을 대하는 방식이 바뀌기를 바라며 한 문장을 타이핑했답니다.

"저도 지능이 있어요."

마침내 의사소통이 가능해진 페이턴이 원한 건 딱 한 가지였어요. 바로 진정한 교육이었지요. 샌디에이고에 있는 쿠야마카 대학교의 교수와 직원들의 지원으로 페이턴은 타이핑 지지법을 사용해 미국에서 대학을 수석 졸업한 첫 번째 사람이 되었어요.

현재는 입술 모양으로 말을 하기 위해 노력하고 있으며, 교실과 지역 사회에서 함께 살아가야 할 수백만 명의 아이를 위해 계속 싸우고 있어요. 페이턴은 조금 다른 친구들과 맺는 우정의 가치를 독자들이 알아주기를 바라고 있어요.

"친구를 사귀는 건 모든 사람에게 가장 중요한 일이에요. 친구가 없으면 재미있게 놀 수 없어요. 살기 힘들지요. 기쁨이 없고 슬픔만 있거든요. 저는 남들과 다르게 생긴 데다 자폐 스펙트럼이라는 꼬리표도 있어서, 이런 기분이 어떤 건지 아주 잘 알아요.

저는 스스로 몸을 통제할 수 없어요. 머리가 시키는 대로 몸이 움직이지 않거든요. 얼굴은 제 감정을 보여 주지도 못해요. 그래서 많은 사람들이 저를 오해했어요. 누군가의 도움 없이는 할 수 있는 일도 별로 없고요. 하지만 저는 마음을 열 수 있답니다. 혹시 여러분도 그런가요?

기쁨을 누리면서도 인류의 발전에 크게 이바지하는 방법이 있어요. 다양한 친구들을 사귀면서 그들에게 도움을 주는 거예요. 그래서 그들이 소속감을 느낄 수 있다면 참 좋을 것 같아요.

이것이 여러분에게 바라는 저의 소망입니다."

―캐럴 쿠예치

| 생각 깨우기 |

다 함께 생각해 볼까요?

1. 책의 앞부분에서 엘비 이모와 마르시아 선생님은 왜 채러티가 배울 수 없다고 생각했을까요? 그들이 그렇게 생각한 근거를 짐작해 볼까요?

   ----

2. 몸의 움직임만 보고 그 사람의 생각을 예측할 수 있나요? 말을 하지 못하는 사람은 이해도 하지 못할 거라고 생각해도 괜찮을까요?

   ----

3. 채러티 아빠는 왜 채러티에게 서핑과 자전거 타는 법을 가르쳤을까요? 의사들은 채러티가 이런 활동을 할 수 없다고 말했는데도 말이지요.

4. 사람들의 동정 어린 눈길을 받았을 때, 채러티는 왜 주눅이 들었을까요? 여러분은 어떨 때 주눅이 드나요?

5. 채러티는 보든 아카데미에서 깊은 절망감을 느껴요. 채러티가 그곳에서 가장 간절히 원했던 것은 무엇인가요?

6. 채러티는 격한 감정에 휩싸일 때면 마음을 가라앉히기 위해 종종 동물을 떠올려요. 여러분은 격한 감정에 휩싸였을 때 어떤 식으로 풀어 내나요?

7. 이야기의 앞부분에서 메이슨은 채러티를 어떻게 생각했나요? 메이슨이 생각을 바꾸게 된 계기는 무엇인가요?

8. 메이슨은 왜 학교에서 위험을 무릅쓰고 채러티를 위해 자리에서 일어났을까요? 겁이 났지만, 친구를 위해 용기를 냈던 순간을 떠올려 보세요.

9. 채러티가 처음으로 타이핑한 문장은 '나도 지능이 있어요.'였어요. 왜 그 문장을 제일 처음 타이핑했을까요?

10. 채러티는 '우리 안에는 전부 보물이 들어 있다고 믿어요.'라고 말했어요. 여러분 안에는 어떤 보물이 들어 있나요?

　　　_____

　　　_____

　　　_____

11. 채러티는 의사소통이 가능해지자 자신의 임무를 발견하게 되어요. 그 임무는 무엇인가요? 여러분이라면 어떤 임무를 수행하고 싶은가요?

　　　_____

　　　_____

　　　_____

12. 하루 동안 말을 하지 말고 태블릿에 타이핑을 하거나 공책에 글을 써서 의사소통을 해 보세요. 어떤 기분이 드는지 적어 보아요.

　　　_____

　　　_____

　　　_____

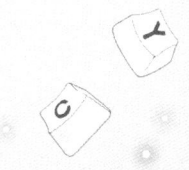

말하지 않아도, 체리

첫판 1쇄 펴낸날 2025년 6월 30일

지은이 캐럴 쿠예치·페이턴 고다드　**옮긴이** 이계순
펴낸이 박창희
편집 박은아　**디자인** 배한재 김혜은
마케팅 박진호 한혜원　**회계** 양여진 김주연

펴낸곳 (주)라임
출판등록 2013년 8월 8일 제2013-000091호
주소 경기도 파주시 심학산로 10, 우편번호 10881
전화 031) 955-9020(주문), 031) 955-9023(마케팅)
　　　031) 955-9021(편집)
팩스 031) 955-9022
이메일 lime@limebook.co.kr　**인스타그램** @lime_pub
홈페이지 www.prunsoop.co.kr

ⓒ 라임, 2025
ISBN 979-11-94028-49-9 44840
　　　979-11-951893-0-4 (세트)

＊잘못된 책은 구입하신 서점에서 바꾸어 드립니다.
＊이 책 내용의 전부 또는 일부를 재사용하려면 저작권자와 (주)라임의 동의를 받아야 합니다.